2024

铸牢中华民族共同体意识

中国少数民族文学之星丛书

消失的 故事

雍措

——

著

作家出版社

编委会名单

以民族的情意，打造文学的星辰

——"中国少数民族文学之星"丛书总序

邱华栋　彭学明

　　"铸牢中华民族共同体意识——中国少数民族文学之星"丛书是中国作家协会少数民族文学发展工程的项目之一，于2018年开始实施，由中国作家协会创作联络部具体组织落实。出版这套丛书的初衷，是在少数民族文学创作领域贯彻落实习近平文化思想，不断夯实铸牢中华民族共同体意识的文学责任，培养少数民族文学中青年作家，打造少数民族文学精品，为那些已经在少数民族文学界和全国文学界成绩斐然、广有影响的少数民族中青年作家再助一力，再送一程，从而把少数民族文学最优秀的中青年作家集结在一起，以最整齐的队伍、最有力的步伐、最亮丽的身影，走向文学的新高地，迈向文学的高峰，让少数民族文学的星空星光灿烂，少数民族文学的长河奔流不息。以文学的初心，繁荣民族的事业；以民族的情意，打造文学的星辰。

　　入选"中国少数民族文学之星"丛书的作家，必须是年龄在50岁以下的、在少数民族文学界和全国文学界广有影响的少数民族作家。不管是否出版过文学书籍，只要其作品经过本人申请申报、各团体会员单位推荐报送、专家评审论证和中国作协书记处审批而入选的，中国作协将在出版前为其召开改稿会，请专家为其作品望闻问切，以修改作品存在的不足，减少作品出版后无法弥补的遗憾。待其作品修改好后，由中国作协统一安排出版，并进行广泛的宣传推广。

中国是一个多民族的大家庭。每一个民族都沐浴着党的民族政策的光辉、感受着党的民族政策的温暖，都在党的民族政策关怀下，蓬勃发展，欣欣向荣。在这个伟大的新时代，我们正创造着中华民族的新辉煌。每一个民族的发展与巨变，每一个民族的气象与品质，都给我们提供了生生不息的创作源泉。我们每一个民族作家，都应该以一种民族自豪感，去拥抱我们的民族；以一种民族责任感，为我们的民族奉献。用崇高的文学理想，去书写民族的幸福与荣光、讴歌民族的伟大与高尚；以文学的民族情怀，去观照民族的人心与人生、传递民族的精神与力量。

我们期待每一位少数民族作家，都能够到火热的生活中去，到广大的人民中去，立心，扎根，有为，为初心千回百转，为文学千锤百炼，写出拿得出、立得住、走得远、留得下的文学精品。不负时代。不负民族。不负使命。

目 录

孤独与疼痛的絮语　　次仁罗布　/I

第一辑　　光把他陷了下去

第四辑　　响在身体里的垮塌声

孤独与疼痛的絮语

次仁罗布

　　我喜欢上雍措的作品，是在她获得第十一届全国少数民族文学创作骏马奖时。那时，作为《西藏文学》的编辑，恰在那段时间收到了一篇题为《凹村》的小说。初读这篇小说，我被那种冷厉、硬朗、剔透的文字所折服，暗暗惊叹作家的文采，同时也在佩服那些富有哲理的句子。这是雍措作品留给我的最初印象。说实话，那时我还不知道他是男是女，光读作品我心里一直认为是个男的。好在没多久，西藏作协跟甘孜州文联，在拉萨为两地获奖作家开了个座谈会，第一次见到了雍措。让我难以接受的是，雍措竟是一名柔软的女性，这跟我阅读中的那种风风火火，深邃的哲理思考，刀刃般的凌厉文字，相差了十万八千里。

　　自那次拉萨的相见之后，我们的友谊一直延续到如今。每次我跑到康定，都要跟甘孜州的作家们酩酊大醉几次，每每不胜酒力的雍措，都会陪着我们。在更多的接触过程中，雍措给我留下的印象是个开朗的人，可她在愣神的刹那间，我又从她的眼神里捕捉到了忧郁，从她的豪爽中，也能嗅出一丝无奈与柔弱。也许这些都是我的一种错觉，但我对雍措的文学创作一直持一种观点：雍措会成为一位优秀的作家，只是现在还没有被主流界所关注到。也许会有人说，我的这句话是诳语，但是我在 2016 年读到发表在《西藏文学》上的《凹村》时，就说过这类的话，至今我都没有改变过这种观点。一切让时间来检验吧！

藏族文学史上涌现出了许多优秀的女性作家，独独雍措是跟她们完全不同的一位，甚至我想用独树一帜来形容她。与一些藏族女性作家相比，她在作品里是在创造一个崭新的世界，而其他作家是在描摹和呈现；她的世界荒诞却真实，而其他作家的世界现实却缺乏诗意。从这一点来讲，雍措的未来更加地辽阔，雍措的世界更加地绚烂。

散文集《消失的故事》，再一次让我感到震撼。虽然依旧以"凹村"为根据地，展现那里的日常生活，乡土风情，可与以往的凹村抒写表达不同的是，这是一组群雕之像，掺杂了魔幻现实主义叙述，是众多凡夫俗子的孤独与疼痛。在这本散文集中，雍措借用一种模糊化的时代背景，讲述凹村里发生的那些变化，很多篇章我们都可以放在任何一个时代里来解读。偏偏有几个故事，却让我们分明感受到时代的气息，譬如，散文集的第一篇《在还没有大亮起来的夜里》，讲的是从凹村到城市里去打工的一群人，这些人离开赖以生存的土地，到各大城市去挣钱，这种情况只有改革开放后才能出现，但作品里没有只言片语来交代这个时代，明眼人却能在文字的底下触摸到这个时代；《水上村庄》以牛配种起始，这种引进优良种牛，对当地牛进行改良，也是上世纪末才有的一种现象；《躲在很大的白里》讲述的是经过多年改革开放，国家把目光从城市建设，投入到乡村振兴，为农村实现富裕而修建公路，村村通路在这篇作品里被表现了出来。作家有意把时间节点淡化，但还是给我们留下了一些界限，在阅读时会有意无意地框定在那个时限里。这种欲擒故纵的手法，为她的想象给予了合理性和真实性，要不我们无法接受和理解《一种叫不出名字的植物》《越来越深的黑》《坠落在黄昏里的大鸟》等。雍措营造的这种荒诞、怪异，比写实更能牵动人心，更能令人惊诧，更能让我们对现实感到震惊。《从一个人的心里消失》写的是"我"和"阿妈"之间的故事，我的出生没有给阿妈带来快乐，反而让她不快乐起来。我与羊群相伴，是羊喂养大了我，我也不知道阿爸是谁，阿妈对我来讲是个陌生又冰冷的人。在缺失母爱中羊群把我带大，直到有一天阿妈再次生娃，当得知是个男娃时，她终于笑出了声。读到这里让我感到震惊，雍措虽然写得很隐晦，但我读到了在凹村作为女人的命运，直到阿妈二胎生出一个男娃，她才觉得生出了一个人。足见女性的社会地位在一个小村庄里的卑微，足见偏僻山村里固有的男尊女卑思想有多么严重。这是一个有关孤独，但又有些许温度的故事，故事里的人物似乎都没有对错，每个人的内心都隐藏着一片荒漠。故事荒诞中让我们看清了现实，看到了本真的乡村。

阅读雍措的作品时，我的脑海里一直映现着奈保尔的《米格尔大街》，虽然两位作家都在讲一些不可理喻的荒诞事情，但奈保尔给我们留下了幽默与些许的光亮，雍措却用一种决绝和冷酷，让我们感受到了凹村的孤独和每个人的疼痛，以至于我们不得不对这个世界重新审视。雍措的精明之处在于她向福克纳致敬，永远耕耘那片邮票大小的村庄，给读者构建了一个叫凹村的地方、凹村的社会组织、凹村的一群众生，重构了一个文学地理意义上的村庄，但我们始终确信有这么一个村庄，因为所谓的这个凹村，熔铸了当下中国藏区许多乡村正在发生的深刻变化。

雍措的语言也是极具特色的，这部作品里有许多令人记忆深刻的文字，比如：它们站着做梦，走着做梦，叫着做梦，梦被它们的身体和叫声举得高高的，拉得长长的，只要它们经过的地方，都有一只羊留下的梦。站着做梦，走着做梦，叫着做梦的羊，把一场自己的梦，从家门口铺向山顶，铺向草原，它们在梦里早早修建了一条通向凹村，通向草原的路……我在这里不再赘述，请读者自己去阅读。

最后，我用雍措今年在《花城》获得的花城文学奖散文奖的授奖词来结束我的这篇序言：雍措的写作入乎凹村之内又出乎凹村之外，体现了尤为开阔的散文精神，将个体经验升华为集体记忆，探求存在之思，观照现实命运。文体探索与思想深度相融合，民族表达与共通体验兼顾，更新了读者对康巴文学的期待。

第一辑

光把他陷了下去

在还没有大亮起来的夜里

　　我忘记那是什么日子了，凹村走出去很多年的人，都在那段阴雨绵绵的日子回到了凹村。

　　一条很久没有热闹起来的土路热闹起来了，一个很久没有点儿说话声的村子活泛起来了，一座座很久没有人住过的泥巴房夜里到处亮着灯，灯光从每家每户的木窗户里透出来，忽闪忽闪的，仿佛灯在夜里也不敢相信自己还会亮似的。

　　其他村子跑得快一点儿的家畜像马呀，牛呀，狗呀，都从自己的村子跑到凹村来凑热闹，他们想来看看一个突然热闹起来的村子到底是什么样的。他们从自己的村子偷偷跑出来时，尽量不让村子里的人看见自己正火急火燎、兴头十足地往另外一个村子赶，他们怕村子里的人看见自己对另外一个村子那么感兴趣，会彻底对他们灰心丧气。人一旦对自己养了几年或十几年的家畜灰心丧气了，整个村子都会有一种灰心丧气的气味飘在空中。空气会受到影响，土地会受到影响，树木会受到影响，村子里的风会把这种灰心丧气的气味，刮得到处都是，让别个村子的人都知道有一个村子现在已经灰心丧气了。

　　为了更好地隐藏自己，那些从自己村子里跑出来的家畜，把平时常走的一条出村路，绕着走，逆着走，歪着走，把留在地上的脚印走得不像一个脚印，他们想让人误以为，那不是自己养了几年或十几年家畜的脚印。不是自己的脚印，人就放心了，人想自己养了几年或十几年的马呀，牛呀，狗呀，可能只是一时偷懒或调皮，睡在了哪棵俄色树下或哪片虫草山上，谁都在自己的一生里，有过一次或几次谁都不想见，谁都不想理的时候。人理解这一点，就不会去怪罪自己养的马呀，牛呀，狗呀了。

人不怪罪他们，有些跑不出村子的同类，会怪罪从自己眼皮底下跑出去的他们。这些同类跑不出去的原因有很多，腿短、力气不够、眼睛看不见、被束缚、怕主人发现等等，他们对着那些一心想去凹村凑热闹的同类发出恼怒、不甘心、指责的叫声，他们不想眼巴巴地待在原地而什么事情也不做，那样把他们显得太懦弱和无能了。

那几日除了凹村，其他村子也显得不同寻常，只是其他村子的不同寻常在家畜身上发生，而凹村的不同寻常是在回来的人身上发生。

那些从自己村子赶到凹村来凑热闹的家畜，躲在凹村附近的山坡上、树林里，虽然他们费尽心思、想尽办法来到凹村，但是他们清楚地知道凹村是别人的村子，在别人的村子里，他们不敢大口喘气，不敢想走歪一条路就去走歪一条路，别人的村子始终是别人的村子。

那几日，凹村的四周到处弥漫着一种陌生的气味和一声声诡异的喘息声。那些出去多年再回来的人，感觉不到这种陌生的东西，他们早在一个曾经熟悉的村子里，把自己陌生了。

那些回来的人，好像是从四面八方回来的，他们说话的口音都带着四面八方的口音。每个不同的口音混在一起，凹村显得奇奇怪怪，仿佛凹村不是凹村，凹村成了别人的村子。

我一晚上睡不好觉，我的觉被说不清楚的什么东西抢走了。我早早就在床上翻来覆去地折腾，木床被我翻来覆去的身体弄得"咯吱咯吱"地响。木床的响声在那几日也响得不同寻常。

我从床上爬起来，在堂屋里走了一圈，在睡觉的屋子里走了一圈，在放粮食的黑房子里走了一圈，在做饭的灶房里走了一圈，走完这些地方，我在自己的泥巴房里再没有可去的地方了。我在这座泥巴房里住了几十年，闭着眼睛也能走上好几十圈。有的时候，我真不想在这个屋子里再走下去了，就像今天这样。我问自己，在这样一个天还没有大亮起来的夜里，我接下来该怎么办？出门走走吧，一个声音告诉我。

我打开院门，木门的"吱呀"声响在倒亮不亮的夜里，像给夜撕开了一道口子。我没再关上那扇木门，我家的门哪怕是在夜里整整开上一晚，也没什么大不了的。我的屋里除了有点去年生虫的粮食，再没什么值钱的东西可以让别人心动的了。不过我知道，外面回来的人吃惯了外面的好粮食，他们嘴吃大了，味吃重了，再吃不惯生了小虫的凹村粮食，我可以放心地走。

我把自己跨出门的第一个脚步放得轻轻的，我不想让人知道，刚才是我把一个平静的夜打扰了。

不过我又安慰自己，即使有人在夜里听见我刚才的开门声，也没几个人会猜出是我，在还没有大亮的夜里走出了自己的家门。他们走后，我天天一个人生活在村子里，该走的路都被我走尽了，该看的风景都被我看完了，像我这样一个人，绝不会还对这个村子再感兴趣。有人即使听见我刚才的开门声，也在夜里分辨不出那声音来的方向。在一片夜里，声音会拐弯，会变着花样地糊弄人。那些听见我刚才开门声的人，他们想肯定是像他们一样从四面八方回来的一个人，想趁他们不注意的时候，走进一片夜里，找寻一些自己曾经丢失在黑夜的东西。

无论怎样，他们都怀疑不到我的头上。

　　而我想说的是，我之所以在夜里翻来覆去地睡不着，真正的原因是那几天我突然住不惯自己的村子了，仿佛我才是一个真正出去很久，从四面八方回来的人。

　　拐过两道弯，走过三堵废弃的老墙，我站在天还没有大亮的夜里，累得不行。夜里的累来得比白天要快些，夜自身带着重量。我把手扶在老墙上，我需要一堵老墙支撑我的累。我的手刚放上去，老墙上的土就"稀里哗啦"地往下掉，我想一堵老墙也是在白天强撑着自己，一到晚上那股强撑劲儿过了，真的累和老就出来了。我把手从老墙上缩回来，手僵硬地垂在我的身体旁边，我突然觉得我的手在那一刻离我很远，一种近距离的远，莫名地让我恐慌。

　　我不想把自己直直地站在天还没有大亮的夜里了。直直地站着，我感觉自己正在夜里丢失自己。那种缓慢地丢失，那种你无法控制的丢失，那种知道自己在丢失自己的丢失，让我无奈和害怕。

　　我慢慢向有人住着的房子走。那几日，凹村所有的房子里都住着从四面八方回来的人，不会有一座空房子像以前一样空在夜里。我轻轻地走，生怕吵醒那些从四面八方回来的人。吵醒他们，就相当于吵醒了四面八方。当四面八方的声音响在天还没有大亮的夜里，凹村的夜又不是凹村的夜了，凹村的夜成了四面八方的夜。

　　让我没想到的是这一路走下来，每座房子里都有低低的说话声响在还没有大亮起来的夜里。那些声音很小，是故意不想让人听见的，但还是被我听见了。那些人不知道，我在凹村一个人待得时间太久了，一个人待得太久，眼力和听力都会特别地好。

　　在还没有大亮的夜里，那些人说着凹村的土话，摆着凹村陈旧的龙门阵，说到高兴时，他们还在夜里偷偷地笑。那笑是凹村人一贯的笑法，我即使没看见他们的笑脸，也知道他们笑的动作，嘴皮上翻，舌头顶着门牙，只有这样的动作才能发出凹村人一贯的笑声。

　　在夜里，凹村突然回到了很多年前的凹村。很多年前，凹村没有一个向外走出去的人，所有人都待在村子里，所有人都说自己死也不出去，即使死也要死在一座自己熟悉的村子里。

　　那是很多年以前的事了。

　　在还没有大亮起来的夜里，那些回凹村来的人说话声和笑声都很谨慎。他们说几句，马上停下来，笑几声，马上就不笑了。他们在屋里竖着耳朵听外面的声音，他们怕外面有像我这样的人，听见他们说着凹村的土话，笑着凹村一贯的笑。自从他们当年从凹村走出去，又从四面八方走回来，他们想自己总该有点变化。如果一点变化没有，他们怕别人说自己在外面白待了那么几年或十几年。如果没有一点变化，这些年走出去，就像荒废了自己一样。他们不喜欢这种荒废自己的感觉。

　　其实只有他们自己知道，哪怕他们在外面生活几年还是十几年，外面永远是外面，外面永远活不进他们的骨头里。他们在外面生活，过着外面人的日子，身体看似融进了外面的世界，但外面的世界是否真的让他们融进，自己是否真的能融进外面的世界，只有他们在外面一次次碰壁，一次次受到嘲笑，一次次在夜里唉声叹气的时候，他们才最清楚。

　　他们在外面生活，只是选择了一种背着凹村在活。这种背着，有种逃不脱的宿命感。他们在外面一心想回来，他们住不惯别人的城市。他们早就在外面为回来做打算，他们一天天计划回来的日子，一次次告诉外面认识的人说，自己要回来了。他们在说自己要回来时，说得趾高气扬的，说得洋洋得意的，好像外面的世界还没有自己的村子大，外面还没有自己的村子好。

　　但一旦定好了回来的日子，他们又开始担心。他们怕有人问自己为什么从外面回来了。他们不知道这个问的人，是从外面回来的还是一直没有离开过凹村。他们要提前想好，如果有人问他们这种话该怎么回答别人。他们不能告诉别人自己在外面混不下去了才回来，也不能告诉别人自己融不进外面的世界才选择回来的，他们要脸面，都说人活着是为一张脸。

从外面回来的人都不约而同地想到一种办法，他们用外面的口音说话，说些四面八方的话，说些别人听不懂自己也听不懂的话给遇见的人听。他们在问话的人面前装。装久了，嘴巴就痒，嘴巴痒了也不能让别人知道自己的痒，他们就偷偷在夜里说凹村的土话，凹村的土话能治愈他们嘴巴痒的毛病。一家人凑在一起说，一个人偷偷地说，对着一堵老墙说，面对一片暗说。

我的脚步声很轻，那些从外面回来的人耳朵里装着很多嘈杂的声音，即使他们把要讲的话停在那里，要笑的声音空在那里，他们也听不见我的脚步声。他们在好一会儿之后，又接着上半句说，接着上半声笑。停了好一会儿的话和笑重新接上去，他们不知道自己的话和笑，要有多别扭，就有多别扭。

我路过仁青家的窗户，他们家的木窗户是往后开的。仁青家窗户里一点声音也没有。我觉得奇怪，仁青平时是个把话说得欢的人，却在这个没有大亮的夜里，一点声音也没有。我偷偷把脖子伸得长长的往仁青家屋里看。床空空的，没有一个叫仁青的人睡在床上。我想仁青去哪里了，仁青是不是去了别人家。可我清楚地记得，别人回来都是三五个人地回来，仁青回来的那天，我远远就看见了仁青的回来，他是自己一个人回来的。仁青平时再是个把话说得欢的人，也不可能和那些三五个一起回来的人马上亲起来。

仁青那天回来，弓着背，背上背着一个蓝色的帆布包。仁青自己一个人走的时候，走得病恹恹的，我没理仁青。那几日凹村突然回来的人太多，我理不过来。我埋着头假装在地里撒白菜种，眼睛低低地斜着看仁青，只有我自己知道，我斜着眼看仁青的时候，我浪费了那块地，浪费了手里的白菜种。等一个月后，我的那块地上长出的白菜苗一个地方密，一个地方可能一根也不会生长起来。地肯定要怪我，我要怪仁青，是从外面回来的仁青在我撒白菜种时分了我的心。

仁青看见了我，我斜着眼睛也知道他看见了我。仁青看见我，马上把身子挺直了，他把一副黑黑的墨镜戴在了他无精打采的眼睛上。仁青向我走来，走得精精神神的，仁青用外来的口音喊我，我假装没听见，仁青还用外来的口音喊我，我直起腰杆看他，我假装不认识仁青。仁青给我说了很多话，我一句没听懂，我愣在地里，像根木头插在干巴巴的地里活不过来。仁青急了，我看见他好几次要从张着的嘴里吐出凹村的土话，可话到嘴边又急忙咽了下去。仁青一脸通红，是刚才急急咽下去的话噎住了他。他摘下眼镜，我假装认出了他。仁青笑着看我，仁青的嘴皮往上翻了一下，舌头轻轻顶了一下门牙又很快收了回去。仁青在笑外面世界的笑给我看。仁青认为我会很惊喜，是的，有一会儿我假装惊喜了一下，那是我看见仁青的嘴皮往上翻，舌头轻轻顶了一下门牙的时候，我认为仁青会笑凹村人的笑给我看，他却突然改了。他突然改了，我也就突然改了，我脸上的笑马上就落了下来，我不想笑给仁青看。仁青还在我身边说着话，我开始撒我的白菜种，我不能让仁青一直影响我种一块地，仁青前面已经把我的一块地坏了，不能接着坏下去。只是仁青不知道他坏过我的一块地。

仁青见我不理他，说了几句听不懂的外话精精神神地走了。他的那种精精神神是走给我看的。过了没多久，我偷偷从背后看仁青，仁青又恢复了垂头丧气的样子，我知道那才是仁青真正想走出的样子。

在还没有大亮起来的夜里，我看见了仁青。他一个人孤独地坐在门槛上，面对着整个夜的孤独。夜把仁青的孤独染出了黑的颜色。仁青有一个又大又空的黑的孤独陪着他，仁青在这种孤独中独自行走。仁青或许不知道他拥有这样一份很大的孤独，他只知道一个人的孤独是一个人的。

我没去打扰仁青，我轻手轻脚地从仁青家的后窗后面走回了家。在回家的路上，我问自己，仁青的孤独是不是自己的孤独，是不是所有突然回凹村来的人的孤独，是不是整个世界的孤独？

天快亮了，我刚躺在自己的床上，就听见外面到处是四面八方回来的人，说着四面八方的话，笑着四面八方的笑，我想，这是凹村历来遇到过的最巨大的一次孤独。

一种叫不出名字的植物

　　那些年凹村的土地上长出了一种植物，那种植物是突然从凹村的土地上长出来的。

　　人们最先没有在意那种植物，只把那种植物当作一种新长出来的草对待。在路上看见那种植物，手里拿着镰刀的人一个顺手把那种植物割了丢在路边；肩上扛着锄头的人，如果没有太要紧的活，也会顺便弯个腰挥起锄头把那种植物挖掉扔了。人们最先都是随意地在对待那种植物。人们想，草总归是草，干不了什么大事，不想把过多的精力浪费在一种自己不认识的草上面。

　　凹村的动物是人教出来的，人不待见的东西，凹村的动物也不待见。人们经常看见一些狗把屎尿往那种植物身上拉，拉了再放个响屁，一溜烟跑了。一群大鸡带着小鸡常常围着那种植物前前后后地啄，啄了一地茎叶不吃不说，还仰着头围着那种植物一个劲儿地吵闹，仿佛一群鸡在不分青红皂白地数落那种植物。还有凹村的牲口，明明可以绕着那种植物走，它们却偏偏不，故意往那种植物身上踏，踏一脚不行，还要回转身再补上几脚。凹村养惯的懒风，睡醒了，想刮几下了，就往那种植物身上刮几下，身子刮歪了不解气，非得把那种植物刮倒趴在地上好一会儿，才悻悻离去。

人们空闲的时候，坐在一起笑话这些凹村的动物和风，说凹村的动物和风鬼机灵得很，跟人一样。

有人说，你们看索拉家养了八年的那头猪，竟然一点不显老相，又或者说猪显老相，不像人显老相一样一下就能被看出来了，猪有一张黑皮和茂密的毛藏着它的老。那头猪跟了索拉八年，还跟一头年轻的猪一样，眼睛水灵灵的，吐气和吸气刚刚硬硬的。索拉在人前最得意的事情，就是凹村没有谁家的猪活过了他家猪的岁数。按索拉的话说，他家的猪在凹村祖祖辈辈的猪中算得上是猪仙了。为了炫耀，索拉经常把那头猪当个宝带出来在人前晃，索拉走在前面感觉整条路都是他的，屁股扭得都快甩出了身体。那头猪跟在索拉后面，猪仗人势，走出的样子跟索拉一模一样，感觉整条路都是它的。

还有人说，你们看卓玛家的那匹马，你们有没有觉得和其他家的马有什么不同？坐在一起的人皱着眉头想，想了好一阵子也想不出结果。说的人继续说，你们想不出结果，那是因为你们的眼睛平时只注意漂亮的卓玛了，根本没有精力去关心卓玛家的马。卓玛家的马和别人家的马看人的眼神都不一样，歪着头，随时眨巴着水汪汪的大眼睛盯着其他家的马看，那勾人的眼神和卓玛就像一个模子里倒出来的，害得凹村的很多马见着卓玛家的马就慌了神，路不好好走，活不好好干，必要的时候莫名其妙地为那匹马打上几次闲架。经说的人这么一提醒，听的人都记起了自己家的马见到卓玛家马的样子。人直摇头，感叹道：凹村的动物都活成精了。

回到那种植物上。

人们发现，无论人怎么对待那种植物，凹村成精的动物和风怎么学着人对待那种植物，那种植物一直在长。有人曾经用镰刀割掉和用锄头挖掉的那种植物，在扔掉的地方重新长起来，植物的样子越长越不像草的样子，叶子方方的，秆黑黑的，粗粗的根直直地往凹村深土里钻，根生长过的地方，凹村绿绿的庄稼慢慢枯萎了。人们说不能由着这种叫不出名字的植物，在村子里继续撒野了。

　　在凹村，自古以来只有没长大的娃可以在人前撒野，没长醒的动物可以在人前撒野，一股村子养熟的风可以在人前撒野，还没见过一种叫不出名字的植物可以在人前撒野的。人们说，植物在人面前撒野得治，一种植物撒野不治，以后一凹村的植物都给人撒起野来就麻烦了。植物和植物之间，别看在地上面头不挨着头，手不牵着手，一个个傲气得很，鬼才知道它们在地下干着什么。

　　凹村人对治这种植物的想法积极起来。第二天老村长就组织村人，扛着锄头去挖这种植物。村人分两路挖，一路从村东头开始往村子中间挖，一路从村西头往村子中间挖。他们想的是，先挖完村子里的，再去挖青稞地里的。开始挖的那天，天上的云从天空的东西两头往村子中间飘，风从村子的东西两头往村子中间刮，动物各分两拨跟在村人的屁股后面往村子中间挤，它们都是来帮忙的。凹村人把这一切看在心里，挖这种植物的时候雄心壮志，不想把自己活了几十年的脸面，丢在凹村的云面前，风面前，动物面前。

　　人们先是把自己带来的锄头举得高高的，往土里挖，一挖一个大坑，一挖一块板结的土就松动了，那时他们全身都是满满的成就感。这种成就感让他们全身上下似乎都充满了力量，一个间隙都舍不得休息，想使劲地挖，一刻不停地挖。后来人们发现坑大根本没有作用，坑再大这种植物的根还深扎在土里。为了节省力气，他们把坑尽量挖小，耐着性子慢慢顺着这种植物的根往下理，越往下理根越深，越往下理根越粗壮。在理的过程中，人们还发现，这种植物除了在地上长枝长叶，还在地下长枝长叶，地下叶子长得好的地方，油亮亮的，跟抹了一层自家坛子里的酥油一样光亮。人们愣住了，说这种植物仿佛不是从地下往上长的，而是从地上往下长的。

人们继续挖，挖到一人深还见不到植物的底，挖到两人深还见不到植物的底，上面的人往下喊，见底没有？下面的人闷声闷气地说，还没有见底。过了两个时辰上面的人又往下喊，见底没有？下面的人说，还没有见底。天暗下来，上面的人把下面的人一个个从土里拉出来，出来的人全身附着一股生土味儿，告诉外面的人说，越往下挖，下面的叶子一层比一层密，越往下挖，那种植物的根粗壮得像一棵树的树干。

村长说，大家不要泄气，今天挖不出来这种植物的根，我们明天再来挖，明天挖不出来，后天再挖，我们总不能输给一种叫不出名字的植物。

那些天，凹村处在一片人心惶惶中，人们回到家心是散的，刚想做的事情正准备去做马上就忘了，刚想说的话下半句就不知道说什么了，他们要站在原地想好一会儿，才想起自己要去做什么，想要说什么。那些天，总能看见一些人站在一个地方，愣愣的，什么话也不说，一直盯着脚下的地看。那段时间人们开始怀疑自己脚下的地，说活了几十年了从来没有像现在这样，怀疑过自己住惯了的一块地。人们一直认为，人对地掏心掏肺，地就会对人掏心掏肺。以前人没事的时候，经常对地说些掏心窝子的话，现在才知道，地从来没把地下正在发生的事情，通过某些方式告诉过人一次，而且自从天天开始挖这种植物之后，人们发现地在骗人，地可以让植物脚朝上、头朝下地长。地里平时长给人吃的东西，很多都是些敷衍人的东西，从那种植物身上可以明白，地在地下藏着很多不为人知的秘密。

地骗了人，不但骗了现在的凹村人，还骗了凹村祖祖辈辈的人。

人们开始恨地，鼓着大眼睛盯着地恨，教凹村的动物和风，走在地上要多往地下看，多用点力气在地上，免得地在眼皮子下骗它们。人们知道这样做，对骗了凹村祖祖辈辈的地来说，起不到任何作用，但人们想的是，起不到任何作用不要紧，至少要让一块自己住惯了的地知道，凹村的人不再像以前那么傻，凹村的动物和风不再像以前那么傻，凹村的很多东西已经在开始注意到它了。

自从那之后，凹村刮的风都是从地面刮起来的风，风刮得迟迟疑疑的，刮得满天都是凹村地上的土，风在帮人掏土，风想帮人看看土里到底有什么！凹村的动物，对地也多了一份疑心，走几步往地上踏两下，踏完之后，侧着耳朵听地下的声音。

那段时间，人们还没有放弃追着一种叫不出名字的植物的根往下挖，越挖越深，越挖越深，下去挖的人本来挖一天回一次家，后来挖两天回一次家，再后来挖三天回一次家，再后来挖十天回一次家，最后下去挖的人，有几个就再也没有回过凹村了。

人们在地上面大声往地下喊那几个人的名字，声音在一个很深很深的洞里一直往下跌，至于声音跌到哪里去了，人们说不清楚。人们想，自己的声音可能也往下长了，就像那几个没有归来的凹村人，也往下长了。

从一个人的心里消失

我从一个人的心里消失过，那个人就是我的阿妈。

阿妈把我从肚子里生出来的那天，七八个村子里的女人围着我。我躺在一双带血的双手里，好奇地看着这些活在世上的女人。那一刻，我朦胧地知道，我从这个女人身体里掉出来，也算是一个活在世上的人了。

那七八个女人的脸有的方，有的长，有的鼻子高，有的鼻子矮，脸上无一例外地长着很多黑点，一副老相从那些密密麻麻的黑点中挤出来，让我第一次认识到人的老。我突然有些害怕人的老，一想到很多年以后自己会变成她们的模样，不禁想转身回到那个我待了十个月的地方。不过我又想，我才来到这个世上一会儿，离我今天看见的七八个女人的老还很远，不免又松了一口气。远的事情我不想去多想，远的事情就由它远远地待在那里。七八个女人在我身边忙活着，有的在倒水，有的在整理一块毛茸茸的羔儿皮，有的在熏一种带着香味的树叶。她们正在做的这些事情，我在这个生我的女人身体里早早感知过，它们通过生我的女人的呼吸、触觉、听觉、肚脐眼传给肚子里的我，虽然有些模糊，也足以让我提前知道这人世间的很多事。

我在这些忙碌的人中，寻找一个最亲近的人。我没有见过她的样子，但是我相信最亲近的人之间，是有某种隐秘的联系，这种隐秘的联系能从一张笑脸里感知出来，能从一个忙着的动作里感知出来，能从一次嗅觉里感知出来。某种黏糊糊的东西粘着我的眼角，让我不能把眼睛完全睁大，我努力想把自己的视野打开，眨了一下眼，再眨了一下眼。那黏糊糊的东西在我的眨眼中，似乎离我的眼角远了，我的视野比刚才开阔了一些。我的眼神一次次从这七八个女人脸上划过，又一次次从这七八个女人的脸上折回来，我没有从这七八个女人脸上、身上看见和闻到那种和我有某种隐秘联系的东西。她不在那七八个忙碌的女人之中。我想，我已经来到这人世间好一会儿了，那种隐秘的联系一定会告诉她，我最想见的人就是她，而不知道什么原因，她把自己躲藏起来，久久不让我看见。我皱着眉头，心中一种莫名的情绪慢慢多起来，我的胸膛本来很小，很快就被这种情绪装满了，我隐约觉得自己的胸膛渐渐鼓起来，一层薄皮撑得亮亮的。我正担心接下来会发生什么事情时，这种情绪从我的胸膛里往上升，到达我的喉管，冲开我噘着的小嘴，变成"哇"的一声哭声，响在这间泥巴房子里。这是我来到人世间第一次发出的声音，我用一声哭声打开了人世间的这扇大门。

"听听你家女娃的声音，跟小牦牛一样刚。"双手带血的女人笑着，其他几个女人跟着笑起来。她们笑的时候，眉毛和眼睛挨得很近，嘴皮往上翻，双肩往上耸着，让我感觉她们的头顶有什么东西在往上拽她们。笑完之后，她们又各自忙各自的去了。我还想把我的下一个"哇"声继续从喉管里传出来，我心中那股莫名的情绪还没有完全消散，它需要从我的喉咙里出来，来到这对于它来说陌生的人世间。我身体里的一声哭声，比我还要好奇这世间的模样。我正准备哭，刚才说话的女人抱着我，把我送到一个躺在床上的女人面前。我一看见这个躺着的女人的眼睛，立刻就不想把那声"哇"声传出来了。我从这个女人的眼睛里见到了那种隐秘的联系，尽管这个躺着的女人只让我看见了她的半张脸，尽管我在兴奋地看她时，她只冷漠、短暂地看了我一眼，我和她之间的那种隐秘联系，还是被我发现了。刚才集聚在心中的莫名情绪从我的喉咙里退下去，退到我的胸腔里，消失了。我朝女人方向努力蹭，我用双手一次次试图更接近她。

"娃，从此以后，她就是你的阿妈了。"抱我到床上的女人笑着，她似乎知道我能听懂她的一些话。接着，她把双手往凳子上的盆里伸，盆里发出水的声响。她用一张帕子轻轻擦我的脸，擦我的身子，我一下觉得自己轻松多了。我的眼睛在她的擦拭中，更加明亮。我又把双眼望向这个女人，我离那个从此以后可以叫一声阿妈的女人那么近，她身上散着一股热热的气，她似乎正在燃烧自己。我的手一次次地伸向她，我第一次触摸到她的皮肤，滚烫滚烫的，仿佛要烧焦我的手。我赶快把手缩了回来，不敢再触碰她，我怕那种滚烫会伤害到我。自从这个躺着的女人刚才短暂地看了我一眼之后，皱着眉头，痛苦地把眼睛闭上了。这是我第一次看见人痛苦的模样，身体拧得紧紧的，硬硬的，随时可以炸裂自己。一个人的痛苦还像一把火，可以把自己烧起来。

我知道她不开心，我不开心的时候，也皱着眉头。我还知道她心中有股和我刚才一样莫名的情绪在胸腔里聚合，就快到达她的喉咙，变成"哇"的一声哭声从嘴里传出，但是她控制住了，她把那种情绪往身体里咽，她不想自己的一声哭声让更多人听见。这个躺着的女人自从我来到她身边，脸越绷越紧，脸上的肌肉偶尔在皮下抽动，这种难受，仿佛她现在才开始重新生我。我的手再次向女人伸过去，我不怕她滚烫的肌肤灼伤我的手，我想抚慰一下她，轻轻地，轻轻地。我心疼她。在这间泥巴房子里，她是唯一和我有着隐秘联系的人，她是我的亲人。就在我的手再一次快要触碰到她滚烫的皮肤时，她似乎提前感知到了什么，一下把身子侧了过去，背对着我，她的整个世界背对着我。她不想看见我。我害怕起来，那种隐秘的联系，在她侧过身子背对我之后，变得轻薄起来。

"娃在看你嘞。"刚才说话的女人对那个叫阿妈的女人说。

那个叫阿妈的女人一动不动。

"娃在抿嘴对你讲话嘞。"女人继续说。

那个叫阿妈的女人身子往里缩了缩，离我更远了。

"这娃脸长得白嫩嫩的，跟茶壶里白花花的酥油茶一样，长大后一定是村子里最美的一朵格桑花。"女人看着我，用手指触摸我的脸。我惊恐地看看摸我的女人，又看看离我越来越远的女人，我的世界变得混乱不堪。

"把她抱走，离我远点，我不想看见她。"那个叫阿妈的女人说着，用双手蒙着脸。这句话是那个叫阿妈的女人，在我来到人世间给我说的第一句话。

"一头老牛都知道护自己的犊子，你这是在作孽呀。菩萨呀，原谅这个刚生下娃的女人，她是被疼痛冲昏了头，原谅她吧。唵嘛呢叭咪吽，唵嘛呢叭咪吽。"说话的女人双手合十，朝天祈愿着。祈愿完，她叹着气把我从叫阿妈的女人身边抱起来，轻轻把我放在刚才打理好的一块羔儿皮里，在另一个女人的帮助下，用一根细皮绳系好我身上的羔儿皮，念诵着经文，一个跨步走出了那间泥巴房。屋外漆黑一片，黑盖住我的整个身体，蒙蔽了我的双眼，在黑里，我成了一个什么也看不见的人。

一些记忆慢慢从黑中呈现出来。

我在这个叫阿妈的女人肚子里的时候，常常听她念叨一句话：菩萨保佑，菩萨保佑，千万别是个女娃，千万别是个女娃。她一念叨这句话，身体特别硬，抚摸肚子的手颤抖着，在她那里仿佛女娃是个魔鬼。

虽然我没有见过女娃长成什么样，但我害怕起女娃来。我在她肚子里无数次设想过女娃的样子，我想女娃会不会是我在她肚子里听见过的一种颤颤声，会不会是我在肚子里闻到过的一种香味，会不会是我在她肚子里隐约感觉到的一束微光。她在念叨那些话的时候，我也跟着她在肚子里念：千万别是个女娃，千万别是个女娃。那时，我发出的声音只有我自己能听懂，或者说那声音根本不叫作声音。

有时这个女人去山上放牛，路上遇见一些熟人，她们说完地里的活路、村子里的事，就没什么话可说了。她们和女人静静地走一段放牛的路，走着走着，突然想起什么似的问：八个月了吧？女人点头。肚子不是很大呀？女人不说话，气出得紧了些。脸上没长孕斑，眼睛还那么清亮，福气呀，可能是个女娃。女人不回答说话的人，把脚下的步子走得更重了一些。我在这个女人的身体里，感到女人的血液加速流淌起来，她的心跳大过平时心跳的声音，吵得我也跟着烦躁起来。我用脚踢这个女人，用还没有完全长好的手拍这个女人。女人匆匆找一个理由和说话的人告别，她加快步子，绕过几个弯，躲到一处无人能看见的角落里，用手拍打自己的肚子。她的拍打，让肚子里的我感到一阵阵的疼。我胆怯地蜷缩起自己，头和脚用双手抱得紧紧的，这是我在一个女人肚子里，做的唯一能保护自己的最好姿势。虽然这样，我还是感觉到了来自女人给予我的痛。

我不知道自己做错了什么，惹得女人不开心。很多次，我都想在女人肚子里死了。在女人肚子里死是件非常简单的事情，可以用脐带缠死自己，可以用羊水溺死自己。死对一个在肚子里还没有出生的胎儿来说，是件非常简单的事情。每个胎儿都是刚从上一世渡到下一世来的，上一世的很多东西，离一个在肚子里正在长大的胎儿来说很近，比如死。一个没真正长成人的胎儿，比一个真正的人还要了解死，胎儿不怕死，胎儿活在生和死的中间，朝哪个方向走距离都差不多。

我没有选择去死，这并不是我没有勇气去死，而是很多时候这个女人还是对我很好。她对我很好的时候，总是男娃男娃地喊我，她边喊我男娃边用手抚摸我，那种充满爱的抚摸，让我往往会忘记很多事情。这个女人给男娃起了很多名字，前几天起好的名字，过几天又被她推翻了。她总觉得前几天起好的名字过几天就旧了，她永远想给这个男娃送一个最新最好的名字。那天女人生下我，侧过身不看我一眼之后，我就知道女人咋晚为一个男娃新起的名字，再用不上了。我还知道，如果不是碍于生我时的人多，她还想像以前一样偷偷地拍打我，向我撒她心里的气，让我感受到作为一个女娃在人世间的疼痛。

后来我看见了很多人，人给我的第一印象就是可怕，脸上全是孔，她们用难看的笑逗我，用粗糙的手摸我，从她们嘴里呼出的气带着一股难闻的泥土味，她们有时"咿咿呀呀"地用力说着我听不懂的土话，从她们口里飞溅出来的唾沫，滴落在我的眼睛里，我趁此闭上眼睛，无论她们怎么逗我，我都不睁开。我开始后悔，我悔自己不该从那个生我下来就一直背对着我的女人肚子里出来，如今一个小小的我连死的能力都没有，剩下的只有无条件地面对和接受这世间给予我的一切。想到这些，刚刚还好端端的我"哇"的一声哭了出来。我的这声哭声大而有力，甚至吓到了自己。哭是我来到这世间发出的第一种声音，我为什么不以笑作为我来到这世间的第一种声音呢？我不理解自己。我偷偷尝试过几次人的笑，张开嘴，嘴皮往上翻，脸上的皮往上提，我做好了人笑时的一切准备，就等嘴里发出人"咯咯"的笑。可等我把准备笑出去的笑，笑出声时，那笑出的声音又变成了难听的哭声。事实证明我不会笑，我本该就是一个哭着来到这世间的人。我想笑最后却变成哭的样子，惹得周边的几个人"咯咯"笑出了声。她们笑我的时候，眼角边、额头上全是数不清的皱纹，皱纹垒在人的一张脸上，高高的，压得眼睛都快看不见了。我赶快把眼神从这些笑我的人脸上移开，我不愿意看见这样笑给我看的人。

不用多说，一个女娃的身份注定我在这个家里的地位。这个叫阿妈的女人生下我，伤心了好长时间，那段时间她常常一个人偷着哭，看着看着我就哭，她的眼泪有好几次滴落在我的嘴角边，趁她不注意，我用舌头悄悄将那滴透明的眼泪，小心翼翼地舔进嘴里，我让泪水在舌尖上一次次滚动，舍不得吞下它，我想感受这滴泪水的味道，慢慢品尝这个生我的女人心里的苦。后来她慢慢从悲伤中缓了过来，那是一年之后，我看见她的肚子又悄悄鼓起来。这个叫阿妈的女人常常把我忘记，吃饭的时候忘记我，睡觉的时候忘记我，做梦的时候忘记我，我听见她在梦里男娃男娃地喊，有时听见她的喊，我也会帮她喊几声，我的那几声喊，不像一个人的喊，更像是一只蛐蛐的叫或者是一只秋蝉病恹恹的嘶鸣声，我知道我还说不出一句像样的人话，我学人的话很慢很慢。但奇怪的是，我学动物的声音学得却很快。只要我听见过的动物叫声，我都能把那种声音像模像样地叫出来。我用这种叫声骗过几次这个叫阿妈的女人，我的骗都成功了。我看见她受骗后脸上疑惑的表情，我悄悄在暗地里开心。我的开心是用哭声传出来的，这是我的秘密。我每次帮她喊，都会把这个叫阿妈的女人从睡梦中吵醒。她从梦中醒来，大大的眼珠里还装着刚才的一场梦。我心疼这个女人，虽然她常常把我在她的生活中忘记，我还是恨不起她。

自从这个女人把我常常忘记之后，在凹村我学会了自己养自己，自己活好自己。从那以后，我从来没有想到过死，我每天想的事情都是怎样让自己活得更好。女人忘记给我喂奶的时候，我就爬到羊圈门口，等每天放上山的羊回来，我能远远闻到羊回来的味道。女人把一群羊赶到圈门口就不管它们了，她知道自己养的一群羊会自己进羊圈，不用她多操心。她走后，我爬到羊群里，四处寻找那些肚子下面吊着大奶子的羊，只要看见大奶子的羊，我就把嘴凑上去吸，吸几口又朝其他大奶子的羊爬。我通常不会在一只大奶子的羊奶头下面待很久，我知道大奶子羊还要用它的奶养活它的小羊。我从一只刚吸过奶的大奶子羊身边爬过，它的小羊就凑过去，接着我刚吸过的奶头吸。有时我爬到一只大奶子羊面前时，它的小羊正在吸奶，见我过来，小羊主动让出一只奶头让我吸。我们脸对着脸，嘴向着嘴地吸。有时我吸一口奶，小羊学着我吸一口，有时小羊吸一口奶，我学着小羊吸一口。还有的时候，我们互相变换位置，把正吸着的那只奶头让给对方吸，小羊刚吸过的奶头暖暖的，带着一股小羊嘴里的热气。有时，小羊吸着吸着，就冲我"咩咩"地叫起来，露出几颗没有长好的牙齿。小羊是在用它表达快乐的方式，表达给我看。

夜晚来临，我经常躺在羊群里睡觉，一群羊夜里堆砌起来的呼吸声，让我感到安稳。夜的天空，布满闪亮的星星，夜空像一床大的铺盖，把我和一群羊罩在一起，让我们变得更加亲密。在夜里，我和羊一起做羊的梦，想羊的事，我把我的双脚、双手学一只不会睡觉的小羊朝天立着，偶尔在风的吹动下，不断向前刨动，像一只小羊在风中深一脚浅一脚地跑。

我很少在梦里梦见人。人离我的梦很远很远。

清晨，这个叫阿妈的女人被我家一只大公鸡的打鸣声叫醒。清晨的鸡叫声是灰色的，和着清晨的灰，和着一个村子人梦里的灰，直直地竖在这个叫阿妈的女人窗前，把她唤醒。她迷迷糊糊地从床上坐起来，摇晃几下脑袋，让自己变得更加清醒。不过再清醒，她也记不起一个小小的我昨晚没有回家，没有躺在她的身旁，我是一个习惯被她遗忘的人。

她起床后，净手、煨桑、打茶、吃青稞饼，做完这些，她"噔噔"地从木楼梯上下来，手里拿着俄尔朵，嘴里发出驱赶羊群的声音。羊被女人熟悉的声音喊醒。羊的睡不像人的睡，羊能把夜清楚分割成两半，一半用在睁着眼睛看夜上，一半用在把自己陷在一场梦里。夜的大和空比白天吸引羊，羊不愿意把夜浪费掉。羊一般是上半夜不睡觉，上半夜天上的星星最多，村子里还有一些不想把自己睡过去的人。他们悄悄在床上说话干事，带着夜的味道，朦朦胧胧的，那些说过的话和干过的事，像是说了和干了，又像是什么也没说，什么也没干。羊喜欢自己生活的一个村子把自己处在朦胧中，似乎朦胧更接近现实本身。羊从女人的驱赶声里站起来，更准确地说，羊是在一场羊梦里站起来的。一群羊的下半夜全是梦。它们虽然站着，梦还在继续做。羊是能把一场自己的梦站着做完，走着做完，叫着做完的。它们站着做梦，走着做梦，叫着做梦，梦被它们的身体和叫声举得高高的，拉得长长的，只要它们经过的地方，都有一只羊留下的梦。站着做梦，走着做梦，叫着做梦的羊，把一场自己的梦从家门口铺向山顶，铺向草原，它们在梦里早早修建了一条通向凹村，通向草原的路。一只走丢羊群的羊，从来不怕自己的丢失。即使知道自己丢失了，做一场梦，就能顺着梦里铺成的一条路找回家。这两年，凹村从来没有丢失过一只羊，凹村人从来不担心自己家养的一群羊，会在自己走熟了的一条土路上，丢失自己。

越来越多的"咩咩"声响在羊圈里，越来越多的羊从一场羊梦里醒过来。它们在羊群中互相交流自己做的梦，羊的梦有时是一场奔跑的梦，有时是把自己变成一只旱獭的梦，有时是把自己飞起来的梦。羊的梦很大，即使是一只刚出生没几天的小羊，都敢大着胆子把一场自己的梦做得没有边际。羊从来不怕一场大梦撑破自己的小身体，羊在梦里的胆子大起来时，梦里二十多匹灰狼躲得远远的，几头大灰熊躲得远远的，一群肥壮的野牦牛躲得远远的，它们都知道，自己是在一场羊的梦里，羊的梦是一场天不怕地不怕的梦。它们陷在一场羊的梦里，就是把自己陷在一场危机里，而逃脱危机的办法只有一个，就是走出羊的梦。但羊把自己的一场梦做得长长的，高高的，让它们无法逃脱。它们深陷在羊的一场梦里，不能自拔。它们成了羊梦里的俘虏，羊的梦把它们喂养，让它们长大，最后它们衰老、死亡，过完它们活在一场羊梦里的一辈子。它们的一辈子就像一场梦，在一场梦里，它们整天想的是改变和逃离，但终究所有的努力都成灰烬。后来它们终于明白，正是改变和逃离的想法在梦里束缚着它们，这种束缚让它们离自己的初心越来越远，离自己想活成的样子越来越远。

几只大奶子的母羊走到我身边，它们用舌头舔我的脸，用一股股嘴里的热气温暖我，见我还醒不过来，就把嘴凑到我耳边，"咩咩"地叫。有时它们能叫醒我，有时叫不醒。羊知道我还陷在和它们一起做的一场羊梦里，走不出来。它们怕它们走后，我饿着肚子，它们知道我叫阿妈的这个女人已经好久不关心我了。它们主动把奶头放到我的嘴边让我吸。有时我的鼻子能闻到奶的香，主动把嘴张开吸奶。有时我的嘴闭得紧紧的，奶头进不了我的嘴，它们就派一只正在做梦的羊到梦里喊我，让我张开嘴吸奶。很多个早上，我都是在一场梦里填饱自己的肚子，在一场梦里把自己长大。女人驱赶着最后一只羊走出了羊圈。她在驱赶最后一只羊走出羊圈时，也没有看见一个从自己身体里掉下来的娃还遗留在羊圈里，学着羊睡觉的姿势，做着羊做的梦，孤零零地躺在那里。她吆喝着一群羊走上折多山的声音，离我越来越远，我离这个女人越来越远。

我从来没有在这座泥巴房子里，见过一个陪这个叫阿妈的女人睡觉的男人，偶尔有个男人走进这座房子，也只是到院坝中间就不往屋里走了，仿佛我家的屋子里藏着一个什么咬人的大东西，让他们不敢往前走。只要有男人走进我家，我就从我正待着的一个角落里爬出来看那些男人，我对男人充满好奇，我早早就明白，男人是长大了的男娃，是他们让我从出生，就消失在这个我叫阿妈的女人心里。意料之外的是，我看见的男人只要看见我，都会朝我走来，他们用手摸我的头，把最甜的笑留给我，有时他们还会从藏袍里掏出包了好几层的奶渣给我吃。我边吃奶渣边看男人，男人的眼睛黑亮亮的，朝我的笑暖融融的，我在男人的身边特别有安全感和幸福感。男人像我相处久了的一只羊。我觉得男人并不是坏人，只有面对他们的时候，我才学会了笑。在这以前，我都认为我是一个只会哭，不会笑的人。我冲他们笑，冲他们"咿咿呀呀"地说着我想说的话。我把我的一个拥抱给他们，只要他们没有什么急事，他们都会抱起我，用一句句话逗我笑，看见我"咯咯"地笑给他们听，他们开心地把我来回在怀抱里荡，有的时候他们把我举过头顶，让我看高过他们头顶的天。那是我离一片天最近的时候，天让我感到我的小，天上的云朵像极了陪我睡觉的一群羊的毛。我情不自禁地把手伸向天，我想触摸天的白，触摸我想念的羊群。可来我家的男人通常在我家待的时间都不会很长，见阿妈从屋里出来，他们把该说的事情说完，很快就走掉了。

男人走后，这个我叫阿妈的女人常常在原地待上好一会儿，她沮丧着一张脸，眼神空空地望着男人走的方向，仿佛在这一会儿时间里，她丢失了某样重要的东西。我坐在一旁从下往上地看她，她高高地、僵硬地立着，头上的天空不再柔软，硬硬地压着她，她仿佛一根不合时宜的木头，放在院坝中间撑着天。我试图用我的某个举动打破这种局面，我假装学一声鸟叫给她听，假装拍拍身下的地给她听，我想打破这种局面的同时，让她注意到一个她的娃的存在。她常常会被惊吓到一样，突然从呆滞中醒过来，空空往发出声音的地方看看，然后转身朝屋里走了。我坐在原地，目送这个叫阿妈的女人离开，我知道，我又一次白白地在她眼睛里消失了。我对这种白白的消失，给出宽慰自己的解释是：我的身体太小太轻，引不起她的注意。

　　这个叫阿妈的女人除了放羊，每天还要扛着锄头下地干活。她出门从来不关院坝的门，她可能觉得她的家里没有一件贵重的东西让别人惦记。只要她一走出院门，我就急急地跟在她身后，我想跑着跟上她，我试着在她身后先站起来，但一站起来，我的身子就不由得晃动着，我身体里的骨头软塌塌的，有两次我把自己摔得满鼻子土，嘴皮上的血也冒了出来。我顾不上这些，我用我最擅长的动作，一个劲儿地往大门方向爬。我爬到门口，为了能看得更远，我扶着门柱站起来，我焦急地看她往哪个方向走，只要看她朝南方和北方走我就放心了，我知道我家只有南方和北方的几块地让她种，她不会走向其他地方扔下我，再不回来了。

　　有时我看见这个叫阿妈的女人把路走到一半，自己突然就不想走了，她把背出家门的花篮子背篓使劲往地上一扔，把穿在身上的牛皮褂子随意地往一棵树上一挂，像什么都可以丢下的一个人，一上午一上午地坐在一条土路上发呆。有人从她身边经过，她不把一条身下的土路让给别人去走。她不让人，人怨着气把一条土路走出一个分岔来。她不在乎一条土路因为她，把别人分岔出去。一阵风停在她的身后，一次次地吹她，风走习惯了一条自己喜欢走的土路，犟着脾气不愿意往另外的一个岔口把自己分岔出去。这个叫阿妈的女人在风中动了动，她的动可能是风吹动她的动，可能是她自己身体坐久了的动。她在风的前面一次次男娃男娃地喊，她喊出的声音往她身后退，风把她男娃男娃的喊声刮进一片尘土里掩埋，刮到一缕青烟里升向天空，刮进哗哗的伊拉河里流向远方。风在刮完它想刮的地方以后，又折回身，一次次去吹这个叫阿妈的女人。这个叫阿妈的女人在风的一次次吹中，单薄起来，风想要的就是人在它的吹中变薄变轻，然后消失。

这个叫阿妈的女人肚子一天天大起来，我已经在这座房子里自己把自己养大了。她没看见我第一次说出那句像样的人话，没看见我第一次摔倒又爬起来走稳下一步脚下的路，她还没看见我把一只夜里不想回家的小羊悄悄帮她赶回家。她什么时候都看不见我。在她肚子一天天大起来时，她经常把自己关在经堂里，几天几夜不睡觉地诵经，那颤颤的诵经声时时响在我们的上空，让我和一群羊也想跟着她颤颤的诵经声，诵起经来。

那时的我，依然和一群羊天天生活在一起，不过随着身体的变化，大奶子羊的奶汁渐渐满足不了我了。我常常在夜里饿醒，肚子里"咕噜噜"的叫声吵着羊圈里的羊睡不着觉。我从羊群中站起来，羊在夜里给我让出一条路。我是羊养大的人，羊比谁都知道我从它们身边站起来，想干什么。我走出羊圈，慢慢爬上木梯，在夜里我尽量让自己的行动不发出大的声响。屋里除了经堂的门关着，所有的门都大大地敞在夜里。我可以在这些大大向我敞着的门里随意进出，虽然以前我很少在这座房子里出入，但是我对这座房子里的一切从来不陌生。我可以从女人进一间屋子待的时间长短，来判断这间屋子是用来干什么的。我可以通过一扇窗户向外传出的味道，判断这间屋子是用来干什么的。我还可以通过一些往屋子里爬的小虫，来判断这间屋子是用来干什么的。我顺利地跨过一个不高的木门槛，进入客厅，客厅四周摆放着几张藏床，藏床前面放着几张相对应的藏桌，银灰色的月光从窗户钻进来，软软地瘫在桌面上，像一块自己融化掉自己的冰。

我坐在藏床上，偷吃藏桌上女人啃过的半个青稞饼，喝女人剩在木碗里的半碗酥油茶，咬半个女人吃剩下的青苹果。在这间屋子里，我总能找到女人吃剩下的半样东西。女人似乎对每样食物吃到一半就没兴趣吃下去了。我把女人没有吃完的食物趁她不注意时，帮她全部吃掉，我用她吃剩下的一半粮食，在暗地里养大自己。我从来没有看见女人找过被我吃掉的那一半食物，她似乎早已习惯一些东西在她的生命里丢失。她对那些丢失的东西漠不关心，不闻不问，丢失了就丢失了，就像我在她心里的丢失，丢失了就丢失了。

　　有什么事情要发生了，那几天这个叫阿妈的女人没有放羊群上山。羊是可以自己去放自己的，羊早早梦里为自己铺了一条上山的路，不会把自己分岔出去。但是整个羊群都饿着肚子乖乖待在羊圈里，不叫一声给女人听，不弄出一点大动静吵女人，它们把自己清楚分割的夜，也不用来做梦了，它们白天夜里一眼一眼巴巴地往经堂方向望，那眼神里满满都是对女人的体贴。它们饿得厉害的时候，吃地上的土，舔砌在墙上的石头。地上的土和墙上的石头，都残留着以前它们留在上面的粮食和盐的味道。直到有一天，女人的诵经声变成一声声疼痛声从楼道里传出来，所有的羊从羊圈里站起来，蜂拥往院坝里跑。它们焦急地在院坝里"咩咩"地往天上叫，把一块脚下的地踏得脆响。女人的疼痛声还在楼道里持续着，女人身体里的疼，仿佛要撕裂这个女人的骨头。有十多只羊冲出了院门，往村子里跑。它们明白一群在村子里乱跑的羊，会被村人重新赶回家。

　　我知道这个女人要生了。我体验过女人生我时的情景，我在肚子里都能听见女人那撕心裂肺的疼痛声。我趔趄着步子往外走，走到邻居措姆家，我没有在门口喊一声措姆的名字或敲一下措姆家的门，就直接自己走进去了。措姆正在猪圈里忙着喂她家的七八头"嗷嗷"乱叫的藏猪，没注意到我的到来。我站在猪圈门口措姆措姆地喊，我喊出的措姆声音细细的，弱弱的，很快就被措姆家"嗷嗷"乱叫的猪叫声盖住了。

这是我第一次喊出一个人的名字,我不知道我喊出的那几声嫩嫩的声音,像不像一个人的名字。我又喊了措姆一声,她还是没有发现我,我从地上捡起一个小石子向措姆扔过去,措姆从七八头"嗷嗷"乱叫的猪里转过身,看见一个小小的我站那里,吃惊得闭不上嘴。

我和措姆没有打过任何交道,偶尔几次相遇都是我在门口扶着门柱,看那个我叫阿妈的女人往哪个方向走。我一看见措姆来了,就自己躲在门后面,我怕措姆看见我,我怕村子里的很多人看见我,不知道为什么。即使我再躲措姆,我也知道我被措姆看见了。措姆从我家门口经过,故意在门口停一会儿,重重地跺一次脚或朝屋里笑一声才把自己走掉。我从一扇开裂的木门缝里听措姆向我跺脚的那一声,看朝我笑出的那声笑,它们被一道开裂的木门缝挤得细细的,措姆被一道开裂的木门缝挤得小小的。在一道开裂的木门缝里,我一点一点认识了措姆。

今天,整个措姆站在我面前,我一下觉得措姆很大,比我在裂开的木门缝里看见的措姆大很多。我愣住了,我不敢斗着胆子给措姆说话,我说不出几句像样的人话给措姆听,但一想到那个我叫阿妈的女人的疼痛声,心里所有的怕都消失了。我朝措姆走过去,拉着措姆的藏袍往外走。措姆扔下手里的桶跟我走,措姆家七八头藏猪在我们身后"嗷嗷"地叫给我们听。措姆"呀呀"地在身后喊我,我不管,我把身体里所有的劲儿都用在拉措姆的衣角上。措姆的家门口全是我家的羊,羊看见措姆被我拉着衣角走出来,立马让出一条路给措姆走。

措姆一路说着话,我没回措姆一句,措姆还不知道我已经能说几句嫩话给她听。后来,措姆把我抱在怀抱里跑着去了我家。一到院坝里,我给措姆指着楼道的方向让她去,措姆准备把我一起带上楼,我却死活不上去。措姆放下我,往楼道的方向跑。没一会儿,我听见措姆打电话的声音,再没过多久,几个我曾经出生时见过的女人急匆匆地来到我家，她们"噔噔"地往楼上跑。生我的那个女人在屋子里一声声地叫，叫得天都快塌了下来，叫得我整个身体里的骨头都在痛。

那天的太阳落得特别缓，落日把雪山染得金黄金黄的，把我和一群待在院坝里的羊，染得金黄金黄的。我和一群羊抬着头久久地站在院坝中，羊停止了叫，我屏住呼吸，我们都在等待着什么。当落日的余晖最后一点滴落在雅拉雪山顶上时，我听见了那个我叫阿妈的女人第一次灿烂的笑声，随后一切归于平静。

我和羊群都把心里的那口紧气松了下来，羊慢悠悠地朝羊圈走，我站在院坝中间，向那个我叫阿妈的女人方向迈出了两步，想想又将那迈出的两步收了回来，和一群大大小小的羊，朝羊圈走去……

是谁拖住了春天的脚步

春天的夜里，我很多个晚上睡不着觉。

我不知道自己为什么在这个春天的夜里，瞌睡特别少，心变得很浮躁。为了让自己尽快地睡过去，我费尽心思，调整心态，把不想闭上的上眼皮和下眼皮使劲闭上，把急促从鼻孔里呼着的气尽量调整平缓。为了赶走脑袋里乱七八糟的想法，我放松身体，把所有的精力都集中在把自己睡过去这件事情上。可无论我怎么努力，还是一整夜一整夜地把自己睡不过去。那一整夜一整夜睡不过去的自己，心是沉的，呼吸是沉的，脑袋里的想法是沉的，装进眼里的黑是沉的，那睡不过去的自己，加厚了夜的重。夜重了，春天往前走的脚步就重了，是一个一整夜一整夜把自己睡不过去的自己，拖住了春天往前走的脚步。

这个春天，村子里的人忙完了春播，看完了布桑然布开放，捞完了春天里的第三缸芫根酸菜，春天还没有过去，人突然在春天里无事可干了。人很少遇到这样一个春天，以前他们遇见的春天都是火急火燎的，地没有耕完春天就要过去了，青稞种没有撒完春天就要过去了，树上的嫩叶没舒展好筋骨春天就要过去了。人在这样的春天里，常常忙得忘记吃一顿打尖的火烧子馍馍，喝一口从家里背到地边的酥油茶，吆喝一声远处准备偷嘴的牲口，春天就过去了。那时人嘴里的春天，像是一个骑着马匹赶路的人，一不小心就从人眼前晃过去了。那时，人很多时候是不愿意提春天这两个字的，人故意绕开它，选择遗忘它，人甚至隐隐恨它。在人的心里，人觉得春天薄情寡义，没给人脑袋里、眼睛里留下太多值得记忆的事情就离开了。人要赶在春天离开之前，匆忙做完春天里的事。春天里的事，不能拖到夏天去做，夏天有属于夏天的事等着人。

　　人最先没有注意到这个春天的慢。人按照以前对待春天一样，大气不敢缓一口，急匆匆地把每年春天里该干的事情全部干完了，人的身体一下松懈了下来，看着春天的脚步还在时间里缓慢地走，人心里得意自己，这么多年过去，自己终于赶在了春天的前面，做完了春天里的事。人等了好几个夜晚，春天还没有过去，人闲得无聊，就把一个春天握在手里的锄头和镰刀往屋子的角落里一扔，把沾满春泥的胶鞋和铺满春天尘土的衣服往柴垛子上一晒，把那些为自己忙碌了一个春天的几头牛和几匹马往山上一放，又闲了下来。做完这些事，他们在春天里就彻底没事可干了。

　　为了打发剩下的春天，他们先在屋子里睡了几天懒觉，想把那些天忙在春天里没有睡足的觉全部补回来。上点岁数的人在春天的夜里睡觉的样子，常常是腰弯曲着，腿弯曲着，手弯曲着，他们把整个春天里的自己蜷缩得紧紧的，像一粒不想发芽的种子，他们说春天是最容易把一切长出去的时候，像他们这把年纪，再不想长自己了，再长自己，就把自己长到其他地方去了。春天的夜里，村子里到处可以看见蜷缩着身子睡觉的老人，他们小小地睡在一张被自己住旧了的老床上，仿佛一个刚出生不久的婴儿。觉全部补回来了，他们就在屋子里做几顿好吃的给自己吃，把那些天忙在春天里垮下去的身体好好调养过来，他们知道自己的身体是需要自己去疼的，一旦身体垮了，一个人活在这个世上的根基就没有了。根基没有了，人跟着就垮了。他们看见过几个不疼自己身体的人，垮在干枯的日子里追悔自己的样子，让他们既心疼又无奈。

那几天过去，春天还没有被人完完全全地过完，人陆陆续续从屋子里走出来，屋子里的闷气让他们觉得脑袋闷闷的，心闷闷的。那几天，从屋子里走到屋外呼吸新鲜空气的人，像猎塔湖底缺氧的鱼，嘴巴张得大大的，大口呼吸着屋外的新鲜空气。他们整个人看上去松松垮垮的，感觉肩膀在春天里往下垮，头在春天里往下耷拉，眼神在春天里往下垂，整个人都有一种被什么东西往下拽的感觉。

人慢慢往村子中间的老院坝挤。人在一下闲下来的春天里，突然就不知道把自己往哪里走了。人不知道把自己往哪里走的时候，通常都会想到那座老院坝。废弃的老院坝坐落在村子的中间，平时没人打理，土墙上到处长着荒草。老院坝的半扇木门常年开着，人想进去时可以进去，动物想进去时可以进去，一些小虫想进去时可以进去。远远看去，那开着的半扇木门饥肠辘辘的，仿佛想把一切事物从它嘴里吃进去。

有一年秋天，夜里刮过一场大风，那场大风气势汹汹地从山后面呼呼地刮过来，仿佛和山后面的谁打输了一场大架，或在某个不知名的地方摔了一个大跟头，莽莽撞撞的，带着一股怒气来到村子。风一来到村子，就把心里的怒气拿出来到处撒，撒了气还不甘心，又把一声声呜呜的喊声传遍村子。那天的风是带着大疼来到村子的，风想把自己身上所受的大疼，都让夜的村子重新帮自己疼一遍。村里的很多树在风中连根拔起，一些老旧的青瓦在风中一片一片地被风掀起来，又摔下去，那剧烈的破碎声，让人莫名地想到自己骨头断裂的声音。有几只小羊羔在那场大风中被吹走了，有几条赶不走的流浪狗在那场大风中永远消失了。还有旺杰，一个一直喜欢把自己睡在树上做梦的十八岁康巴汉子，在那场大风中把自己弄丢了。那个大风刮着的夜，像有一百头牦牛在夜里奔跑，有三百名战士在村子里厮杀，有一千名婴儿在夜里啼哭，那汹涌的场面在夜里铺开，让村子里的一切感觉那个夜里到处都是危险和陷阱。那是一场风和夜的厮杀，在那场激烈的厮杀中，有些东西成了厮杀中的牺牲品，它们有的受伤了，有的消失了。那是一股内心充满大气的风想要的结果，风想让一切消失，风知道自己最后也会消失自己。那场大风是在接近天蒙蒙亮的时候把自己消失的，有关那场风和夜的厮杀最后谁胜谁负，成了村子里永远的一个秘密。

　　和那场大风一起消失的，还有老院坝两扇木门中的一扇。那天夜里，人听见两扇木门被风吹得啪啪啪地响，人知道是两扇经历过几十年大风大浪的老木门在和一场大风作战。老木门虽然老了，但看过的事情多，老木门不服一场大风的软。在老木门一次次啪啪啪的声响中，有一瞬间，人似乎听见十八岁的康巴汉子旺杰，在风中关那扇木门时的喊叫声，人还听见在那场大风中，还有一个像旺杰一样的男人在风中喊：谁也别妄想带走这扇门，别想。那天夜里，很多人都躲在自己家的屋子里不敢出门，很多娃的哭声从窗户里传出来，被大风一瞬间就卷走了，很多大人捂住正哭着的娃的嘴，生怕屋外的大风听见一个娃的哭，从窗户里钻进来抢走怀抱中的娃。那天夜里，大风刮了村子大半夜，正当人在屋子里慌得不行的时候，大风说走就走了。很多人还处在恐惧中没有回过神来，大风一下就走了。大风走后，留下一个很深的夜给村子里的人。虽然大风已经走了，人的耳道里还轰隆隆地响，人在夜里的听力还没有那么快从一场大风中缓过来。夜里，到处是人打喷嚏、咳嗽，朝一片夜发出怪叫的人。他们在用这种方式，把还愣在一场大风里的听力喊回来。第二天天亮，人小心地往外探，人怕那场大风刮过之后还不死心，藏在一个青石堡后面等他们，藏在一棵大树后面等他们，藏在一群被它们刮倦了的牛群后面等他们。只要看见他们，突然从一个青石堡、一棵大树、一群牛后面站起身来朝他们刮，刮走风想要的，刮到风满意为止。那天早上，到处是人从窗户里、门缝里、一堵老墙的裂缝里往外探的眼神。那天早上，人像是从一扇窗户里、一道门缝里、一堵老墙的裂缝里，长出来的探头探脑的怪物。人观察了很久，觉得外面彻底安全了，才放心地打开大门，从门里把自己走出来。那天早上，他们发现老院坝的木门只剩下其中一扇，孤零零地立在那个早晨，睡在树上的十八岁康巴汉子旺杰不见了。

　　时间没过半个上午，老院坝里就坐满了在春天里闲下来的人。人凑在一起，叽叽喳喳的，和一群村子里的动物凑在一起乱哄哄的场面差不多。人炫耀自己如何比往年提前完成了春天里要做的事情，一个人炫耀，很多人都在炫耀。那些夸自己大话的声音一个比一个高，一句比一句硬，人最先没意识到这一点，人被自己炫耀自己的高涨情绪冲昏了头脑。那些夸自己大话的声音，在老院坝里越积越多，越堆越厚，老院坝毕竟老了，禁不起这么多大话一下涌进自己的身体，"咔嚓"一声，西面老墙裂开了一道大口子，老墙是被那些大话胀破的。人突然安静下来，刚才被那些大话冲昏的脑袋清醒过来。人回忆刚才发生的一切，人想自己刚才是咋了，怎么会毫无羞耻地把自己春天里做的平常事情，炫耀得快飞上了天。人一阵面红耳热，羞愧得不说话了，他们把嘴闭得紧紧的，回到刚走出家门时那种松松垮垮的样子，头耷拉着，肩膀耷拉着，眼神耷拉着，像是脚下的土地在往下拽他们。

　　一股小风细着身子从裂开的老墙口子里钻进院坝，凉凉的，带着冬天的冷。这时，从院坝的一个角落里冒出一个声音，突兀兀的：怎么感觉这个春天被什么东西拖住了，总是被自己过不完。说的人把话说完就没事了，我心里却一惊，我想这个人是不是在说我。我偷偷往四处张望，我想寻找到说出那句话的人。在我往四处张望的时候，看见有几个人把疲倦低垂的头从人群里抬起来，机警地朝四周张望，仿佛要找出那个拖住春天脚步的东西。我急忙收回往四处看的眼神，把脖子缩起来，耳朵埋进藏袍里，我躲避着那几双突然在人群里机警起来的眼睛，我怕他们发现一个藏在人群里心虚的我。我感觉到那几个人的眼神从我们头上划过去，从不远处的一棵老树枝上划过去，从天上一朵厚重的黑云上划过去，从一个正酣睡在阿妈怀抱中的婴儿呼气声中划过，没有任何收获，最后慢慢回到自己，依然疑心重重。我偷偷观察他们，我看见那几个疑心很重的人，眉头皱得紧紧的，眼珠子滴溜溜地转着。虽然他们在刚才的张望中，没有发现什么，但是疑心像一块有棱角的石头一样，扎根在了他们身体里的某个地方，硬硬地顶着他们。

　　我忽然有些害怕这几个人，想到那几双机警的眼睛，还有扎根在他们身体里某个地方的疑心，我像做错了什么事一样，心怦怦乱跳。我想迅速地离开这里。我站起身，假装想起一件自己没有做完的事一样，从人群里走了出去。在走的时候，我尽量把自己走得更接近平时一点儿，脸上的表情更放松一点儿，为了让那几个人不怀疑我，我在走过人群时，还和一条趴在地上的黑狗说了几句闲话。但即使是这样，我还是被其中的一个人在后面喊住了，我在他的喊中停了下来，故作镇定地把头转过去问他喊我干什么，我的声音里带着只有我自己能觉察出的紧张。那人用机警的眼睛望着我，随后淡淡地说："没什么，就是想喊喊你。""牛犟的。"我向他骂出一句脏话。他不回我，继续用机警的眼睛定定地看我。我从他紧盯着我的眼神中往家的方向走，拐过几堵石墙，穿过两家牛圈，我依然能感觉到有一双看我的眼神尾随着我。"滚开，离我远点。"我自言自语地说，说完放开步子跑回了家。回到家中，我用一根去年放在屋里的圆木头，把门抵得死死的，生怕有人来找我算账一样。我不打算开灯，我知道过不了多久，我将会又一次把自己陷进一个睡不着的春天的夜里。

这个春天还没有结束，但人把这个春天里要做的事情，已经全部做完了。人不会提前把夏天要做的事情，放到春天来做。

人一天一天地把自己空出来，无事可干。我看见越来越多的人，坐在春天的某个角落里唉声叹气。以前他们的喘气声除了睡觉吃饭，大部分都是朝着一片自己耕种的地出，对着自己耕种的地出气，人身上的血脉流通是畅快的，人的心情是畅快的，整个人看上去是健康的。但是现在他们的喘气声，大部分是朝着一面墙出，一条小路出，一块大石头出，气出得憋，整个人的精气神打蔫得很。他们不知道这个春天为什么这么长，自己还会不会等来一个夏天。还有的人屁股坐痛了，腰坐酸了，脖子立僵了，索性一个仰翻把自己躺在地上看天，天看够了，又一个翻身，四仰八叉地把身子面向一片地看，地厚厚的，让人看不透，于是有人找来一根木棍，几个时辰几个时辰地往一块地掏洞，一个洞掏好了，再掏一个，洞想往哪儿掏，就往哪儿掏。掏洞累了，又把自己的手指伸进洞里，让手指和手指在洞里玩躲猫猫的游戏。还有的老年人，仰着头，整天把一个老鼻子伸在空气中闻，这些老人已经活到能闻到每个季节的来和每个季节的去的味道，但是对于这个春天，这些老人每次把仰着的头收回来时，脸绷得紧紧的，撇着一张老嘴告诉身边的人：离这个春天的结束，还早着嘞。说完，他们眼睛望向远方，仿佛这个春天的远，像他们眼中看见的远，望不到边际。

人渐渐开始慌起来。人怕的是这个春天如果一直没有边际，那他们将会待在这个没有边际的春天里，一直空着自己。把自己空久了，手脚会有变化，心会有变化，有些贴身的东西会离自己越来越远。有些按捺不住自己心里慌的人，悄悄走出家门，把春天放牧到牛场上的牛和马重新赶下山来养着，把初春耕过的一块地重新耕一次，把前面撒过青稞种的地重新再撒一次，他们不怕重新长起来的青稞种又浓又密，他们想的是大不了又浓又密的青稞苗，让自己在夏天锄草时多费一点力气，多费点力气不要紧，总比现在把自己久久地空在春天里要好得多。

除了人在这个没有边际的春天里慌，我也偷偷观察过一些动物和植物。动物和植物也在这个没有边际的春天里待得太久了，只要春天的脚不往前跨一步，它们就别想往自己期待的夏天跨一步。动物和植物也怕把自己空得太久了，心会空。一旦心空了，就别想再找回来了。动物和植物学人，在某个不起眼的早晨或夜晚，把春天里自己已经做过的事情，重新去做一遍。比如有些花，人明明看见前些日子已经开过了，等人哪天无意抬头，看见那些开过的花，又鲜鲜艳艳地在枝头重新开放了。比如有些动物，初春时明明已经换过一次老毛了，等人哪天走在它们的身后，发现那些已经换过的新毛，又正在被动物们重新换一次。还有些从地里长起来的新嫩苗，伸着脖子，白天夜里地站在一块土地上左顾右盼的，前瞻后仰的，等下一个季节到来，它们知道对于自己，在春天里只能长出符合春天模样的自己，有些实在等不及了，就想着法子让自己回到土地里，重新长自己一次。

是一个一整夜一整夜把自己睡不过去的自己，加重了夜的重。夜重了，春天向前走的脚步也重了。我在无数个春天的夜里，继续努力地想把自己睡过去，但我还是睡不着。我没告诉过任何人，我已经在春天的夜里，很多个晚上没闭上过一次眼，没做过一次在春天里的梦了。睡不着的我，把夜里大把大把的时间，用在盯一屋子的暗看，我把头上的暗看一段时间，又把墙上的暗看一段时间，再把肚子上的暗看一段时间，再把手指上的暗看一段时间。有时我感觉夜的暗，从屋子里的某个角落被我看破了，露出暗的光。暗的光微黄微黄的，在夜的暗中把我照亮。那束夜里微黄的光，是独属于我的一束光亮，那束光亮让春天的夜变得更加宽阔，让我更一整夜一整夜地睡不着。

有天晚上，我独自从屋子里走出去。那是我无数个睡不着的春天的晚上，第一次把自己走出去。我不想在屋里睁着眼睛继续待下去了。我的第一个脚步踏进春天的夜里，我突然发现春天的夜柔软得像棉花，一下把我踏向它的脚吸住了。我继续向前走，我在柔软的夜里，留下一串软进春天的脚印。当我回过头看那一串软进春天的脚印时，我的脚印开始在春天的夜里生长，长出脚印的枝，开出脚印的花。我忍不住用手去触摸那些脚印长出的新枝新花，仿佛触摸到了另外的一个自己，在春天的夜里生长。夜突然在我的世界中变得大起来，某些东西在大起来的夜里迅速生长着。

我越来越贴近那些新枝新花的生长，毫不费力气地爬上一棵在春天的夜里，生长起来的自己的脚印树，树越长越大，茂密的枝丫不断地向远处生长，这时我才发现，村子里到处是春天夜里睡不着觉的人，那些睡不着觉的人，光着身子一个个从屋子里走出来，有的学着白天的样子在地上掏洞，有的四仰八叉地把自己躺在地上看灰蒙蒙的天。我一直认为是一整夜一整夜睡不着的自己，加重了春天夜的重，拖住了春天往前走的步伐。现在看来，加重春天夜的重的人不只是我，村子里到处都是拖住春天不想放手的人。

我站在脚印树上往下喊村里的人，我再不怕那几双机警的眼睛望向我。我的声音在夜的春天里，四处飘荡，空灵灵的，像夜的精灵。我向一个正掏洞的人，喊出我的一声喊；向一个四仰八叉躺地上的人，喊出我的一声喊；向一个正打开门想把自己走出去的人，喊出我的一声喊；向一个正做梦梦见自己走到悬崖边上的娃，喊出我的一声喊；向一朵重新把自己开放一次的花，喊出我的一声喊；向一匹垂头丧气、对生活失去信心的老马，喊出我的一声喊……那个夜，我喊出了很多声自己的喊，我喊出去的喊没有得到一次回应。那个夜，我的喊声像落进春天夜里的一粒尘埃，细弱弱的，一挨着地就没有了踪影。

　　脚印树还在生长，我用手再次去触摸它生长的枝，正在开放的花朵时，我已经变成一棵正在长自己的脚印树，深深地把自己长进了春天的夜里。

光把他陷了下去

他是追着一束光走出去的。

他隐隐觉得那束光喊了一声他的名字，他答应了，于是从屋里走了出去。

那晚他的旁边睡着格莫，床的另一头还躺着自己七岁的娃。他想，娃那晚肯定提前知道一些事情，吵着闹着要跟着他和格莫睡。睡前，格莫把娃抱上床，边在灯光下给娃脱掉白天跑得汗涔涔的藏袍，边羞着娃：小羔羊双腿长硬气了，骨子里的羞就生长出来了，你这娃倒好，个子比小羔羊大，还来和阿爸阿妈挤着睡。说着，格莫笑着用食指在脸上做出羞娃的动作。格莫的脸颊在灰黄的灯光下，泛着微微的红，像夏牧场上两朵星状雪兔子盛开在她的脸上。娃不回答格莫的话，眼一眨不眨地看他。娃那晚的眼神里有根牛皮绳一样的东西，想紧紧拴住他。格莫把娃的藏袍折好放在枕头边，准备给娃脱藏袍以下的贴身衣服。娃像一头倔强的小牦牛，左右摇晃着小身子，死活不让。格莫数落娃，娃哭。格莫往娃的屁股上"啪啪"拍了两下，愤着嗓子说：野惯的小牦牛，犟脾气从脚底都蹿出来了。娃豌豆大的泪珠子连成串地从眼眶里往外滚。娃边哭边望着他。那根牛皮绳一样想拴住他的眼神，仿佛被大雨淋透了，湿湿地朝向他。他想娃今晚是怎么了，平时的娃哪怕给他屁股上再重的几下，都从来不会哭出声。

"干那么多麻烦事做什么，娃不想脱就不脱。"他对旁边愁着一张脸的格莫说。

"睡下。"格莫生气地对娃说。格莫的气不只是生给娃看的，也是生给他看的。

娃朝床尾跑，娃眼眶中的泪珠子一路跟着娃朝床尾洒。"扑通"一声，娃把自己的小身子摔在了床上，娃用被子盖住自己的头。格莫还在数落娃，格莫说这样的倔娃不知道是怎么从自己肚子里落出来的。他把身子微微抬起来看睡在脚头的娃，娃躺在被子里一动不动，像个小小的木疙瘩躺在床的另一头。格莫嘴里数落娃的话，没一个人接，格莫数落着数落着，侧着身子便气气地躺下了。他伸手把灯关掉，跟着把自己躺下。那晚他和格莫之间没话可说，那晚他们之间似乎已经把这辈子的话说尽了。

他和格莫背对着背，朝着两个方向躺着。黑从高处落向他们，隔在他和格莫中间，就像娃今晚隔着他们。在黑中，很多东西慢慢从他身体里丢失，黑让有些东西随意地丢失在它那里，黑拾起它们，收容它们，黑用人丢失的东西养活自己，长大自己。

在黑中，人慢慢变轻。

娃悄悄朝他移。他感觉到了那移动在被子下面的小身体，像一只游动的小蝌蚪，慢慢靠近他。娃先用一根小指头触碰到他，然后第二根……娃把一只手伸向他，然后第二只手伸向他。娃抱住了他的一只脚，犹豫了好一会儿，又抱住了他的另一只脚。娃想用体内的小力气困住他。娃嘴里的热气传向他的身体，他什么也没说，就那么静静地躺着。娃没有睡，那双大大的眼珠子在黑里一直盯着他。在黑里，他感觉到一双眼睛盯着自己的痒。那种感觉他以前有过，是一个恨他很深的人给他的。

一滴泪落在他的腿上。娃在被子里哭，睁着大眼睛，抱着他哭。娃那晚的哭声被高处落下来的黑盖住。娃把他抱得越来越紧，越来越紧，他感觉到了娃给他的双脚带来的力量。他往回缩了缩脚，娃不放，娃还在用自己的小力气抱着他。娃今天可能遇到了什么事，他想。但他始终没有把自己的疑问，向一个躲在黑里的七岁娃问出口。当然，他也没有把这个疑问告诉身边的格莫。格莫平缓的呼吸声响在他的身旁，格莫已经把自己睡在了一场梦里。

"我又梦见了一匹马的跑，那匹马的脸昨晚变成了卓嘎的脸。"格莫每次梦见马，醒来第一件事情就是告诉他，昨晚那匹马变成了谁的脸。格莫在梦里，把一匹马的脸变成一张张凹村人的脸。在格莫的梦里，凹村人每次以一匹马的方式活着。格莫有关马的梦，做了很多年，她在梦里养了一匹自己心爱的马儿。她说它高大，肥壮，棕红色的皮毛在金灿灿的阳光下泛着亮光。她在梦里喂养那匹马，和它说话，让它带她游走草原。她说，她多希望自己做了多年的梦里有他。而他从来没有到过格莫的梦里，和格莫一起养一匹她心爱的马儿。有几次，格莫睡觉前把他的手握得紧紧的，嘴里自言自语地祈祷着让他进入她的梦，和她在梦里一起喂养她的那匹马的话。格莫说着说着就睡过去了，格莫是个很容易把自己睡进一场梦里的人。格莫一旦睡着了，握着他的手很快就松开了，那时的格莫仿佛着急要去做一件梦里的事情，不想有任何束缚。他观察过好几次那时的格莫，格莫虽然眼睛闭着，眼珠子却在眼皮下微微地动，嘴角上扬，露出月亮湖一样的形状。他想，格莫只有在醒着的时候，才希望他进入她的梦，睡着了的格莫，是另外一个他不认识的格莫了。格莫有几次生气地怪他不走进自己的梦，怪过之后又自责地说：啊啧啧，我是狼毒花的香味闻多了，蒙住了头，怎么能怪罪你呢，那毕竟是一场梦。

今晚，身旁的格莫有没有做一场有关马的梦？他在自己的想中，慢慢闭上了眼。娃还抱着他的腿，紧紧的。娃今夜不想对他放手，他知道。

他梦见了马，一匹久违的马。他在梦里告诉自己：今天我终于梦见了马。那匹马站在一片枯黄的草原上望着他，他走向它。马在那里等着他。那种等待让他觉得那匹马站在那里仿佛已经等了自己很多年了。他一步步向那匹马靠近，就在他一步一步走向那匹等待他的马时，马开始消失。他先看见马的尾巴不见了，后看见马的一只耳朵不见了，再后来看见马的一只脚不见了……他向着那匹马奔跑起来，心里的慌只有他自己明白。就在他快要触碰到那匹马鼻孔里呼出的热气时，马在他面前彻底消失了，草原变成了一望无际的沙漠，他头上的天空红红地燃烧着，烈焰铺天盖地，整个大地仿佛置身在一场大火中，把自己烧起来了。

即使没有真正拥有过那匹马，但他确信，他梦里遇见的那匹马，不是格莫嘴里说过的马。

他从一场梦里惊醒，心里全是失落和莫名的伤感。娃睡着了。睡着了的娃，身体里的小力气渐渐丢失。娃的手在慢慢松开他，一点一点地松开。娃在梦里喊一匹马的名字。他知道那是一匹马的名字。那个名字模模糊糊地在刚才他的梦里出现过。梦里，那个名字像是一片单薄的落叶在刚才的梦里飘向他，像是一只土拨鼠在刚才的梦里叫给他听，像是几朵点地梅的花香在刚才的梦里传给他。那匹马的名字叫洛桑。此刻娃的口里正喊着洛桑。娃的一声声喊，像是洛桑正在离开他，又像是洛桑正驮着娃在草原上奔跑。

娃在黑里放开了他，把身子转向格莫。娃的嘴里还在说些什么话。娃在梦里的话断断续续的，他一句也没有听清楚。娃梦里的话仿佛只是说给一场梦听的。格莫平缓地呼吸着。今晚睡着的格莫显得尤其平静，让他不由想到自己曾经在夜里迷了路，在宗塔草原上遇到过的一个野海子，那个野海子像遗落在大地上的一颗绿松石，寂静得让他永生难忘。

那束光照了进来。那束光是从泥巴墙的裂缝里照向他。他隐约觉得那束光通过裂开的墙缝喊了一声他的名字。他的名字被一束光喊过之后，带着一束光的暖。他说，在夜里他从来没有听见过有谁喊自己的名字，他的名字是永远丢失在暗夜里的名字。他答应了那束光的喊，光在缝隙里瞬间消失。

娃还在暗里说着梦话，娃暗里的话比白天多，娃仿佛是把白天的话都垒在暗夜里来说了。

那束光再次出现在他的窗前，不再挪步，像一个人站在窗前等他。一束光似乎有很多话想对他说。此刻，格莫和娃都背对着他。夜的暗落在她们的身上，一层层地盖着她们。她们是睡在暗里的人。

他从床上爬起来，穿上藏袍，戴上上次纳多赛马节从昂洛手里赢来的帽子，准备出门。那束光对着他笑，发出山崖兔的声音。他向门口走去，娃在梦里阿爸阿爸地喊他。他心疼娃，就要答应娃的喊，娃又不喊了。藏房里死一样地静下来，就像他们平时的生活，死一样的静。

他打开木门，快速地把自己走了出去，像一次预谋已久的逃离。他走进光里，光在夜里照亮他一个人的暗，光给了他一条暗里的路来走。他踏在光上，光软绵绵地，慢慢地，慢慢地，把他陷了下去……

水上村庄

那人欠了我家牛配种的钱。

我问他要，他赖皮说：出门走得急，没带那么多钱，你菩萨心肠，宽限宽限，明年，就明年我把牛配种的钱亲自送到你门上来，到时只要你不走到哪里去，让我找到你，明年你一定能拿到这笔钱。那人一次次向我竖起大拇指，嘴里说着感恩戴德的话。

我很生气，想起他来时说话大块大块的样子，觉得被他骗了，死活不干。他在我面前焦急地踱着步子，深一脚浅一脚的，额头上的汗珠一颗颗往外冒，仿佛要不回牛配种钱的人是他，而不是我。他几次想打开牛圈门放他的母牛走，都被我拦住了。他擦着额头上的汗说：来不及了，真的来不及了。我说：有什么来不及的，今天你不给钱就别想走。我们在牛圈门口吵了起来，差不多就要到动手的地步。圈里他家的母牛和我家的公牛齐声声地对着我们叫，那叫出的声音插在他和我的吵架声里，让我们很难清楚地听见对方嘴里正在说些什么。

尽管这样，我还是把自己心里想骂的话全骂了出来。我骂他是个穷光蛋，连一头牛配种的钱都付不起，骂他是个没良心的，我们虽不认识，但还是大方地让自己家的牛和他家的牛配种了。我说他是个白眼狼，一看就是一副白眼狼的样子，只是前几年自己莴笋叶子吃多了，雾住了眼，一时没让自己辨别出来。我对着他骂了很多话，我骂他时他扯着嗓子向我说着什么，他脸红红的，头上的青筋一次次鼓起来又落下去，鼓起来又落下去。他嘴里散出的口水沫一滴滴喷在我的脸上，让我不得不骂一阵子就去擦一下脸上的口水沫。我们把一场两个人的架吵得轰轰烈烈的，如果不是他家的母牛一个纵步从牛圈里跳出来，我们那天的架还不知道要吵到什么时候。他是追着他家的那头母牛去的，他走了好一阵子，我以为他就这样跑掉了，正准备回屋好好缓缓自己心里的那股气，那人却又从房子的拐角处喘着粗气冒出来，上气不接下气地对我说：你放心，牛配种的钱我会给你的。说着一个转身又跑去追他的牛了。我愣在那里好一会儿，想是不是自己出现了幻觉，我往那人刚站着的地方望，两个新鲜的脚印深一个浅一个地留在我前天倒在那里的烂土里。

那人是朝南边追着他的母牛去的，除此之外，我对那人一无所知。我没有问过他是哪个村庄的，叫什么名字。他来的时候，满头大汗，头上、衣服上全是土，他像走了很远的路才到凹村。他说他是一路打听才找到我家的，他说我家不好找，他和他的母牛在来的路上走错了两条路的弯，把两条路的弯走到尽头了，才知道自己走错了方向，又转身走回来，就是因为那两条路的弯耽误了他来凹村的时间，要不他中午就到了，不会拖到现在。说着，他忙慌慌地把身子侧过来让我看他身后的牛，那头他身后的牛，毛黑亮亮的，额头上长着一团白得像雪莲花一样的毛。牛盯着我看，眼神跟水一样软。我心里暗想真是一头好牛，难怪主人要费那么多心思来找我家牛配种。我家的那头公牛是远近出了名的壮牛，体格和劳力都比平常的牛要大很多，只因这个，来找我家牛配种的人很多。

　　母牛看我还在看它，把头往那人身后躲，一只眼睛悄悄在那人身后一眼一眼地看我。那头牛像一位来我家相亲的"姑娘"一样懂得人的羞。我知道我家的那头公牛会喜欢它，我家从来没有来过一头这样漂亮的母牛。我家的牛我了解，只要看见长得好看的母牛，眼睛瞪得老大，气出得老大，宽大的牛耳朵故意扇得啪啪地响。为了展示一口它整齐而漂亮的好牙，它故意把牙齿弄得吱吱地响。我羡慕我家牛这股不知天高地厚的样子。不过话说回来，那是牛的事，和我不相干，我要做的事情就是把牛配种的价格谈好。

　　我们谈价都是当着两家的牛谈，谈一会儿，看一眼两家的牛；谈一会儿，看一眼两家的牛。我们的看里包含着很多人心里复杂的因素，比如这个价是否配得上我家的牛，那头来配种的牛是否值这个价等。我们把人的价值观加在两头牛身上，牛是我们养出来的，牛是我们自己的牛。对于这样的谈价场面，我家的牛是见过世面的，它想让我给来的人谈出好价格，一个好价格是主人的面子，也是作为一头远近出了名的牛的面子。这个价格会在牛中很快传开，牛的是非比人的是非传得快。一头听壁角的牛往天上叫几声，牛的是非就被叫出去了；风往牛圈上多刮几下，牛的是非就被刮出去了；遇见几只正在牛圈里爬走的小虫，牛的是非就被它们驮出去了。牛很在乎一个是非的传，一旦一个是非传出去了，就再收不回来。在某种意义上来说，牛比主人还在乎价格的高低。每次我在谈价的时候，牛把它所有的好都展示给来的人看，撒一泡大尿，刚劲地朝天叫一声，翘着尾巴在牛圈里跑一趟，用两只蹄把地上的土往天上掀，这些足以证明一头牛全部的健壮和美，这是我和一头自家的公牛长期相处之后的默契。

　　也遇见过几次我家公牛不情不愿的时候，那是因为来的母牛实在长得让它难以接受。每遇到这个情况，我都会找各种借口给来的人说些言不由衷的话，说我家牛这几天不吃不喝像得了什么怪病，说我家牛这段时间莫名就用嘴拱地上的土，拱得牙齿流血、舌头磨烂还在拱，不知道是什么原因。我用各种谎话骗来的人。牛配种来的人是能把我说的话听进去的，毕竟我家牛如果身体出现异样，配出的种也不会好，给牛配种来的人是不愿意花大价钱配个不好的种回去的。他们惋惜地走了，临别时说等我家公牛身体好了，捎话给他们一声，到时他们再来。我满口答应，却从来没再捎话给来的人。母牛的发情期是没有那么久的，一旦等不了，主人把它们放到山上，只要是公牛它们都让爬自己的身，那个时节的它们身子被其他牛爬过，无论主人怎么赶它们到我家来，它们也没兴趣了。

那天，我对那人开出了有史以来从来没有开出过的价格，不知道为什么，那天我就想对那人开出那个价格。我心里盘算着，如果他要给我还价，我再把价格垮下去也不迟。再说，那人走那么远的路，定是铁了心来给牛配种的。对于一个铁了心想把事情办成的人，对付他是一件容易的事。但令我没想到的是，他一口答应了我说出的价，连一个还口都没有。当时我心里欢快，我朝我家公牛看了一眼，从它呆呆的眼神里可以看出来，它对我喊出的这个迄今为止从来没有喊出过的价格很是吃惊。我压制住心里的欢快，对那人说：成交。那人也对我说：成交。接下来，我等那人从包里掏出相应的钱，他却转过身把牛赶到圈门口说：爬高了再付。以前，我都是先让来的人付完钱再牛配种，那天心里欢快，见他大方，就说：好，总站在路上也不是一回事儿。我打开圈门，他把母牛赶进了圈。两头牛见面，先还相互蹭蹭对方的身体，嗅嗅彼此的鼻子，不一会儿我家公牛就开始爬高了。

那人不放心，一直站在圈门口看牛爬高。他一会儿弯着腰从下面往上看，一会儿侧着身子从左边往右边看。有好几次，我都想打断他的看，我想和他说说钱的事。他一副很忙的样子，一句话不对我讲，只要我想开口对他说话，他就把身子转到其他方向，大气不喘一口地专注看牛爬高。他这样做，让我始终找不到合适的机会给他说钱的事。我想缓一会儿就缓一会儿，反正牛在圈里，人在我身边，都跑不了。直到我家牛彻底累坏了，从母牛身上下来我才给他提给钱的事，接着就发生了开始的那一幕。

我记住了那人嘴里说的明年把牛配种的钱给我的事。虽然有时想想，不给也罢，就当我家牛亏了身子一次。我想起我和那人吵架时，我家公牛和着那头母牛冲着我们叫的声音，它从来没有粗声粗气在外人面前对我那样叫过，从来没有。从它的叫中，我知道它是在生我的气，它嫌我在它喜欢的牛面前给它丢了脸面。想到这里，我更觉得那钱对我来说并不重要了，毕竟那是我家牛难得喜欢上的一头母牛，再牵扯到钱，心里怪怪的，仿佛某样纯洁的东西被我玷污了。不过，我也气我家的牛被爱情冲昏了头，一头被爱情冲昏头的牛，和人一样，变得天不怕，地不怕了。

即使这样宽慰自己，有事没事时我还是偶尔喜欢朝那人离开的方向望，某种隐秘的期盼像种子一样播种在我的心里。我望的时候，我家的牛也时不时地往那个方向望。自从那天那头母牛走后，我家公牛心里的有样东西也被带走了。后面还有来配种的，它都敷衍了事，完事后装着像累坏了一样软在地上，一眼一眼地朝南边望。我想那天我家的牛也因各种原因，没问那头母牛叫什么名字，家在哪里。但凡知道一点那头母牛的消息，我家的这头牛一定早早跨过圈门跑去找它了，毕竟那个不高的圈门对它来说简直不值得一提。

日子跟从雅拉沟流下来的雪水一样，"哗哗"从我身边淌过，我能感觉到它的流，却无法止住它。那人口里说的明年很快就到来了。

那一年，我外出过几次，一次是镇上买凹村没有的豌豆种，一次是去敏迁村借一匹帮我干活的牲口，还有一次是听说大渡河的水涨得厉害，顺水带来了一座十几户人家的村庄，我跟着凹村的几个人去看热闹。前两次耽搁的时间都不是很长，一两天左右，只有最后一次耽搁了七天七夜。

那七天，我和几个凹村人背着带来的干粮天天坐在山顶上，看一座村庄在大渡河水面上漂。我们从来没有见过一座村庄七天七夜地荡在河面上，像一座村庄突然搬到了水面上生活。那座村庄是整块从大渡河河面漂来的，村庄四周没有一个大的缺角，没有一棵断裂的大树，遇见河的大水凼，整个村庄停在了那里。很多人围在大水凼周围看那座漂在水面上的村庄，有人想过施救，试图找来自己家最长的一根木杆朝那个村庄伸过去，他们想能救出一个算一个，总不能让一座村庄的人就这么被一条大河埋葬了。还有的人冲那座漂在水面上的村庄一声声地喊，他们问河上的人需要吃的吗，需要穿的吗。问这些时，有的人已经把自己家的几个青稞饼扔过去了，把一大块包好的酥油扔过去了，把几团奶饼子扔过去了。可是人扔过去的东西，又被漂在大渡河村庄上的人全部扔了回来。他们说，自己不缺吃的，也不缺穿的。他们感谢朝他们扔吃的和穿的人，也感谢那些从自己家搬来木杆施救他们的人。他们说自己在水上生活得很好，用不着岸上的人操心。说完这些感谢的话，他们各自回到家中，该做饭的做饭，该种一块水上的地的，去种一块水上的地。还有几个无所事事的小娃在村庄里到处跑。小娃不看岸上的人，仿佛岸上根本就不存在一群人在看他们。看的人渐渐离开了，他们永远弄不懂那座漂在大渡河上的村庄是怎么一回事。

只有我和凹村的几个年轻人好奇心大，几天几夜不睡觉地盯着那座村庄看。我们其中一个人说，只要这座漂在水上的村庄不走，我们就不走，我们要看看这座村庄到底会怎样。一同去的几个人都满口答应，我也附在他们中间应和着。可虽然是答应，我心里还是担心着家里的事，还有那头我走之前把它托付给隔壁邻居的牛。我相信隔壁邻居会看好我的牛，他答应给我看牛，开出的条件是：回去后把我眼见的原原本本地讲给他听。他本来想来，但年龄大了，腿脚不方便。但他说虽然自己年龄大，照顾一头牛的力气还是有的。我答应他，走的时候又来到他家的门口嘱咐，如果这几天有人来找我或者给我什么东西，让他帮我收着，如果那人愿意留下他的地址，就让那人留给他。邻居站在堂屋中间愣愣地用一双老眼神盯着我，说：谁会来找你？他问。我支支吾吾地说：不知道，我是说如果。说完这句话，我急忙从邻居家门口溜走了。我边走边想，自己为什么会说出那样的话，这么多年，真正来找我的人没有几个，来找我的都是冲着我家的那头牛来的。而那头牛今年的发情期已经过了，不会再有人来找我说牛配种的事。那还会有谁来找我？我问自己。我也找不到答案，只是心里隐隐觉得有一个人在我不在的这几天会来找我，而且他还会捎给我某样东西，那东西对我很重要。

　　水上村庄的人整个晚上都点着蜡烛。夜里蜡烛的光映照在河面上，像天上的星星一次次在水里洗自己。从那座村庄安然处之的态度可以看出，村庄生活在水上并不是几天的事了，他们或许在水上已经生活一年或两年了，又或者说这本来就是一座水上村庄，河水到哪里就把他们带到哪里，他们到哪里，就学会哪里的语言，他们似乎有学各种语言的天赋，只要岸上的人给他们说话，无论用哪种土话跟他们交流，他们都能马上把对方的话接下去。他们不需要岸上的人给他们帮助，一座水上的村庄如果全靠岸上的人给他们的帮助过日子，那么将永远摆脱不了岸。他们只有在急需办一件要紧事的时候，才跑到岸上来一次。在岸上，人都看不出这个人是来自远方的一个人，他们说本地的土话，把需要办理的事情很快办好，然后跑着回到水上的村庄。水上的村庄不会等他们，更确切地说是一条河没有那么多耐心等一个离开自己的人。

当然，那些慌忙去陆地上办一件急事的人，也早早不适应陆地的生活了。一到陆地，他们的心慌慌的，仿佛有什么在耳边催促自己。当地的人只有看见这个急急慌慌的人跑着离开自己时，才发现他和本地人有所不同。他们深一脚浅一脚跑在一条平坦的好路上，仿佛路上有很多坑在他们的跑中，突然出现在他们的脚下。看到这一幕，人开始慢慢回忆这个人给自己说的每句话，这一回忆，人发现这个人给自己说出的每句话里，都夹杂着一种低低的奇怪的声响，那声响自己既熟悉又似乎很陌生。人心里纳闷，今天自己是怎么了。不过人心里又想，这世上千奇百怪，无所不有，偶尔让自己碰到这样一个怪人也在情理之中。人有所不知的是，他们看见的这个怪人之所以怪着走路，是因为他们长期生活在水上，一个浪跟着一个浪把他们变成那样。他们在一条河上生活，说话声里夹杂着一条河的声音，吃饭干活的时候夹杂着一条河的声音，睡觉做梦的时候夹杂着一条河的声音。河水声进入了他们的脑子里、胸腔里、腿里、手里、骨头里、肠胃里，渐渐地他们的命也成了一条河的命，他们的老也变成了一条河的老，他们过掉的这辈子，也变成了一条河过掉的一辈子。他们只要不和岸上的人交流，说的话全是一条河水发出的声音，他们的眼珠里无论什么时候，都泛着水一样的波纹，他们的身体散发出来的味道，随时随地都是一条河的味道。他们有时把自己在一条河上辛苦种出来的粮食往河里扔，他们在养大自己的同时，也希望养大一条他们脚下的河。

我想象不出一座村庄生活在一条河上的感觉，我是一个时时刻刻和脚下的大地有密切关系的人。我问身边的人，这些生活在河上的人，朝地下挖一锄的感觉是怎样的？夜里睡在床上的感觉是怎样的？那几个跑在村庄里的娃，是不是明白自己的长大和别个娃的长大有所不同？我还有很多好奇的想法想问出口，但话说到这里，我不想说了。我问出的话空空地响在我的周围，没有得到任何答案。我知道，我问出的话也是我身边的几个凹村人困惑的事情。我们的心里都有很多不解的谜团困扰着。

那一晚，水上村庄里的蜡烛熄灭了一盏，河上少了一颗星星洗自己，村庄似乎缺了一个很大的角。这七天七夜，我们实在太困了，在那一盏灯熄灭后，我们都睡着了。那一晚，我的梦里出现了一条像大渡河一样的河，我生活在河上，有自己的一块土地，有自己的一座房子，有自己的亲人和朋友，我踩在土地上，仿佛踏在棉花上一样柔软……等我们第二天醒来，那座水上的村庄不见了，河恢复了以往的静，我朝河流流走的方向张望，河越向远处流，越像一条由粗变细的青带，穿过几座大山之后变成一个小圆点消失了。那种戛然而止的停止，仿佛一条生命的逝去。

我们朝回家的路上走，我的脑袋昏昏沉沉，整个身子轻飘飘的。有好一阵子，我怀疑这几天经历的事是不是真实的。我嘴里自言自语地说：那座村庄在一夜之间去了哪里呢？和我同行的人中一个迷迷糊糊的声音回答道：我昨晚看见天上的星星少了好多好多。没有人再往下接话，我们都还没有从一场睡梦里醒来。

回到凹村，我的身体慢慢有了一些变化。前面觉得轻飘的身子重起来，仿佛这几天的出走，让我去干了一场我有生以来最大的一次活，这场大活把自己的身子都快累垮了。隔壁邻居见我回来，站在院坝门口"喂喂"地挥手示意我过去，我慢吞吞地朝他走，他说：回来啦，给我讲讲那座水上村庄的事。我耷拉着头，用疲倦的声音说：等等，等我把心里那股倦气缓缓，明天慢慢讲给你听。他一下把脸拉了下来，但我真的太累了。我往我的石头房子走，刚走没多远，又听见他说：回来，这个不想要了吗？我把身子转回去，邻居一脸不开心，我理解他的不开心。他手伸向我，气愤地把七八张钱放在我的手心里。这是什么？我问他。连这都不认识了？他马着脸说。不是，我意思是这钱是哪来的？我说。一个男人送来的。说是去年牛配种的钱。他有些不耐烦。那人还给你什么了吗？我问。你还想要什么？他反问我。比如地址之类的。我说。没有，那人在你家门口哐哐地敲你的门，我说你出去了。他问我你多久回，我说一时半会儿肯定回不来。那人说他有急事，等不了你那么久，让我把钱转交给你，说完跑着离开了。邻居说。我数着那七八张钱，和我当初给他开出的价一分不少。他是不是朝那个方向跑走了？我指着南面说。好像是，又好像不是，不过那人跑着的样子很奇怪。邻居皱着眉头，把自己陷在回忆中。怎么个奇怪法？我急忙问。邻居的眉头皱得更紧了，那额头上皱起的老皮肤，像几条蚯蚓在他额头上爬：感觉他的脚不是踩在地上，身体一浪一浪的。邻居的话让我吃惊，我想到了那座水上村庄，想到了那条河，我的头更加昏沉起来。我给邻居说了几句感谢的话，转身走开了。活了大半辈子，还第一次见到这样走路的人。邻居在我背后嘀咕着。听见我的开门声，他像醒悟了一般，大声朝我喊：明天记得给我讲你看见的水上村庄。我"吱呀"一声把木门关上，邻居的话有一半被我关在了木门外。

我回到家中沉沉地把自己睡过去了。我的那头大公牛还在圈中痴痴地望着南方。它或许比我早知道一座水上村庄的故事，或许那天它把那一声声叫声朝向我的时候，就是在告诉我一个悲伤故事的开始。然而，那时我什么也没听懂，我和它处在两个完全不同的世界里。在过去的很多时候，我庆幸自己是一个会说话，会把快乐和伤痛表达出来的人，现在想想，那是多么荒唐和愚蠢的想法。无论是人和动物，我们都像一个个生活在一条河上不知道漂向何方的事物，艰险与挫折，平安与冒险，我们的命运由不得自己安排，我们有的只是活着和面对一个个朝我们涌来的节点，或悲或喜，或崩塌或屹立。

那个夜晚，水上村庄一盏烛光熄灭了，我的世界仿佛从此缺了一个无法弥补的角。

越来越深的黑

那年我八岁。稍稍懂事一点儿的我，已经不安于待在黑漆漆的屋里睡觉做梦了。

八岁以前，我听父母的话，他们经常把我一个人锁在家里，就去忙地里的农活了。他们一辈子都在忙地里的事情，他们以为还可以在地里得到自己期待的东西，只有我知道，土地能带给他们的，不会再有什么新鲜的了。

大人一走，屋子黑了下来，仿佛光亮只属于他们。他们告诉我，娃都是从黑夜里走来的，娃不怕黑。我把他们送到木门口，不哭也不闹。他们把木门一扇拉过去，再把另一扇急急慌慌地合上，两扇木门的缝隙把他们和一束光越挤越细，最后他们消失在我的视野里。我的身后是一片黑，他们待在一片光亮里。

从那一刻起，我似乎明白我们永远是两个世界的人。我们之间什么也不是，他们也不是我的什么。这样一想，我对一片黑亲近起来。

我在一片浓浓的黑里，自由着。黑里没有什么能挡住我，黑是我的自由。我在黑里来回地走，唱想唱的歌，跳想跳的舞，开心的时候，我学着一匹马在黑里奔跑，我的前面是一望无际的草原，草原上很多银莲花都在开放，我想让我的马儿在哪里停下来就停下来。累了，我们躺在花丛中，听银莲花在我们耳边开放的声音。

在黑里，我有很多朋友。他们争着来和我说话，他们拽着我去爬一棵干枯的树，他们说树顶有鸟蛋。我们可以弄几个鸟蛋来尝尝。说着他们就往上爬，我在树底看着他们。一会儿，他们从树上扔下来几个鸟蛋，鸟蛋在我的手心里破了。他们哈哈地在树顶上笑。

我在黑里伸出手指，一次次地数着长在我身体上的它们。我问黑里的人，我的手指是几根？他们说六根。我不信，一遍遍地数，数着数着就睡着了。我睡在一片黑里，梦里尽是一束束阳光，光从远处向我追来，我在梦里使劲地逃。我怕极了温暖的阳光，它是我的噩梦。等我醒来，满身的汗打湿了我的衣裳，旁边坐着一个我不认识的人。他对我说，别怕，你待在黑里。他用手抚摸我的头，他的手带着一股青稞成熟的味道。我问他，他是不是青稞长成的人？他说不是，他是一个一直行走在黑暗里的人。我问他，为什么他的眼睛在黑里像猫的眼睛？他说，猫是他的信仰。我还想在黑里问他些什么，他不见了。在黑里，我再没遇见过这个身上带着青稞香味的人。

玩累了，我把锅里的馍拿出来吃。馍是大人前一天做好，第二天放在锅里用一堆星星火热着。他们怕我饿，他们想用几块馍把我从一片黑里养大。我把我的馍分给黑里的朋友吃，他们说我的馍有股生人的味道，他们吃不惯这种味道，把馍还给了我。在黑里，我听见几只老鼠从洞里蹿了出来，它们在黑里长大。我送给它们几块馍，它们高兴地拿着我送的馍进洞去了。后来，我经常这样做，那几只老鼠为了感谢我，常常来黑里陪我说话。它们一辈子生活在黑里，已经能讲些简单的人话。它们说，黑里什么都看得见，黑里有一条路。

大人从地里回家，他们离我还很远，我就早早闻到了附在他们身上的新鲜泥土味道和酸臭的汗味回来了。那种光亮里带来的陌生气味让我害怕。我急忙躲进被窝里，紧闭着眼睛，我在黑里假装入睡，他们再喊我都醒不了。

"这娃，已经在黑里长了一大截了。"他们一只手伸进我的被窝，摸我的腿，摸我的手，像在摸一只羔羊的成长。

八岁那年，我突然就不喜欢待在黑里了。我说不清楚为什么，也不清楚是什么改变了我。我一不喜欢待在黑里，所有黑里的朋友都离我而去。我垫着小凳子打开二楼上竹片盖着的窗户，我爬上去，双手抓住两根被火塘里的烟火熏得黑黑的窗框，一次次地往下看从窗户下穿过的一条小路。我开始对一条小路产生兴趣。我对小路说，现在只有你陪着我了，我只剩下你。

大人还不放心带我出门，他们说家里需要有一个人守着。他们说这话的时候，眼神躲躲闪闪的。我不知道他们要我守住家里的什么。家里什么也没有，没人想来偷一屋子的空。

我从小不喜欢土地。我把凹村的土地看得很透。土地在凹村假惺惺地长着，从西坡铺向东坡，却再给不了凹村什么新鲜的东西了。

凹村好的黑土，都被远处来的风刮到了其他村子。土地上好的种子也被外村几家养的大鸟带走了。那几家养大鸟的人，一年四季都躲在离凹村不远的一个山洞里，为偷走村子里的好种子做着准备。还有一些夜里丢掉的东西，或轻或重，或大或小，我们现在不知道，以后也可能永远没办法知道了。

凹村的收成一年不如一年。

很多家慢慢开始饿肚子。他们怨家里的人懒，该耕深一点的土地没有耕深，该多施一次肥的地方没有施够。他们怨有人砍了山顶的大树，树少了，挡不住外面来的干旱。他们还说天上的云总是不安生，在凹村空中待一会儿就急急地走了。

他们说凹村人对不起一片自己的土地。越是心里有愧，他们越把所有的心思花在土地上。他们白天夜里地在一片土地上下功夫，把其他事都快忘记了。

下午渴慌了的牛用头去顶他们，一次两次地顶，他们骂一头牛只知道偷懒。牛懒得理他们，自己找了回家的路。有些狗在月亮地里乱跑，狗跑累了，主人还在用锄头挖地，空空的土地声，让月亮地里的狗莫名地兴奋。有几只鸡，耐不住家里的静，它们东叫一声西叫一声的，把其他家的鸡也叫慌了，有的鸡从家里逃出去，在离自己主人不远的地方打鸣，鸡想用自己的阴谋错乱主人的时间，好让主人早早回家。

无论怎样，大人们带着一身的疲惫，还是很晚才回家。累坏了的他们，谁都没心思管理一个村子，谁也不关心村子里发生了什么。

记不清楚八岁里的哪一天，我看见三个人从小路上走来，两个老妇人，一个和我一般大小的娃。那个时间，凹村所有的人和牲畜都下地去了。

"我们进村时，有几只乌鸦在树上叫。"五十多岁的妇女说。

"这一路上都有很多乌鸦看着我们叫。"另外一个妇人回答。

"还有狗。"手里拿着细条的男娃说。

三个人在我家木窗下面沉默。男娃的眼睛往四处看，他手里的细条不断地"啪啪"抽打着一块坚硬的石头。

我急忙把头从窗户里缩了回来。我不想让他们看见我。对于一个他们认为空下来的村子，如果发现一个人的存在，会吓住他们。

"我们可以不离开这里吗？"我听见那个男娃的声音。

"娃，路在脚下等着我们哩。"五十多岁的妇人说。

"路会带我们去哪里？"男娃问。

"很远很远的一个地方。"另外一个妇女埋着头说。

"那里有雪吗?"男娃说。

"有,还有你最喜欢的藏羚羊和达乌里秦艽。"妇人说。

"真的吗?"男娃站起来,高兴地说。不过很快他又像明白了什么似的,沮丧地坐下了:"可我们走了这么久,什么都没有看见。"

"很快会看见的。"妇人说。说完这话,他们又是一阵沉默。

长久的沉默总让我莫名地慌。我止不住好奇,探着头看他们。

从上往下看这三个人,他们长得奇奇怪怪的,他们的头发和肩膀上铺着一层厚厚的灰土。无数的灰土正一点点把他们埋没,他们却什么也没发现。

她们起身往前走。那个和我差不多大的娃,他走几步,用细条抽一下凹村的土墙,走几步又抽一下。土墙上的黄土,在细条的抽打下,一粒粒往下掉,一些绿叶被他用细条抽打得散落一地。他在憎恨着凹村的一些东西,憎恨着这座空下来的村子。

我一直偷偷看着这三个人从小路上消失,我把头伸得长长的,目送她们离开。

外面阳光正好,而我似乎看见他们正一步步把自己走进越来越深的黑里。

凹村的大人没有一个人知道有这样的三个人路过凹村,他们忙在一片土地里,把什么都忘记了。

我不会告诉他们,永远不会。

一条可以流向任何地方的河流

他说，他飞起来了。

要飞起来之前，他看见有个披着牛皮褂子，穿着青布长衫的人一上午一上午地坐在一截腐朽的烂木头上，一动不动，呆呆的，跟本身就长在那里一样。那个人的身后，立着一堵老旧的断墙，墙上的土，灰白白的。墙沿上站着一只黑色的猫，裹着身子，一只脚耷拉在断墙边，眼睛微闭，身子随着呼吸轻微地起伏着，猫鼻孔里偶尔传出几声浅浅的声响，咕噜噜的，像是在跟谁对话。

"那个人一定知道猫说了些什么。"他说这句话时，歪着脑袋，眼睛望着远处的羊群，仿佛那个一上午一上午坐在一截烂木头上的人，现在就机警地躲藏在羊群中。阳光下，远处的羊群像一片片飘落在草地上的雪花，轻盈剔透，有光的照耀，雪白的皮毛偶尔折射出刺眼的光芒。风从贡嘎雪山吹来，带着终年不化的雪的冰凉拂过草地，羊群不情不愿地往前走了几步，那几步，仿佛不是羊群自己想往前走的，而是清冽的风把它们向前推的。那几步之后，羊群停了下来，它们往他的方向张望，它们似乎在告诉他，那不情不愿的几步，是风让它们迈出的步子。

他站起身子，不紧不慢地从怀中取出古铜色的驼铃，用额头虔诚地触碰了一下驼铃手柄上的羊羔皮，接着举起驼铃，在风中有节奏地摇摆起来，哐当，哐当，哐当……清脆的驼铃声在起伏不定的麦吉牧场上蔓延开来，黑帐篷里正冒着的牛粪炊烟，随着驼铃声，婀娜地扭起身子，在半空中舞蹈起来。一只翱翔在天空中孤独的鹰，缓缓向他飞来，盘旋在他的上空，久久不肯离去。草地上，一大片还没有来得及开放的阿吉梅朵，摇晃着娇嫩的身子，有几朵突然在阳光下露出了黄色的花蕊。

头顶的阳光慢慢变薄，他停下手中摇摆的驼铃，望着远处。铃声戛然而止，整个麦吉牧场瞬间又恢复了辽阔的寂静。鹰飞走了，婀娜的炊烟挺起笔直的腰身直直地往天空伸展，含苞待放的阿吉梅朵，静静地站立在草地上，像一个个羞涩的牧场姑娘陷入了沉静，散布的羊群，仿佛得到他的慰藉一般，慢慢回过头去，继续啃食脚下的牧草。

他用棕色的藏袍袖子小心翼翼地擦了擦古铜色的驼铃，从外到内，又从内到外，擦拭驼铃边沿时，他轻轻用嘴在边沿上哈了一口热气，再用袖子反复擦拭。古铜色的驼铃上，模糊地倒映出一个阳光下的他，他对着驼铃上的另外一个自己笑了笑，小心地把驼铃放进了怀中。

"整个初夏，你是我从凹村出来，麦吉牧场上遇见的第一个人。"他说话的声音带着驼铃般清脆的质地，黝黑的脸颊上，长长的睫毛往前方延伸着，阳光照在上面，光亮亮的，仿佛一粒晨露不小心滴落在了他的睫毛上。

我没说什么，我只是麦吉牧场上的一个过客。他继续给我讲，在他飞起来之前看见的那个人。

青布长衫把那个人的身体裹得紧紧的，那个人的身体在长衫下显得消瘦而单薄。从他看见那个人开始，那个人就一直面朝远方，一动不动。他躲在一棵高大的俄色树后面，从侧面偷偷看那个人的脸，他的脸被很多条粗粗细细的皱纹包裹着，鼻子高挺，眼窝深陷。从侧面看过去，那个人的眼眶黑洞洞的，像一口深井长在那个人的脸上。他顺着那个人面朝的方向望向远方，狭窄的天空没有一朵白云，一条弯曲的土路贴着大地，泥石坡上的树叶发黄，空气中到处飘散着牲畜身上的各种体味。他想，远方那么远，那么大，那个人即使用尽所有的目光，也看不完远方的远和远方的大。他心里想这些时，一阵从那个人身上吹过的风朝他吹过来，一阵刚从那人身上晒过的阳光朝他晒过来。他突然有种莫名的恐惧，他不知道自己在怕什么，他一个劲儿地躲。他不想要那个人身上刚吹过的风吹向他，不想要那个人身上刚晒过的阳光晒向他。那一刻，他就是不想要，他说不出为什么。即使他再躲，那个人身上用过的风和阳光，都朝他扑来。他嗅到了空气里一股紧追不舍的气息，它们不会放过他。明确这一点，他奔跑起来，他用尽全力地在一阵风和阳光前面奔跑。

他说他跑得很快，比一只在森林里被猎人追赶的野鹿跑得还快。他有种逃的感觉，脚下生风，耳朵里嗡嗡地响。他从来没有在一阵风和阳光前面，跑得那么快过，他说那种感觉很奇怪，脑袋里空白一片，唯一的想法就是想拼了命地逃，那么紧迫，像后面有很多坏东西追着自己不放。他越跑越快，越跑越快，最后停不下来。

周边都变成白的了，一股奇异的花香萦绕在他身边。他感觉自己在变，身上慢慢长出很多条腿，脖子上、腰间长出了翅膀。他飞了起来，脚离凹村的大地越来越远。他有种失重感，他在半空颠簸了几下，像马不小心踩进了旱獭挖的洞，险些摔倒。豆大的汗珠从他的额头上冒出来。为了不让自己从半空中跌落下去，他扇动翅膀，伸展着无数条腿飞了起来。他嘴里冒出的热气，像是从心里吐出的火，热辣辣地烧着他的嘴。他埋下头对自己喊：慢点儿，慢点儿。他的声音在半空中飘荡，忽高忽低。有一瞬间，他觉得自己喊出的声音，仿佛不是在对着自己喊，而是在对着别的什么喊。他很诧异，那别的什么到底是什么东西呢？他说不清楚，但似乎感觉有某样东西离他很近。他把手伸出去，触摸周围，周边空荡荡的，他什么也没有抓住，又把手缩了回来。他竖着耳朵听周边的声音，周边除了他扇动翅膀的呼呼声，什么动静也没有。他松了口气，但很快又沮丧起来。他变得越来越复杂，这种复杂让他对自己也把握不准，似乎自己是自己的陌生人。他的翅膀扇动得更加用力了，无数条腿配合着扇动的翅膀，在半空中奔跑起来。他开始怀疑长在自己身上的腿和翅膀，他用手轻轻触摸它们，它们都那么柔软和真实，他在它们身上，摸到了来自他的体温。半空中，它们是属于他的。看着那么多条腿带着自己在半空中奔跑，他想自己会不会是一条长得古灵精怪的蜈蚣？一想到蜈蚣，他的身子变得水一样柔和，他左左右右地摆动起来，真把自己当成了一只庞大的蜈蚣在天上飞。有股隐形的力量在暗地里，把他往一个方向引，火速地，焦急地。那种逃的感觉再一次涌向他。他知道，那时自己的逃，已经不是自己的逃了。某样东西在他体内比他更想逃。

很多个脑袋从藏房窗户里探出头来望他，很多牲畜从圈里跑出来仰着头冲他叫，他停不下来。他看见一片片自己熟悉的落叶从身旁飘过，他听见平时叫得很缓的几只老乌鸦看见他的飞，叫得急躁躁的。他看见一个地里正在干活的人，在他看他的时候变成了一只猴子的样子；他看见自己的村庄当自己俯视它的时候，处在一片荒芜中，那建在荒芜中的一座座房子，像极了一个个堆砌在大地上，早已荒废多年的坟茔。他飞过自己家藏房的时候，看见去年他挂在屋顶的五彩经幡，变成了一条死气沉沉的牛皮绳横在屋顶，他冲家里的人喊，喊出另外的一个自己，站在荒芜中望着他，那双苍老的眼睛呀，像一只活到二十岁的秃鹫的双眼，孤独又悲凉。

　　一切都变得那么陌生。他恐惧极了，身子不自觉地往后退。他的身体轻飘飘的，他不知道真实的自己是否真的还存在。有样东西在他往后退的时候，拽着他。他拗不过那股力量，他知道。他只是试着反抗与挣扎。但他明白，他反抗不了什么。可不做任何反抗，他又觉得自己显得那么懦弱。他的身体开始"吱吱"作响，那声音绷得紧紧的，仿佛他一个不小心，身体就会断裂和崩塌。他左右倾听，还是不知道那声音是从身体的什么地方传出来的。最终，他顺从了。他再一次朝自己的身体喊："慢一点，慢一点。"他喊出的每一个字，滚烫烫的，似乎要灼伤自己。那又能怎么样呢？他似乎在告诫自己，但更多是安慰。

　　在飞中，他又看见了那个一直坐在烂木头上的人。断墙上的黑猫不见了，墙仿佛在岁月里经历了很多苦难，显得更加落魄。他朝他的上空飞去，完全忘记了自己最初就是在逃离从那个人身上刮过的风和晒过的阳光。他没有做太大的努力，就把自己飞到了那个人的上空。其实，他想说的是，那股隐形的他拗不过的力量，并没有阻止和为难他，反而在助他一臂之力。不知道是出于冲动还是内心的复杂，他竟然有些感激那股隐形的力量。他正面看见了那个一直呆坐在木头上的人。那个人没有眼珠，空空荡荡的眼眶里，装着黑洞洞的两束光。光是太阳照进去的，从他凹陷的眼眶里再折射回来的时候，黑得发亮。他终于明白，最初自己为什么不想让那人身上吹过的风，再吹自己一遍，不想让那人晒过的阳光再晒自己一次。那个人的身体里到处是浓密的黑。

　　那个人是他在村子里从来没有见过的一个人，他不知道那个人来自哪里，又将去向何方。他遇见那个人的时候，那个人就那么呆呆地坐在那里，一动不动，断墙上的一只黑猫陪着他。

　　他又想赶快离开那个人了。那时，长在他身上的很多条腿和长在腰间、脖子上的翅膀，却突然消失了。他成了原来的他。他从半空中坠落下去，他想自己一定会摔得粉身碎骨。"当你遇到自己控制不了的事情的时候，你只需要闭上双眼，然后就是等待，无论结果是什么，都要坦然接受。"这是他一个有学问的喇嘛朋友，曾经告诉他的话。那时他觉得他的喇嘛朋友很古怪，像一只夜里的猫头鹰，深邃得让他看不透。可是，此时这句话却在他这里派上了用场，他心里默默地感激着喇嘛朋友。他闭上眼睛，然后就是等待，无论什么情况，他都只剩下等待了。有东西从他脸庞划过，那么丝滑，他听见了浪花翻越河石的声音，清脆悦耳；他闻到了青稞渐渐饱满的香气，弥漫在空气中……不过正发生的一切对于他来说，无足轻重了。他在坠落，像一只大鸟坠向大地。

他竟然完好无损地站在了那个人的面前。他吃惊极了，望向那人，那人空空荡荡的眼眶里，折射出的两束黑洞洞的光，照着他的胸膛，他低下头，看见了自己体内的全部暗。那种暗散发着金子一样的光芒，晃得他睁不开眼。

他把头抬起来，重新望向那个人。

那人是在冲他笑吧？他这样想。应该是在笑。就在他看那个人时，那个人的嘴角往上提了起来，眉毛往上提了起来，那个人的整张脸都显得不那么松松垮垮了。那个人的牙齿黄黄的，有一条绿绿的虫在上面爬，爬着爬着虫钻进了那个人的牙龈。他看见那个人的牙龈鼓了起来，接着又消了下去。那条绿绿的虫已经进入了那个人的身体，或许就藏在那个空空荡荡的眼眶里，正用它的眼睛看着他。

那个人还在冲着他笑。

那个人的笑，笑得越来越开，却没给他说一句话。那个人的笑，是一种没有声音的笑，笑里包含着很多内容。他又看见了那条绿绿的虫，在那个人的一阵笑之后，虫变得更大了。虫露出了牙齿，尖锐的、挺拔的牙齿，然后再一次消失在那个人的牙龈里。那个人的脸部表情生动起来，那条绿绿的虫子，在那个人的皮肤下面爬。

他说，他看见了那个人的消失，就在那个人脸部的皮肤越来越生动的时候，那个人毫无征兆地突然就消失了，只剩下一截烂木头横在他面前，空空荡荡的，跟从来没有人在那里待过一样。

一切都如梦境。

自从那个人消失之后，他就长久地坐在了那截烂木头上。他总觉得一截烂木头不能白白地、空空地放在那里，荒废了一截木头的一辈子。从此，他就成了凹村人眼中一个守护一截烂木头的人。人看见他时，他用一个硬背对着人，眼睛望着远方。他说，他想用自己所剩下的目光，看够远方的远和远方的大。

一条绿绿的虫在他的周围爬。很多人都看见了一条绿绿的虫在他的周围爬。直到那截烂木头有一天突然从他身下被风吹散了，他才离开了凹村，来到了麦吉牧场。

他讲完这些，从我身边站起来，整理了一下坐皱了的藏袍，说："再见了松尕，整个初夏，你是我从凹村出来，麦吉牧场上遇见的第一个人。"我向他点点头，没多说什么。他离我越来越远，远处的羊群看见他的走，河流一样朝他涌过去，那是一条可以流向任何地方的河流，那是一条柔软得如达乌里秦艽花瓣一样的河流。他从藏袍中取出古铜色的驼铃，用额头虔诚地触碰了一下驼铃手柄上的羊羔皮，然后举起驼铃，在风中有节奏地摇摆起来，哐当，哐当，哐当……鹰向他飞去，黑帐篷里的炊烟向他飘去，那一片还没有来得及开放的阿吉梅朵，摇摆着娇嫩的身子，突然在阳光下露出了黄色的花蕊。

他像放牧在麦吉牧场上的羊群，自由，充盈地走向了自己想去的方向。

第二辑

草带歪了一群羊

还你一个最好的秋天

今天的太阳有毒。

今天天上一朵云都没有。今天地上的黄土被太阳晒成了清一色的白。今天山上的树叶和黄草都像喝了太阳的毒，没精打采地垂着。

我坐在西坡等多嘎回来。我一会儿从高高的草丛中站起来看多嘎来没有，一会儿又站起来看多嘎来没有，我至少看了八十次多嘎，多嘎还没有回来。

今天多嘎回来得太慢了。我想多嘎只是一个想走出去，却不想很快回来的人。

我站起来骂牛犟的多嘎，我坐下去还骂牛犟的多嘎。今天不骂一下要回来的多嘎，不解我心里被毒太阳晒得晕晕沉沉的气。我骂了多嘎五六十次，还看不见多嘎来。

你多嘎架子拿得大，你多嘎不得了，你多嘎脊梁骨硬，你多嘎硬是欺负了我一辈子，到死了还来欺负我。

有一次，你多嘎被狗追得上坡下坎地跳，还是我救了你。你多嘎上次偷泽郎家媳妇被我撞见，我硬是帮你守住了这个秘密。你多嘎有一次推你家那堵要垮的老墙，推了一上午都没有推倒，还是我去帮你推倒的。你多嘎有一次屁股上被一根粗粗的黑刺巴刺了进去，你难受着求我，还是我帮你拔出那根屁股上扎得深深的刺巴。你多嘎有一次上山砍树，看见大的树，心也就大了，你使了所有的劲儿想砍掉那棵青冈树，刀不快，是我借了你一把快刀，你多嘎才能砍掉那棵大树，至今那棵大木头都还横在你多嘎家堂屋最中间作为中梁用。

你多嘎给我说谢，你说一次我答应一次，我觉得你多嘎就是应该给我说谢，你对我有说不完的谢。你多嘎刚开始说谢的时候，把谢字从心里说出来，从感激的眼神里透露出来，那时从你多嘎嘴里说出的谢重重的，可以用杆秤来称。后来你多嘎对我说的谢字，越说越轻，一阵小风都能把你对我说的谢字吹走了。

我说多嘎，你娃不仗义，那么快就把我给你帮过的大忙忘记了。你多嘎当时说的啥，我现在记不清了，总之你没说什么好话，我那次就把你多嘎的仇记下了。

我记你多嘎的仇，没想到你多嘎也记我的仇。你多嘎也做得出来，你凭什么记我的仇？你家堂屋中间的那根中梁都不允许你记我的仇，你屁股后面留下来的那个刺巴都不允许你记我的仇，你偷过的泽郎家媳妇也不允许你记我的仇。还有那些追赶你的狗、被我推倒的墙，虽然它们有的已经从这个世界消失了，但它们也不允许你记我的仇。

你多嘎才不管我对你好过，你多嘎在任何场合都把话说得硬硬的。你多嘎说你这辈子最要感谢那根堂屋中间的中梁，那根中梁给你争了气，别人家的中梁都换了好几次了，你家的中梁还像个壮小伙似的待在堂屋中间，一点儿没弯，一点儿没裂。你多嘎在提那根你得意的中梁的时候我都在场，我不是故意在场的，是你每次看见我在场就故意说给我听的。你多嘎感谢过一根中梁，也从来没感谢过我借过你的一把快刀。在一根中梁的事情上，你多嘎没有了良心。我想你多嘎的良心会越来越少。

我很气，气得我想把满肚子的怨气撒在泽郎家媳妇和娃身上。我知道泽郎家媳妇后面生的娃是你的，你别否认，一根瓜瓜藤上结出的瓜，一看就明白了。只是泽郎家媳妇是个好媳妇，每次路上遇见我，一口一个哥一口一个哥地喊，喊得我全身都在软，心也随着软了。我后来宽慰自己，你多嘎做的事情是你多嘎做的，不关泽郎家媳妇的事。泽郎家媳妇是一朵好花插错了地方，便宜了你。

你多嘎不知好。你多嘎对很多事情都不知道好。你多嘎每次从我面前过，故意甩胳膊甩腿地扇起一阵风。我说你多嘎故意甩胳膊甩腿扇起的那阵风刮不倒我。你多嘎说，刮不倒我也要让我的头发在你扇起的一阵风中动动。你多嘎趁我不注意，把我家的鸡往别人家的地里赶，害得我受别人家的气。你多嘎把该流到我家沟渠里的水，往一片别人家的荒地引，你多嘎是宁愿让贡嘎山融化下来的雪水去浇一片荒地，也不让我家正渴着的青稞地喝一口救命的水。你多嘎在夜里去拔我白天刚种下地的土梨树，你拔一次还不死心，又去拔二次，拔完之后，你多嘎故意把你留在地里的脚印引向西坡。你多嘎想告诉我的是，拔树苗的人是西坡坟堆堆里的旧人，一个活着的人，别想和一些逝去的旧人理论什么。因为你多嘎，那年我种下的土梨树，一棵都没有活过春天。

那场我和你多嘎的架早就该打了。我们在青稞里说着说着就打了起来。我们把一地的青稞滚倒了，你骂我牛犟的，你说我是故意不让你把这一个秋天的粮食收回仓，这个秋天粮仓空了，你多嘎也就不活了。我没松手，我对你有恨。一个人恨另一个人，如果正在恨头上，是什么也听不进去的。我就是想让你的粮仓空一个秋天，空一个秋天，就是空一年，年和年之间是一季青稞的一生，况且那时的我，就是想让你尝尝饿肚子的慌。

那场架打了一个上午，没人来劝，来的人都是在旁边看热闹的。我们滚完了你家的青稞地，打得没力气了，你多嘎软在我的身下，再打不起来。我也打不起来了。我们筋疲力尽地躺在一个秋天的青稞地里，一点力气也使不出来了。青稞在我们身下喊疼，我们平躺着对着有几朵懒云的天，大口喘着粗气。后来，那个秋天又下了几场暴雨，你多嘎家的青稞彻底给毁掉了。你多嘎吃完了去年剩下的粮食，就再没吃的了。

那几年，总是会出些事情来干扰凹村粮食的收成，谁家粮仓里的粮食都很紧。你多嘎借了这家十几斤粮食，借了那家十几斤粮食，借到最后磨破嘴皮也没人借给你了，你用下一季秋天的粮食，也还不起那年秋天借过别人的粮食。

你比别人少了一个秋天。你的生命里永远差一季秋天的收成。

我心里愧，但我不会求你多嘎到我这里来借粮食。每个人都有一张脸皮，脸皮是活命的家什，谁都不想丢。

树叶落光了，山光秃了，听人说有一天天麻麻亮，你多嘎空手空脚地走了。路上一个放羊早的人遇见你，问你要去哪里，你多嘎不回答问的话，铁一样冰凉，那时你多嘎心里还带着一股解不开的气。你斜着身子从一群羊中间走了过去。本来走得好好的一群羊，被一个想走出去的人打了岔，羊闷头闷脑地在一条细路上"咩咩咩"地到处乱窜。放羊的人骂自己养了那么久的一群羊经不起一个人的叉，放羊的人也指桑骂槐地骂你多嘎。你多嘎不听放羊人的骂，只让那人给我带个口信，说我欠你一个秋天要还，说完就气冲冲地走了。从此你多嘎消失在我们所有人的世界里。

过去二十多年了，今天你多嘎要回来了。我给提前带口信回来的人说，二十多年过去，你多嘎凭什么就认为我还认得你。带口信回来的人说，你多嘎说的，你早料到我会这样说，你说我认不认识你并不重要，如今你是化成灰回来的，化成灰你多嘎认得我就可以了。

我又从荒草坡站起来，我正想骂牛犟的多嘎时，看见一个人从远处走来。我知道那是带你多嘎回来的人，我就是知道。我冲着来的人喊：牛犟的多嘎，牛犟的多嘎，你终于回来了。我声音突然沙哑，喊得我满脸都是泪。

带你回来的人看见我，向我走来。你多嘎向我走来，我知道你向我走来。

牛犟的多嘎呀，牛犟的多嘎，今天我就要还你一个欠了你二十多年的秋天，今天我就要把你播种在这片荒坡上，你要记住呀，你一定要记住，这是我能还给你的一个最好的秋天了。

今天太阳有毒。

躲在很大的白里

我从一条路往家的方向走，走到一半突然不想走了。

我想，这么多年我为什么一直要从这条路走回家？为什么不能变一条路让自己回到家中？想着，我转身回到最初出发的地方，往四周张望了一阵子，朝另外一条路走去。另外的一条路被我走到一半，我又不想走了，我又返回去，我还想从其他的一条路走回家。那天夜里，凹村多了很多条路通向我的家。

那天夜里，很多条路被我走到一半就不想往下走了。我说不出原因，只觉得路在我脚下越多，我的心越空。那天夜里，我突然觉察到我的家是建在很多条路的中间，许多的事物都会通过我家虚掩的大门、没有关紧的窗户、几片掀翻的青瓦、被我无视的一个小洞走进我的家，和我久久地生活在一起。它们每天和我过相同的日子，做相同的事情，说相同的话，想相同的问题，在我笑的时候跟着我笑，在我哭的时候跟着我哭，在我沉思事情的时候跟着我沉思，我不知道它们是谁，它们却对我了如指掌。它们在跟着我做很多事情的时候，我毫无察觉，我的内心只是暗暗感觉到有某样东西跟着自己，我却看不见、摸不着它们。

我在夜里骂那些从四面八方通向我家的路，我从来没有在夜里骂过路，白天也没有。那天我的嘴特别地痒，两个嘴皮上下碰撞，发出"啪啪"的声响。舌头在我嘴里不停地动，那种动是作为主人的我无法控制的动。我的心慌起来，手上、脚上的血管慢慢膨大，我有种快要炸裂自己的感觉。我竭力地克制着自己，可越是克制，越是克制不了。我的嘴有话要说，如果我还坚持这种克制，后果不堪设想。我一下松了自己，我等那些话从我的嘴里冒出来，我也想听听一张自己的嘴到底想说些什么给自己听。

"好吧，现在你开始吧。"我从心里告诉自己的嘴。毕竟是自己的嘴，一下就明白了我心里的想法。很多话像马圈里关久了的一匹马，一打开圈门，一个趔子就把自己蹦了出去。那一刻，我的嘴皮发热，牙齿发烫，舌头无端两侧向内卷起来，话顺当当地从我卷起来的舌头中间汹涌地流淌了出去。最先我能听清楚一张嘴在骂些什么，后来就什么也听不清楚了。那些话先骂的是凹村的土话，骂到后面我都分不清说的是什么地方的话了。我的嘴还在动，不停地动，我的一张嘴不知道它骂的话对于自己的主人来说，已经是外话了。我惊奇于自己的一张嘴竟然能藏那么多话在嘴里，那些话从我嘴里一次次冒出来时，坚硬带着棱角，割破了我的嘴。

我的脑袋轰隆隆地响，像落石碰撞落石发出的声响。我想到了阿爷的死。阿爷要死的时候，一阵大风正好刮开我家的两扇木门，木门在风的作用下"啪"的一声拍打在石墙上，其中一扇碎在了地上。阿爷是在木门的碎中，受到惊吓，一口气上不来，气鼓鼓地让自己死掉了。全家人跪在床边哭阿爷的死。我跪在全家人中间，一个劲儿地哭阿爷的死。我把我的哭声拉得长长的，生怕别人听不见。但其实那时的我还不懂一个人的死，只是觉得那么多人都在哭阿爷的死，我不哭有些不好意思。我仰着头地哭，东看西看地哭，我的眼泪哗哗地流，我的泪水随时藏在眼眶里，要它什么时候流出来就可以流出来。我哭得正伤心，阿妈转过头对我说：娃，到碎门那里吐两坨口水去，要使劲地吐，用劲地吐。阿妈对我说那句话时，眼里是我从来没有见过的恨。凹村人说，娃的口水能赶走不干净的东西。我点点头，从一堆哭着的人中站起来，我认为我站起来，可以高过那一个个跪在地上的人的哭声。可等我站起来，我发现那一声声哭声依然高过我，哭声装满了阿爷住的屋子，阿爷被很多哭声裹得紧紧的。我朝阿爷看，他脸歪着，嘴角的几根白胡子直直地站立在他的脸上，仿佛想把自己好好长下去一样。我心里一阵怕，一趟往外跑。

一半碎门掉在地上，还有一半孤零零地立在那天的夜里。门框空出来的那部分，装着满满的暗。我似乎看见那部分暗正在我家门口犹豫，它们想进我家的院子，又被什么堵住了。我朝着地上的门吐了一次口水，又走到门框中间，朝着门外的暗狠狠地吐出了我的第二次口水。我的第二次口水瞬间掉在一片暗中，没有了影子。我站在一片暗面前，暗像一堵厚厚的墙。屋里的人还在哭，我听见有人开始骂刚刮过的那阵风，还有倒在地上的半扇门，大人的骂带着哭腔，他们说是风和那扇碎门害死了阿爷。听见大人的骂，我也开始憎恨起他们口中的那阵风和那扇掉在地上的碎门。我又朝木门吐了一次口水，朝风来的方向吐了一次口水，一趟跑回了屋，继续和跪在地上的人哭阿爷的死。再次跪在哭的人中间哭阿爷的死，我觉得一个人的死是黑的。我恨了黑和那阵风很多年。只要遇见黑和遇见像那天的那阵风，我就想一个劲儿地骂。

直到那天晚上我才发现，阿爷的死不该怪那阵风，不该怪那碎在地上的半扇门，最应该怪的是那一条条从四面八方汇集到我家房子的路，是它们把一阵大风从四面八方直直地引进了我的家，如果没有它们直直地引，那扇门就不会碎，那声巨大的"啪"声就不会要了阿爷的命。

　　那天，我站在四面八方通向我家的路前骂那些路。那些从我嘴里冒出来的话，前面是自己想骂的话，骂到最后就是一张嘴自己想骂的话了。我控制不住一张嘴地骂，我由着它骂。

　　我的一张嘴骂得正起劲时，扎西不知道从哪里钻出来，东倒西歪地站在路中间。我骂话的嘴突然停下来，我的嘴在一个熟悉的人面前，又恢复成了一张平时的嘴。我用手轻轻揉搓自己的嘴，我知道它刚才累坏了。扎西来时，一阵夜风刚好从某处刮来，我不知道这阵风是扎西带到这条路上来的，还是风把扎西推到这条路上来的，总之风来的时候扎西也来了。在这之前，除了我的骂声，到处都是夜的静和暗。没过多久风小了，扎西站在路中间晃着身子，扎西是在一阵小风中自己晃自己。

　　扎西的嘴在夜里动个不停，声音像是扎西的，又不像是扎西的。他说，今晚的大渡河水倒着流了，今晚村子最东头来了一只红狐狸。他说，夜里的天是一堆红色的叶子垒成的，贡嘎山的雪花是无数只黑狗变的。他说，阿拉山的背面多了一个洞，洞的顶上有一串黑黑的脚印正在往天上走。扎西还想说什么，忽然才发现我似的一惊："牛犟的，你站在这么大的夜里干什么？今晚夜是我的。"

　　我不服扎西的气，接着扎西的话说："牛犟的，我在凹村活了几十年，今天才知道，夜里有很多条路通向我的家。"说完，我朝夜狠狠地踢了一脚，我想踢疼夜的暗，我不知道能不能踢疼它。扎西东倒西歪的身子在我面前定了定，他用黑黑的大眼珠盯着我。扎西的一切陷在黑里，让他比黑夜更加黑暗。

　　"我刚才听见一个人的骂。"他说。我想向扎西说刚才的骂话大部分是一张自己好动的嘴骂出的，有些骂并不是自己想骂的。但想了想，有些事情是解释不清楚的，既然解释不清楚，解释又有什么作用？

　　"这些年，我天天睡在床上梦见路，那些路蜘蛛网一样生长在我每天的梦里。我以为梦只是梦，直到今天我才发现，那些四面八方的路早早就和我生活在一起了，它们把我在凹村的一个笑、一个哭、一次叹息通过它们带去了远方，我在很早以前就活在了去远方的路上，另外的一个我已经在远处等我了。为了达到它们的目的，它们一次次来到我的生活中，一点点夺走我身上的东西，带走我生活中的一些必需品。它们喜欢看我到处找某样东西时焦急的样子，它们希望我找着找着就把自己找出去了，找着找着就把自己找到它们希望我走的方向去了。"我说。

"夜很大对吧？"扎西听了我的话，哈哈地笑，扎西的笑放在那天夜里，给夜增加了一份暗的重。我没问扎西笑什么，我不想问。

"夜里很多东西是很容易丢掉的。"扎西若有所思地说。

"你丢了什么？"我问扎西。

扎西看着夜沉默了一会儿，说："流水沟又涨水了，流水沟里有种牲畜吃了很快又会生长起来的草，就快被水淹没了，你知道吗？这次淹没了，那种草就再不会在沟里长起来，太可惜了，太可惜了。"说着，扎西从我身边过，走了几步，像忘记什么似的转过来，继续说："给你。"他在黑中递给我一个酒瓶。我不要，他硬塞给我。"拿去装风，风会把有些好东西从远方带回来。"说完，扎西走进了夜里，扎西的身旁伴着一阵风，左左右右地扶着他在夜里走。

我把扎西那天夜里给我的酒瓶放在了睡觉的木窗前，只要风从酒瓶过，瓶口就会发出"呜呜"的声响，仿佛那是一些消失东西的重新回归。从此，我知道了风里的很多秘密，风也把我的秘密从四面八方的土路上刮出去，让下一个人知道，下一座村庄知道，下一条小河知道。我的秘密从此在风中飘荡，变成一片叶子的秘密，一粒尘土的秘密，一个人一生里的秘密。

我在木窗上又增加了几个酒瓶，为的是想知道更多从风里传来的消息。后来的酒瓶不是扎西送给我的，我去找扎西要酒瓶时，扎西家的门关得紧紧的，好几天烟囱里都没有冒过一次烟。隔壁索朗说，扎西去流水沟了，去了就再没有回来过。

我从扎西家的房子往回走，满脑袋想的都是扎西说过的，牲畜吃了很快又会生长起来的那种草。那天我从扎西家往回走的路上，天空没有一点蓝，厚厚的白云挤满了那天的天，那天云的白像一条河流的白，像一座雪山的白，像一片草原格桑花的白，像一束耀眼阳光的白，从天空照向大地，大地白白的，凹村人的说话声白白的，牛羊的叫声白白的，一个人做在白天的梦白白的。

我想，扎西躲进了很大的白里，不想出来了。

追 踪

在我十多岁的某一年里，家里来了一个男人。

男人来的时候，骑着一匹瘦马从村子的南边来。那个季节，村子的南边开着漫山遍野的俄色花，雪白雪白的，骑着瘦马来的男人，仿佛是从无限的白中走到我面前。他走近我，一股白的味道扑向我，我第一次对一种白的味道那样痴迷。

他来之前，我正在自家门槛上捉蚂蚁，这群蚂蚁也是从南边来。我看见它们时，它们刚好走到索朗家的房子。我把一群蚂蚁想进索朗家房子的事，敲开门告诉了索朗，索朗并不在意一群蚂蚁的到来，他看都不看一眼想进他们家门的蚂蚁，就说：让它们尽管来，老子平时跟个闲锤子一样没事干，只要它们敢进来，老子在屋里陪它们玩个够。说完，索朗打着哈欠，"砰"一声把木门关上了。我很想问索朗和一群蚂蚁玩个够是怎么个玩法，话没来得及说，索朗重重关上木门的风就把我的嘴堵上了。我无趣地从索朗家的门口走开，看见那群蚂蚁的头走到索朗家进门的石阶上，却突然改变方向退了回去。我当时想的是，这群蚂蚁真是一群机灵鬼，它们也怕索朗说要陪它们玩个够的说法。

我从索朗家门口快着步子地走，在凹村我没事的时候，喜欢快着步子走，仿佛前面有一件很重要的事情着急地等着我去做。我在路上快着步子走时，遇见村子里的人，匆匆和他们打着招呼，他们话还没有说完，我已离开了他们。我常常听见他们在背后叹着气摇着头地说：这个鬼娃，一天都在忙。其实只有我知道，我在凹村要做的事情很少，生我的那个女人等我长到十几岁，依然不关心我。我常常在她心里消失，有时，我甚至想她可能早早忘记生过我这样一个女娃了。有几次，旁人在她面前提起我的名字，她愣愣地不做任何回应地就把话题转到其他地方去了。人人都感觉到了我在生我那个女人心里的消失，后来他们很少在女人面前提起我的名字。一个人的名字很少被人提起，那个人的名字上就会很快落满灰尘，风不会往一个落满灰尘的名字上吹，阳光不会往一个落满灰尘的名字上照，雨雪也怕一个落满灰尘名字的旧染上它们，那个落满灰尘的名字在越积越多的灰尘中被掩埋，被淹没，最后消失。

　　十岁那年，还有寥寥几个人喊过我的名字，我把那几声喊记得牢牢的，心里感激着他们。有时，我让喊过我名字的人重新再喊一次我的名字，我用祈求的眼神看他们，用可怜巴巴的话哀求他们，我像珍藏宝贝一样怜惜着别人喊出我的名字。他们每喊一次我的名字，我身体里的血液就加快地流动一次，每喊一次我的名字，我全身的神经就麻酥酥一次，仿佛有另外一个我在他们的喊中被唤醒。有时，有的人看见我祈求他们可怜的样子，再喊一次我的名字给我听，他们喊得不情不愿的，喊完就转身离开了，我的名字像被他们抛弃在地上的一件东西，再不想被他们看见。还有的人，即使看见我可怜巴巴哀求他们的样子，他们也不愿把一声喊再喊出口，他们骗我说，一次见面只能喊出一声别人的名字，再喊一声别人的名字会对自己不好。我知道他们是在骗我，他们只是怕一个很久没人喊过的名字，被他们再喊一次之后，这个沾满灰尘的名字沾着他们不放。过了十岁，就再没有人喊过我的名字了，他们见我

"嗨嗨"地招呼我，他们这种招呼我的方式，常常被他们用在喊一头牦牛上，喊一只跑出家门的鸡上，喊一条乱跑的流浪狗上。过了十岁，我赌气不答应他们"嗨嗨"地喊我，我用各种方法逼他们喊出我的名字。他们有时脸憋得红红的，气出得大大的，我落满灰尘的名字在他们的喉咙里上下蹦跳着，就是被他们喊不出口。他们有时气着离开了我，有时干脆一屁股坐在地上哎哎地叹气。看他们难受的样子，我一阵悲伤，我知道是一个很久没有用过的名字为难了这些人。时间一久，我有了一些变化，我也不想让他们喊我的名字了。我对自己的名字有了生疏感，那个名字就像一个陌生的东西存在于我的生活中，可有可无，可丢失可放下。渐渐地，我的名字被所有人忘记，也被自己忘记。一个名字被自己的主人忘记，名字彻底失望了，它永远消失在我的生命中，无论以后的我再怎么想它，它也不想回到我的记忆中来。

那天我从索朗家匆匆回来，一进羊圈就睡着了。是的，虽然我十几岁了，还是喜欢和一群羊待在一起。生我的那个女人在石头房里为我准备了一张藏床，床上铺上了新的藏毯和放着一床厚厚的羊毛被，这是我长到十多岁，她唯一用心为我做的一件事，但是在那张床上睡觉，我的觉总是睡不香，心空得慌，只有和一群羊待在一起，我的心才能踏实下来。

我那天的觉睡得很长，一群羊被女人收回来再被女人第二天放出去，我都不知道。我是被地下的一种声音吵醒的。十多岁的我那时已经很会在羊圈里睡好一场自己的觉了，再不会像一两岁时的自己，把双手和双脚伸向天地睡。长大后的我渐渐对接近一片头上的天失去了兴趣。我慢慢明白，作为一个身高只有一米三左右的我，想亲近一片天是件很荒唐的事。自从明白这个道理，我对脚下的地亲近起来。地无时无刻不在我的身边，踏一个步子它就在我脚下，躺一下身子它就在我身边，弯腰拾一样东西它就在我的眼前。地是陪伴自己最长久的一样事物，明白这个道理，我把我越来越多的东西往一块熟悉自己的地上放。

比如梦。以前我总是把梦往天上做，我尽量不让我的梦沾上地上的土。我想要把一场自己的梦能做多高就做多高，梦越高离自己头上的天就越近，天越近，离自己想去的地方就越近。那时我执迷于天。后来渐渐明白，一场被自己做到天上去的梦，即使自己把它做得再高再远，梦总归是梦，梦醒后一个个子一米三的我，还是在地上过。后来只要做梦，我就把一场梦往地上做，让我的梦在地上打滚，沾满大地泥土的味道。有些梦不听使唤，一出来就往天上跑。对于这样的梦，我有我的办法，我在梦里威胁它们，如果它们再不回到地上来，我就用弹弓把它们打下来，让它们痛苦地过下半辈子。梦一听这样的话，立马从天上落下来，它们知道我是养它们的人，不敢得罪我。比如有些话，以前和别人说话，我不喜欢看别人的眼睛，村子里人的眼睛黄扑扑、干涩涩的，仿佛被他们种了一辈子的地染了色。那时，我对他们说话，头昂得高高的，力气用得足足的，我把我要说的每句话使劲往天上说，生怕我说出去的一句话掉下来，染上了村人眼睛里的黄。可自从我明白地才是我最该亲近的时，每次说话，我都认真地看村人的眼睛，我想让我说出去的每句话，都染上村人眼睛里的黄，想让我说出的每句话都像一粒真诚的种子一样，在我们脚下的地生根发芽，长大。

那天我睡觉，整个身体四仰八叉地躺在地上。自从知道一块地是我最亲以后，我就习惯了这种睡觉的姿势。我想让我的身体最大可能地接近一块地，让地知道有个个子一米三的人想最大限度地亲近它，和它做朋友。就是在那时，我听见地下发出"砰"的一声，那声音响过一次之后，就没有再响了。当我把自己最大限度地接近一块地睡觉时，我时常听见一种声音在地下响起，虽然那声音在地下响起的频率并不高，有时十天响一次，有时一个月响一次，但都被我有意无意地听见了。每次"砰"一声响过之后，就有另外一种隐约的窸窸窣窣声跟在它后面，像是被它从某处带出来的。我说不出那窸窸窣窣声像什么声音，有时觉得像一个人脱衣服发出的声音，有时觉得像一只蝉摩擦翅膀发出的声音，有时又觉得像两个人低着嗓门悄悄在暗处说话的声音。我对这种窸窸窣窣声最初充满兴趣，一听见这种声音，我就把耳朵尽量贴着地，左耳听了右耳听。有时怕自己听漏什么，就用手在地上轻轻刨出一个小坑，把耳朵放进去听。我努力想听清那声音时，那声音停了下来，地下变得安安静静，仿佛那声音也在地下某处竖着耳朵地往上听我的动静。有一次，我没有憋住自己，我对这种躲猫猫的游戏有些厌烦了，我冲地下的声音喊：你们到底是谁？你们在地下干什么？在我的喊中，地变得冰凉凉的，我的整张脸却火热热的，仿佛有一百双眼睛在地下盯着我看。从那以后，"砰"的一声再在地下响起时，那紧随其后的窸窸窣窣声变得胆怯懦弱了，它们很少让我听见它们，但那种绷着自己、让自己小心翼翼的举动，让我依然能敏锐地感知到它们的存在。我不知道它们为什么害怕接近我，我也不明白它们为什么躲在地下不出来见我，仿佛它们心中有很多难言之隐不方便让我知晓。渐渐地，我对它们失去了兴趣，不再理睬它们。

我从羊圈里爬起来，院子里空空的。我早已习惯了这个屋子的空。我朝院门走去，生我的女人依然不喜欢在她走出家门后关上院坝的门。

我在院门口发现了那群蚂蚁，那群我在索朗家门口见到的蚂蚁，昨天它们一路跟着我来到我家，而且在我昨天长长的一场睡中，它们有的已经顺着我家一楼的楼梯往二楼爬了。我有些生气它们这样霸道地进入我的家，想到昨天索朗说的话，我默默地说：你们欺负我，那也别怪我不客气。我俯下身，趴在门槛上开始捉蚂蚁。我把一只只想进我家的蚂

蚁捉了直接扔到门槛下面，我想打乱一群蚂蚁想进我家的念头。有的蚂
蚁被我扔下去之后，晕头晕脑的，不知道发生了什么事，它们向前走几
步，觉得不对，又往后走几步。有的蚂蚁干脆站在原地，好像被刚才发
生的事情惊住了一样，不走也不动。还有的蚂蚁掉下去之后，翻了几
个滚，一站起来就没有方向地乱跑，似乎身后有什么可怕的东西在追它
们。经过我的一番捣蛋，我确实看见了一群蚂蚁的乱，它们乱的样子让
我忍不住笑出了声。我把我的笑声送给一群正乱着的蚂蚁听。有一瞬间
我对自己的笑感到意外，我好久没有笑过了。我边把笑声从自己的嘴里
笑出去，边竖着耳朵听自己的笑声。那时我的笑，仿佛是另外一个人在
体内笑给我听。我接着笑，持续不断地笑，笑得眼泪都出来了。

　　就在这时，我见到了那个男人，带着一股白的味道。他和那匹瘦
马站在我面前，盯着我看。我用了好大的力气才止住我的笑。那时我才
知道一个好久不笑的人，把连串的笑笑出来，要想止住并不是一件容易
的事。

　　你在笑什么？他问我。他身后的那匹瘦马露出半张马脸望着我。

　　蚂蚁。我擦掉脸上的泪水，从趴着的木门槛上站起来说。

　　它们是从南边来的。他说。

　　我对男人的话感到吃惊，我认为我是唯一一个注意到蚂蚁是从南边
来的人。

　　它们向前行走的速度，比我想象的快。男人像是在给我说，又像是
在给一群地上的蚂蚁说。

　　地上的蚂蚁在我和男人说话的间隙，从被我扔下去的地方整理好了
队伍，重新向我家院坝靠近。

　　谁也打乱不了这群蚂蚁的决心，这一路来我早发现了这点。男人盯
着地上的蚂蚁说。

我不想让它们进我的家。我赌气地说。

它们只是路过这里，不会久留的。男人说。

你怎么知道它们只是路过，而不是想占有我的家？我问男人。

我一路追踪它们，它们穿过了孟尼草原，渡过了索拉河，走过了几个村庄，一刻不停。它们从一些熟睡着的人身上、头上经过，人在梦里伸出手一次次地想挽留它们，有娃把自己最喜欢吃的水果糖砸碎了送给它们，它们也没有软下心来，就此在原地生活一辈子。它们是一群谁也留不住的蚂蚁，它们有一条自己要走的蚂蚁路在前方等着它们去走。男人说。

我认真观察起眼前这个男人。男人皮肤深紫色，可能是长时间的行走，加上日晒雨淋，额头上的皮肤有裂开的痕迹。他的头发干燥、焦黄，仿佛只需要一点聚合的光亮就可以点燃它们。他穿着一件青布外衣，衣服的褶皱里全是黄土。他和我说话，一只粗糙的手握着缰绳，身子前倾，一只脚向前迈着，做出随时准备走的样子。他身后的那匹马，瘦得皮包骨头，几根细细的肋骨撑着被磨得光亮亮的薄皮。因为太瘦，马脸显得特别长，脸上的皮包不住两排外露的牙齿。当我看清了马的整张脸，才发现这匹马很特别，长长卷曲的睫毛下，一只眼睛是褐色的，一只眼睛是蓝色的。

这并不奇怪，我们一路走来，只要遇见湖泊它就停下来，一看就是半天。它看湖泊时，我独自一人往前走。我并不担心它走丢，它会在我想念它时及时出现在我的面前。男人看我在观察马的那只蓝眼睛时，对我说。

很多人对一匹马长出一只蓝眼睛感到吃惊，可对我来说，这是必然的结果，没什么大不了的。男人补充道。他用手摸了摸身后的马。瘦马在他的抚摸中，眨巴了一下眼睛。在它的这次眨眼中，我仿佛看见一汪碧绿的水在它眼睛里荡漾了一下，很快又归于平静。

　　你不用担心这群蚂蚁，过不了几天，它们的队伍就会穿过你们的村子，到下一座村子去了。男人再一次盯着地上的蚂蚁说。

　　它们可以节约些时间，沿着这条小路径直走出凹村。我说。

　　说着，我伸出手，指了一条出村的小路给他看。男人往我指的方向看，瘦马往我指的方向看，几只地上走的蚂蚁像听懂了我的话似的，边走边歪着头往我指的方向看。那一刻，无论男人、瘦马，还是地上的几只蚂蚁，眼里都装着一条凹村出村的小路。

　　有些路，是蚂蚁命里需要走的路。男人说。

　　我不懂男人的意思，我突然对一群蚂蚁想往哪个方向走失去了兴趣。我的肚子咕咕地叫。很多时候我的饿说来就来，那一场长觉让我失去了在羊肚子下面吸奶的机会。我转身往屋子里走，我需要找些吃的，填饱咕咕叫的肚子。我总是在肚子饿得咕咕叫时才想起找东西吃。生我的女人从来不管我吃没吃饱肚子、冷还是不冷，从小我就是在这个屋子里被她遗忘的人。有时我会在屋子里找到一个完整的青稞饼吃，有时会找到女人喝剩下的半碗酥油茶喝。不管怎样，只要看见吃的，我都往肚子里装。从小我就对吃的没任何讲究，我要的只是填饱肚子，其他的都不重要。也有些时候，我在这个屋子里什么吃的都找不到，那个生我的女人有时候仿佛比我还要饥饿，她把一块青稞饼吃得干干净净，连掉在藏桌上的一点儿残渣都被她捡起来装进了嘴里。还有些时候，她把一个和过糌粑的碗用舌头舔了又舔，那被她舌头舔过的木碗发着锃亮的光，让饥饿的我一阵难过。每当这个女人在屋里什么吃的也没留给我时，我就从墙上取下挂着的木瓢，舀石缸里的水喝，或者跑到地里掏萝卜、洋芋吃。遇到合适的季节，我还可以在山坡上捡一些松茸和挖一些人参果、虫草填饱我的肚子。总之，自从生我的女人时常把我从她生活中忘记，我就学会了活好自己，我从来没有像刚刚生下来时，想到过死。

男人和那匹瘦马在背后看我。我感觉到了那匹瘦马眼里的一汪蓝落在我的背上，像一汪湖泊长在我的脊背上，清透透的。

我没吃的给你们，老实说，我也不知道我今天能不能找到填饱肚子的东西。不过，如果你们想留下来找个地方休息，可以去羊圈，我经常在那里睡觉。我边说边头也不回地往楼上走。我不在乎他们去不去羊圈，我实在太饿了。在我继续往屋里走时，我身后响起一匹瘦马和一个人走进我家羊圈的声音，随后安静下来。

女人今天吃的是酸菜青稞糊糊，锅里还剩半碗，没有被她全部吃掉。我找来碗，把剩下的酸菜青稞糊糊全添进了自己的碗里。我知道女人回来不会在锅里找那剩下的半碗酸菜青稞糊糊。她很少关心屋里丢掉过什么、来过什么。在她那里，丢掉了就丢掉了，来过了就来过了，什么都不重要。她是一个忙着把自己活在岁月里的人，无暇顾及别的事。

只有一次，我看见过这个女人为丢掉的一样东西伤心难过。

那时我五岁，骨头还没有长硬。我长到五岁，还很少出门，我每天把时间用在看天上的云、数来家里的苍蝇、在羊圈里掏一个个小洞上。我清楚每天有多少朵云从我们村子的上空飘过，又有多少朵云从其他村子飘到我们村子来。我认识每一朵我们村子的云，即使它们有时变成各种模样来糊弄我，我也认识它们。我看见过我们村子的云和其他几个村子的云遇到一起，吵得不可开交的样子。云和云吵架，气全部憋在一朵云的心里，那股气把一朵云越胀越大，吵着吵着就没有了自己。有时云心里的那股气用吵也解决不了问题，它们就在天上打一场架，一会儿这个村子的云在上方，一会儿那个村子的云在上方，一会儿几个村子的云拧在一起，跟一群没有分寸的娃打群架一样，打一场没有分寸的架。打着打着，云心里的那股气就把自己烧起来了，红红的、艳艳的，铺得半个天空都是，照得几个村子的人、庄稼、动物红红的、艳艳的，仿佛几个村子也跟着烧起来了。家里来的苍蝇我全部认识，它们每次来，一进我家的院门就礼貌地用嗡嗡声给我打招呼。它们有时落在我头发上，有时落在我的手心里，还有的时候干脆站在我的鼻子上给我挠痒痒。我喜欢每只来我家的苍蝇。我给它们说话，告诉它们我今天干了什么。有时我唱歌给它们听，我唱歌的时候苍蝇从我手心里、鼻尖上、头发上飞起来。它们在空中给我唱出的歌伴舞，它们一会儿转个圈给我看，一会儿互相轻盈地碰个头，有时它们突然不伴舞了，飞到指尖上啄我的手，它们是在邀请我和它们一起共舞。我从坐着的地方站起来。它们一下飞起来，在我面前扇动着翅膀，把一支舞跳得更加欢快。我跟着它们跳着、唱着，我们把一屋子的空填得满满的。天快暗下来时，我常常把自己走在羊圈里，朝脚下的地掏一个个小洞。我把一个小洞掏到一定大小就不掏了，再去掏另外的一个小洞。我让洞和洞之间有某个连接点。有时我掏三个小洞停下来，有时掏四个小洞停下来。我趴在洞口一声声往小洞里喊自己的名字。我边喊自己一声，边答应自己一声。我的名字在穿过小洞之后，有了一些奇怪的变化。我把我的这个秘密讲给每只从山上回到羊圈的羊听。经过长时间的相处，羊和我之间有了默契，羊能听懂我的话，我也知道每只羊心里在想什么。我让羊学我的样子，把一声声叫声从一个小洞里传进去，然后让它们侧着耳朵听自己的叫声从另外的小洞里传出来。羊似乎也发现了自己的一声叫穿过一个个洞之后的秘密。我从它们惊奇的眼神里看出它们的惊喜。它们争相地往一个个我挖的小洞里叫，叫得整个羊圈热闹起来。除了这些，我还有很多打发时间的方法。五岁还不能出门的我，除了拥有大把时间让自己浪费，其余似乎就没什么可做了。

门口的老核桃树，我一天要看很多次。不是我愿意去看它，而是它就高高地长在那里，让我不得不看见它。春天，我会在我偶尔一次看它时，数数它一夜新长出枝头的叶子。夏天，我会在我偶尔一次看它时，寻找落在它枝头的蝉。秋天，我会在我偶尔一次看它时，看看它结满枝头的核桃。冬天我不想往核桃树上看，冬天的核桃树黑黑的，一张老皮被过往的风吹得裂开一道道口，让我时时感觉到它的疼痛。冬天，我把自己的头埋得低低的，不高的个子往下弯。冬天，我有种想把自己坠下去的感觉。

那一天，一只大鸟飞到老核桃树上，不叫也不动，一眼一眼往我家屋子看。最先我没有看见那只大鸟，那只大鸟的羽毛和核桃树的皮一样黑。我是在一声咔嚓声中发现那只大鸟的，由于它身体太重，踩断了站着的枝丫，枝丫从树上落进院坝里，险些砸中我的头。我看见它时，它扑棱着翅膀，刚好在另一枝枝丫上稳住脚。它黑得发透，仿佛可以在一棵冬天的核桃树上随时消失掉。它没有离开的意思，站在树枝上看了我一眼，又把视线移开了。或许，在我没有看见它时，它已在树上早早把我看够了。

我顺着大鸟望着的方向看过去，看见了女人晾晒在皮绳上的一根根五彩搭搭线。五彩搭搭线是女人今早晾晒在皮绳上的，自我出生，女人就没有佩戴过这些搭搭线。女人晾晒搭搭线时小心翼翼的，她把每根搭搭线在皮绳上顺了一遍又一遍。女人抚摸搭搭线的样子，像一幅静止的画，美丽动人。

有次我听一个路过的人说，五彩搭搭线是一个男人送给女人的信物。那个男人不是本村人，男人是专做驮脚生意的，过一两个月从外地驮一些小东西来村子里售卖。生我的女人那次去买五彩搭搭线，两人一见钟情。男人临走送给了她五彩搭搭线，并告诉她，如果愿意，他下次来就娶女人。生我的女人当时羞红了脸，心里愿意，口里却怎么也没把"愿意"两个字说出口。她相信男人会懂她的心，跑着回了家。可自从那次之后，驮脚的男人再没有来过村子，男人在她的世界里消失了。这么多年过去，她从来没有放弃过等驮脚的男人。阳光好的那天，她常常把五彩搭搭线拿到皮绳上小心翼翼地晾晒。每一次晾晒都是她心灵的一次波动，她喜欢这种充满希望的感觉，虽然自己早不是当初的小姑娘了，可看见五彩搭搭线在风中飘飞，她的脸上还是会不由得泛起少女般的红晕。

　　大鸟脚下的树枝又一次摇晃起来，我隐约听见树枝发出的吱吱声。我往后退了几步，我在这棵核桃树下生活了五年，我知道核桃树枝一到冬天就干脆易断，我亲眼看见过一枝核桃枝毫无征兆地自己把自己断掉。我往后退，大鸟扑棱着翅膀朝我飞来，它大而有力的黑翅膀在飞翔中发出扑扑的声响。我一下摔倒在地。看着一只大鸟朝我飞来，那种无能为力、什么也做不了的感觉，反倒让我平静下来。这种感觉很奇特，有种碎掉自己也无所谓的畅快感。大鸟落在我面前，扑棱着的翅膀掀起一阵地上的土。有那么一会儿，它用一双棕红色的眼睛看我。被一只大鸟看进眼里的我，仿佛正在一双鸟眼里丢失什么。它的眼珠不停地转。它似乎在看我时，正思考着一件什么重要的大事情。我在一只大鸟的眼睛里寻找自己。我好奇一个小小的自己落进鸟眼里的样子。我没有在这只大鸟眼睛里找到自己。我在它深邃的眼睛里凭空消失了。正当我在想自己为什么会在一只大鸟棕红色的眼睛里凭空消失掉时，大鸟扑棱着翅膀朝五彩搭搭线飞去，迅速、有力。接近搭搭线时，它张开黑黑的大嘴，啄起几根搭搭线就往外飞。这一切发生得太快，等我回过神来，大鸟已经叼着搭搭线飞出院墙，飞向半空。几根五彩搭搭线在大鸟的嘴里飘着，像一道彩虹在空中升起来。

我从地上爬起来，跟着大鸟跑出家门。我在地上朝着大鸟呀呀地喊，越喊大鸟往天上飞的速度越快。大鸟怕我追着它上了天。我在凹村的小路上追了一段，追着追着力气就没有了，追着追着身体里的嫩骨头慢慢软下去了。那只大鸟回头看我追不上它，减缓了飞的速度，慢慢朝一片茂密的松林里飞去，不见了踪影。

生我的女人从地里回来，一进门就发现她心爱的五彩搭搭线少了。她到处找丢失的搭搭线。她想可能是风吹走了她的搭搭线。她掀翻院坝里的背篓找她的搭搭线，爬上小楼找她的搭搭线。见女人急，五岁的我躲在羊圈里不敢出来。女人找完了她认为该找的地方，最后打开羊圈门，站在门口扫视了一遍羊圈。她扫视羊圈的眼神刚刚要触碰到我，立刻就移开了。女人已经习惯了我在她眼睛里的消失。她离开羊圈。接着我听见了她在门口的哭声。我站在她哭声的背后，默默地望着那只大鸟飞走的方向。

这是我唯一一次看见女人为丢掉的东西伤心难过。

我吃得饱饱的下楼，看见男人和瘦马躺在羊圈里，他们疲惫的身体像一摊流出去的水，软软地贴着地。一个人和一匹马沿途的所有累和倦，在他们的一场睡中全部展现出来。我也睡进羊圈，睡进了一个人和一匹马的孤独中。我想，我这十几年的累和倦在我的这场睡中，也会被全部展现出来。

"你知道我为什么不怕路途遥远，追踪一群蚂蚁的去向吗？"男人问我。我看着男人的眼睛，他的眼睛透亮亮的，眼白里有无数条细微的红血丝交错着。我没回答男人的问，我知道我们都在一场梦里。

"只有这场盛大的追踪，才让我懂得活着的意义所在。"男人说。他说这句话时语气坚定，完全不容任何人反驳。男人用手抚摸着身旁的那匹瘦马。瘦马的皮毛在梦里变成无比鲜艳的红，从它肚子里高高凸起的瘦骨头，像一张绷得紧紧的弓，一触即发。

"等你醒来，我们已经离开了你生活的这座房子，我们会一路朝北走。如果有一天你有朝北走的念头，无论多远，我们都会在一个朝北的方向遇见。我和我的瘦马会在蚂蚁停下来过冬的地方，和它们一起停下来。我会在离蚂蚁不远的地方搭一个能容纳我和我的瘦马过冬的草棚，整个冬天我们都在那个草棚度过。我们在等一群蚂蚁的重新启程，也在那里等有缘分的人和我们遇见。"男人说着，和那匹瘦马从梦中站起来，朝羊圈门走去。

"我不会拆掉沿路的草棚，即使你不来。"就在男人快要踏出羊圈门时，他转过身对我说。接着他们向门外走去。一个男人和一匹瘦马的脚步声被一场梦掩盖。他们那么轻、那么轻地离开了我，仿佛一粒尘土的离开，仿佛一朵白云的离开。

一抹金黄的阳光洒在他和一匹瘦马身后，他们从一片金黄中消失。等我醒来，看见走进我家房子的那群蚂蚁，正浩浩荡荡地穿过村子里的另一座房屋，朝北走去。一股白的味道从南边飘过来，跟随一个人、一匹马、一群蚂蚁，朝北边飘去。他们都是在自己的世界中寻找意义的鲜活生命……

暗中站起来的东西

很多东西从暗中站了起来。

第一个站起来的是凹村的一缕炊烟。这缕炊烟从村子东边站起来，像一个睡在地边刚醒过来的人，伸着懒腰，打着哈欠，一副还没有睡够、懒懒散散的样子，缓缓地从东边爬起来。是谁在夜里叫醒了这缕炊烟，谁都说不清楚。我们只看见这缕炊烟醒的时候，醒得不情不愿的，如果允许，它可以马上就不醒过来一样。没有风，它单薄的身体在半空中摇摆，一会儿向左，一会儿向右，一会儿向前，一会儿向后，它是在以星空为幕布，以暗为舞台，跳一曲自由的舞蹈吗？远处，不知道从哪个角落里传来一声吆喝声，那声吆喝声，刚劲有力，平时是用来吓唬一匹倔强的马、一头不听使唤的牦牛的声音，那天却无意间成了吆喝一缕炊烟的声音。那在半空中左右摇摆的炊烟受到惊吓般，从一片暗中把自己清醒过来，站直腰杆，警惕地在暗中矗立了好一阵子，似乎才突然明白过来，自己是一缕炊烟的身份。没有谁能呵斥住一缕在半空中升起的炊烟。想到这些，炊烟仿佛一下子有了底气，它高昂着头，一改慵懒的样子，精精神神地挺拔着自己。它最初单薄的身体慢慢壮大，生长的速度，完全超出我们的想象，比一朵云的生长还要快，比一股风的生长还要快，比一团火苗的生长还要快。没过多久，它站立成暗里最雄伟的一座标志，越升越高，越升越高，最终变成一缕完美的炊烟模样，直冲我们头顶的天空。它的身后是一大片凹村很深的夜，冷静且沉着，从每个角落里散发出冰凉的气息。我们从很深的夜中，把它分辨出来，呼喊它。我们从折多山山顶开始呼唤一缕炊烟的名字，从伊拉河河畔开始呼唤一缕炊烟的名字，从一片茂密的青冈林开始呼唤一缕炊烟的名字，从村子最东边的那家人开始呼唤一缕炊烟的名字，那些在暗中被我们呼唤出去的名字，有的是一个男人的名字，有的是一个女人的名字，有的是一座房子的名字，有的是一头丢失多年的羔羊的名字。在暗中，凹村所有的事物，都可以幻变为一缕炊烟的名字。我们看见，被我们在一片暗里呼唤出去的名字，从一位在牛圈里打着电筒挤奶的老阿妈头顶穿过去了，从一个酣睡在牛粪堆旁的娃的呓语声里穿过去了，从一座静默的白塔上空穿过去了，从一片正掉落在夜色中的枯叶叶面穿过去了，它们聚集到那缕越升越高的炊烟身旁，忽明忽暗，缓缓和着炊烟，慢慢升到半空中，变成了一缕炊烟的呼喊声，在半空中盘旋、起伏、升降、飘落，最后融合在夜的暗中，不知了去向。

第二个从暗中站起来的是从山间流下来的伊拉河。伊拉河在凹村旁边流淌了几十年还是几百年，没有确切的说法，在凹村的人只知道伊拉河一直在驱赶一些人。很多年前，河的上游生活着几家人，那几家人好像是从很远的一个地方来到凹村上游的。他们来的时候，穿着破烂的衣服，鞋子是用荒草编织的草鞋，他们的手上和脚上是一道道被荆棘划破的伤。和他们一起来的，还有几头瘦牦牛和一匹骨头都快从身体里冒出来的老马，瘦牦牛背上的竹筐里驮着几个黄皮寡瘦的娃，还有几只被胀得鼓鼓的牛皮口袋。凹村人最先不知道那是几个娃，他们认为是这几家人路上捡来的几只瘦猴子装在里面。村长不放心，派人一路跟踪这几家人的去向，他对出发跟踪的人再三嘱咐，要重点观察那个驮在瘦牦牛背上的竹筐。村长说，按理人和牲畜都落魄成那样了，他们不可能再带几只野猴子上路，里面可能有什么阴谋。不过你们只要看见这几家人走过折多山垭口就回来，过了垭口，就是别人的地盘了，我们管不了。那几个跟踪的人"呀呀"地答应着，请安觉寺的大喇嘛打了卦，定下一个吉祥的黄昏，带着十几个火烧子馍馍、奶饼子和糌粑，一路尾随在这几家人的身后，远远观察他们的一举一动。在跟踪中，他们发现这几家人一路不好好走路，到处东张西望，见到大黄就挖，看到野生黄梨，一个也不放过地全部摘下，装进瘦牦牛背上驮着的竹筐里。他们一路沉默寡言，除了在一起赶路，仿佛从来不认识对方。这几家人在一个晚上，翻越了折多山垭口，顺着垭口的一条小路往下走去了。跟踪的人完成了村长交给他们的任务，准备回凹村向村长如实汇报这一路的所见。其中一个人走着走着停下来说，你们有没有发现，瘦牦牛竹筐里的猴子，还从来没有下地过？听这个人这么一说，其他的几个人才回过神来，在跟踪的这些天里，竹筐里的猴子安安静静的，偶尔探出头来，又急忙把头缩了回去。他们想起村长再三叮嘱的话，决定再跟踪这几家人一段路程才回去。那几家人在伊拉河的上游停了下来，一路无话可说的他们，聚在一起，头碰着头，比比划划商量着什么，后来只见一个人骑着瘦马又往前走了一段路，像去打探什么，剩余的人在原地等待。第二天，那个骑着瘦马出去的人，疲惫地在清晨折了回来，他们交流了一番，像是达成了什么共识，他们把所有的东西从瘦牦牛背上卸下来，就地扎寨。这是他们一路以来，第一次卸下所有的东西。跟踪的几个人，死死地盯着从牦牛背上卸下来的竹筐，他们惊讶地发现，那几个他们一直认为是猴子的东西，竟然是几个黄皮寡瘦的娃。那几个娃一从瘦牦牛背上下来，就歪歪扭扭地朝伊拉河河边跑去，到了河边，弓着身子，脸朝河里扑。他们喝水的样子，像几只渴坏的乌鸦遇见久别的水，贪婪、焦急。跟踪的几个人又在山上隐藏了一天，这一天他们看见这几家人，又是在河边搬石头，又是在路旁砍树，这么大的工程，让跟踪的人知道，这几家人不会再走了，他们在一条河的边上，建着自己的家园。他们看见那几个黄皮寡瘦的娃，其实力气大得惊人，大人搬不动的石头都由着他们搬，他们在路上一动不动地待在竹筐里，原来是在积攒力量，他们要把自己身体里的力量，用在最重要的时候。后来凹村的人都知道，有几户外来的人住在自己村子的上游，村长说住上游就让他们住着，只要不影响到我们的村子，由着他们住几辈子都行。过了几年，一天夜里下大雨，雨如河流，汹涌地冲刷着凹村的大地。有的树在大雨中断裂了，有的羊圈在大雨中垮塌了，人踩习惯了的一片地，在那天夜里，似乎在人的脚下翻动，有站不住脚的人，在屋子里摔倒了。凹村到处是牲畜的叫声、人的呼喊声，各种声音一传出去，就被汹涌的雨声吞噬了。那天夜里的雨声，恶凶凶的，可以吃掉一切暗里的东西。人一夜未眠，站在屋里焦慌慌的，心跟在火上烤一样，总觉要出什么大事。等第二天天亮，雨终于停了，人蜂拥从屋子里钻出来，到处观察村子的变化。他们看见浑浊的伊拉河水面上，漂着两个人的尸体，人吓得直往屋里躲。又过了几年，又有一个人的尸体从上游漂下来。人不知道上游到底发生了什么，年迈的村长又派人去折多山垭口察看，不到三天工夫，去察看的人急匆匆地赶回来，说那几家人的房子，只剩下一座歪歪扭扭地立在河边了。在他看的时候，一个黄皮寡瘦的中年人坐在房子前面，不吃不喝，一整天地盯着伊拉河从他眼前流过。后来，人慢慢知道，一条河在驱赶那几家外来的人。人明白这些之后，伊拉河从暗中站了起来，它把哗啦声响得全凹村都是。人在暗中说一句话的时候，哗啦声隐藏在一句话中响给人听；人在暗中呼一口气的时候，哗啦声隐藏在呼气声中响给人听；人在做一些见不得光的事情时，哗啦声隐藏在那些事情中响给人听。在暗中生的人和在暗中死的人，第一口气和最后一口气都掺杂着伊拉河的哗啦声，仿佛一个人的开始和一个人的结束都和一条河有了很大关系。而在白天，伊拉河却完全改变了暗里的面貌，温和的，贤淑的，没有任何声响地静静从凹村旁边流过。人说，暗里的伊拉河是一条有脚的河，它在暗中站起来，走向每一个凹村人，走进每个人的命，我们都是一个个坐在河边，等待河流带走自己的人。

　　第三个从暗中站起来的是一声鸡叫声。这声鸡叫声，不知道是从凹村的哪个方向站起来的，硬硬地立在凹村的大地上，久久不肯散去。寂静的黑夜，在鸡叫声中战栗了一下，随后安静了下来。被这声鸡叫声第一个叫醒的人是索布。索布从硬板子床上一骨碌坐起来，愣愣的，好半天都没有回过神来。四周静悄悄的，暗装满了他整个睡觉的屋子。索布下意识地伸出一只手去摸了一下暗，暗凉凉地浸着他的手，索布急忙把手缩了回去。他在暗中定了定自己，感觉胸口堵得慌，他用手拍了拍胸口，胸口在暗中发出沉闷的空响。那一刻，他感觉自己的身体在暗中是空的。索布不知所措，他从来没有在这样的一个黑夜中醒来过，夜在索布的世界，仿佛像一个罩子一样，这么多年安全地罩着他。索布倒吸了一大口暗里的气，缓了好一会儿自己，觉得气能出舒坦了，才从暗中爬起来。那匹刚才梦里全身都是伤痕的狼，似乎此刻就站在暗的对面向他张望，原野起伏，天空湛蓝，狼坚定的眼神久久不肯从索布的脑袋里抽离："你生活在我的梦里，我救不了你的，你往西去吧，翻过黑石层，穿越过郎卡牧场，海拔达到四千多米时，那里有种名叫塔黄的花，生性孤傲，一生只开一次，你舔舐它的花瓣，在它身边待上十个日出，闻够它开在夜里的花香，十日之后，你自然会恢复成一匹贡嘎草原上最康健的头狼。"索布在暗中自言自语地说，话带着薄薄的梦的味道，附在

暗的表面。狼听了索布的话，在索布的脑袋里渐渐隐去，索布松了一口
气。梦与现实的距离，此刻在索布的世界里，显得尤其混沌。他在梦里
悲伤落泪，觉得自己就是那匹狼，正准备用手去抚摸狼的伤口时，那声
尖厉的鸡叫声，把他从梦里呼唤到了现实中。但是不是真的现实呢？看
着黑漆漆的屋子，索布现在也分不太清楚。索布的屋子没有一扇能看见
外面的窗，暗在屋子里厚重地流淌着。这是索布特意为自己修建的一间
黑屋子，建房的时候他告诉桑堆砌匠，自己晚上睡觉的房子不需要那么
多窗，一座房子的窗多了，元气就会一直往外漏。当一个家的元气漏
了，这家人也就彻底完了。索布把自己从暗中爬起来也不开灯，他很少
在屋里用灯光照亮自己，他是一个把自己陷进暗里的人。他在暗里走自
己，喜欢把手长长地伸进暗里一次次地摸，在暗里索布不是想摸一条自
己走的路出来，在一座自己熟悉的房子里，索布不需要摸一条路出来给
自己走，他太熟悉这座房子，闭着眼也能随便走出去。索布只是喜欢在
暗里，摸暗的感觉，暗的未知和自由，让索布对暗充满幻想。有人曾经
问索布：你在暗里到底摸到了什么？索布不假思索地说：暗的皮肤。人
又问他：暗的皮肤是什么样的？索布说：像水一样，又像冰一样，好像
会化，又好像在流淌。人直摇头，不明白索布的话，索布嘿嘿一笑，也
不向任何人解释什么。今晚，索布在暗中行走，他觉得暗的皮肤，像花
儿一样在他手中盛开。他把一扇木门"吱呀"一声在暗中打开，那声在
暗中站起来的鸡叫声，在暗的护佑下，似乎还直直地立在凹村的大地
上，等着他。索布站在一片暗中，觉得暗那么大，那样宽广。他不自觉
地又把手伸向门外，这一次索布似乎摸到了一声在暗中站立起来的鸡叫
声，坚硬，挺拔，想捅破暗的黑。

　　第四个从暗中站立起来的是一个人的叹息声。这声叹息声是在凹
村的后半夜从暗中站起来的。那时凹村正在刮一场夜风，夜风不大，走

到哪里随时可以把自己停下来。它们把自己停下来的时候，往往喜欢在这家的门槛上坐坐，在那家的窗户上探探，它们爬到凹村最高的一棵核桃树杈上，边看远方，边把自己在暗中一次次地来回荡。暗里，它们和一只狗说狗话，和一只睁着眼睛的猫头鹰说鸟话，它们把一个白天从树上落下来的空核桃在暗里反复地刮，它们喜欢一个空核桃在暗里滚动的声音。它们从村东头刮到村西头，又从村西头刮到村东头，无论怎样刮一个空核桃，它们心里都明白，自己不能把一个落在凹村的空核桃刮出村子，凹村的一个空核桃，永远是凹村的，它们不会让这个自己刮来刮去的空核桃轻易离开村子，走到其他陌生的地方去。它们和一些老墙玩耍，它们把一堵老墙上的几粒黄土，从一堵老墙上刮下来，藏在一个更远的角落里不让老墙看见，它们喜欢在暗里看一堵老墙的急。老墙在暗里的急，是一种无声的急，急得自己的身子在暗里变红，仿佛一股多年没有在身体里流淌的新鲜血液，突然在老旧的身体里流淌起来。它们在暗里笑，笑够了，又在哪天把那几粒刮出去的土，重新刮回来还给一堵老墙的老。这声叹息声是从一家人的堂屋里响起的，叹息声重重的，附着很多暗的黑。夜风听见叹息声，心里冷了一下，风的一生听见过各种各样的叹息声，人的，动物的，植物的，河流的，但风的一生里几乎没听见过一声这么重、这么黑的叹息声，沉沉地响在凹村的夜里。风怯怯地往那家人的方向刮，风从一扇紧闭的门缝里，细着身子往那家人屋子钻。好不容易钻进去了，看见一个男人坐在一屋子的黑里，用一个冷背对着它。风瞬间感觉到了冷，一股冰凉钻进它的身体里。男人在屋子里，像铁一样生硬，没有自己，又仿佛全是自己。风有些胆怯了，它轻轻地绕着男人吹，男人的手在暗中颤动了一下，风看见一张发黄的老照片掉落在了泥巴地上。风轻轻吹过去，并没有一点想带走这张照片的想法，风只是好奇一个坐在后半夜暗里的男人，心里到底在想些什么。风低下头，风有双能在暗中变得明亮的眼睛，它看见照片上有个嫩娃，怀里抱着一只小羊羔，眼睛水灵灵的，脸上露出憨憨的笑。风轻轻拂过嫩娃的脸，风仿佛触摸到嫩娃脸上的笑，"咯咯"的，在暗中回荡。风想跟着嫩娃的笑声欢快起来，一抬头，却看见这个坐在后半夜暗里的人，身上的所有孤独和悲伤。风一下笑不起来了，自从风从门缝里钻进屋，这个男人就僵硬地把自己坐在一屋子的暗里，无声的，眼泪一颗接一颗地往暗里掉。那一刻，风觉得每一颗从男人眼眶里掉出的泪水，都像一块砸在暗里的冰雹，随时可以粉碎暗的重。风心疼这个男人，但知道自己无力帮助他。是怎样的疼痛，让男人的悲伤如此厚重，风像知道什么，风又像什么也不知道。又一声沉沉的叹息声，从男人的嘴里传出来，风看见叹息声在夜的暗中，站起来了，那么巨大，那么威武，像要覆盖整个世界。风卷着身子悄悄离开了那间屋子，风明白自己能把凹村的很多东西刮来刮去，却永远刮不散一个坐在后半夜暗里的男人的悲伤。

　　越来越多的东西在凹村的暗中站了起来，很多在暗里站起来的东西，又在凹村的大地上生长成了另外的一个凹村。从此，凹村人过得闲散起来，他们从来不担心，自己在生命里消失的东西离开自己，他们知道自己在生命里消失的东西，正在另一个凹村生长起来，那个凹村离自己很近，一个触手就可以摸见了，一个笑声就可以到达了。他们还说，最近几年，他们老是在梦里梦见一片暗的生长，暗越来越大，越来越辽阔，暗像一片肥沃的土地，在梦中发出耀眼的光彩。他们在暗里播种一条河流，一座雪山，一片草原，一群牛羊，只要他们播种下去的东西，都在暗中站立起来了，越站越高，越站越高，升向头顶的天空，变换成五彩的颜色，在凹村的上空飘浮。

降 泽

降泽是阿妈去地里撒青稞时生下的娃。

生降泽的那天，全凹村的人都在地里撒青稞。这天是尼玛村长请格勒活佛打卦算出的春播日。

尼玛一回凹村，挨家挨户把这个春播日说给了大家听。听完尼玛带回来的好消息，村人朝格勒活佛身处的寺庙双手合十，鞠躬，嘴里默默念诵着六字真言。等尼玛走后，他们回到屋里，净手、煨桑、诵经，感谢格勒活佛为凹村选定的春播日。

凹村那些年的春播日都是请格勒活佛打卦算出的，那些年有格勒活佛的加持，凹村播种的青稞很少遇到干旱和虫灾，青稞长得郁郁葱葱，每家每户的粮仓，都被丰收的粮食装得满满当当的。

生降泽的那天，朝霞把远处的雪山涂抹得红红的，雪山顶上悬挂着一朵像马匹的红云，马匹上驮着一个人，朝着凹村的方向张望，仿佛是一个即将远道归来的人远远看着凹村。当时凹村的人都在忙碌着这天的春播、煨桑、鞴马，从经堂里取出祈福了一年的种子，放在自家的马背上。人们在忙碌中都看见了那朵红云，无论是正准备出门的人，还是已经在路上的人，都放下了手中正在忙碌的事情，驻足，对着那朵红云念诵起了六字真言。有一朵像人骑着马的红云向凹村张望，人们更确定今天是播种的吉祥日，他们一边说着祈福吉祥的话，一边向自家空了一个冬天的青稞地走去。那天，全村人念诵六字真言的嘤嘤声，飘浮在凹村的上空，仿佛凹村在这个早上发出的声音。

那朵红云是在凹村人的诵经声中慢慢消失的。

降泽的阿妈身子笨重，走在最后。降泽的阿爸和爷爷等不及，赶着驮着青稞种的牦牛走在了前面。降泽的阿妈走到一棵老树下时，走不动了，她感觉降泽在自己的肚子里动，随后是一阵连着一阵的痛。她后悔没听降泽阿爸不让她下地的话。她扶着老树喊降泽的阿爸和爷爷，声音颤颤的，没传出去多远，就被晨风吹断，落在了离自己不远的地上。

降泽的阿爸和爷爷早就走到前面去了，一条通向青稞地的路空空地摆在那里。降泽的阿妈知道，今天是凹村忙碌的日子，不会有像她这样一个人迟迟地落在最后。她满头大汗，感觉自己身体的隐私部位正在慢慢打开。这种打开是一种她没办法控制的打开，是一种就快撕碎自己的打开。她快昏过去了，但是她知道无论怎样，她都不能让自己就这样倒下去。

眼前是一棵早年枯死的老树，树的根部有个大大的黑洞。降泽的阿妈忍着剧痛，慢慢爬进黑洞里，在那朵红云消失的时候，她在这棵枯死的老树洞里生下了降泽。

降泽的第一声哭声，是从一棵枯树里传出来的，直直地、嫩嫩地顺着一棵空心的枯树，传到半空中。

后来，降泽在凹村慢慢长大，长得不声不响的。我们都没注意到降泽的长，一个娃的成长就像一棵小树的成长，一两天没见就马上变了一个样。娃在小的时候，除了自己的家人会天天盯着看，特别是有些心虚的阿妈，生怕自己的娃长着长着就长成自己偷偷相好过的那个人的样子了，外人是不关心别家一个娃的成长的。外人不关心的原因是，外人不可能每天盯着别人的娃看，反正几天不见一个娃就变了，过几天不见又变了，自己记不住一个娃的变，干脆就等这个娃长定型了，才慢慢去记住这个定型的人。

一个娃在什么时候算长定型，看过几茬生死的人总结说，娃会走几步歪路，会说几句嫩话了，这个娃其实就定型了。他们还说，不信你们看，一个娃在凹村刚走出一两年的步子，和这个娃在凹村活过几十年之后走出的步子，姿势其实是一样的；一个娃刚学会说话的样子，和这个娃在凹村活过几十年之后说话的样子，其实也是一样的，一个人几岁和几十岁的差别就在于骨头长粗或长大，身体长胖或长瘦，皱纹长多或长少，其他是没什么变化的。

只有一种情况会改变一个人的生长，就是一个人生在凹村，后来却不在凹村生活了。这样的人，他在外面踩的路和在凹村踩的路不一样，在外面说话的语气和在凹村说话的语气不一样，在外面听见的声音和在凹村听见的声音不一样，这样的人再回凹村，无论怎么纠正他，都回不到从前了。

降泽长大后，可能也听见过这些话，有一次我在路上遇见他，他问我，他出生的那个老树洞可不可以让他走出凹村？我抬头望望那棵树，树干巴巴地立在那里，树洞在降泽成长的日子里，没什么变化。那天，那个树洞陷在黑灰色的天里，一只喜鹊站在树上，一会儿飞到地上，一会儿又飞上树顶，偶尔的叫声落在越来越深的黑里，很快就消失了。

我告诉降泽，树洞是喜鹊的路，不是他的路。降泽听完我的话，死死地盯了树洞好一阵子，最后对我说：喜鹊有路，他就有路。

这事没过多久，降泽就在凹村消失了，没人看见降泽走出凹村，但降泽就是不在了。

降泽消失的那段时间，雪山顶上又出现了一朵像马匹一样的红云，上面驮着一个人，只是这个人不再向凹村张望，而是缓缓朝远处走去，直到消失。

那年，降泽十二岁。

一点一点消失的措姆

我不知道措姆在哪里，很多人都不知道措姆在哪里。

有人说措姆早死在了十年前，也有人说措姆没有死，路过措姆以前生活过的房子，总觉得那座荒废的房子里有人住，房子里偶尔传来水缸里舀水的声音，不过仔细听那声音又没有了。也有人说，措姆不可能生活在那座房子里，一个人十年不走出房子，她总得吃东西过日子，可谁都没有看见过她家的烟囱里冒过一次烟。

还有人说，一截烟囱冒没冒烟有时还真说不准。凹村人做饭都在一个点上，即使有几个急性子和慢性子的人，哪天没有按这个点做饭，他们也不会拖得太长。也就是说，凹村烟囱里冒出的烟几乎都在同一时间。不过凹村的风好事，特别是人做饭的时候风最爱来凑热闹，仿佛凹村的风也是来蹭人的一顿饭吃。风一来，凹村上空的烟就乱了，那时谁家的烟囱里冒没冒烟，谁知道？

说到烟囱，人说措姆以前最爱她家的那个烟囱了。措姆给人说过，人与人之间比要在烟囱上比，烟囱是朝天长的，烟是往天上升的，一家人的气和话都可以通过一座房子的烟囱和烟捎到天上去。措姆每年都要请人修整一次烟囱，每修整一次，人们看见措姆家的烟囱又往上升了一截，措姆家的烟囱是凹村最高的烟囱，也是平时冒烟最勤的烟囱。那时就有人问措姆，你一天让烟冒得那么勤，是不是通过烟囱给天上捎了很多话？措姆笑着说：捎了，捎了，帮你们也一起捎了。人问措姆，你帮我们捎什么话给天了？措姆神秘地说：这就不能随便说出来了，要不就不灵了。措姆这样说，人知道从她嘴里问不出啥，也就不问了。

措姆那么爱自己家的烟囱，如果她真在房子里，就不会忍心看着自家烟囱上的土，今天被几只鸟啄走几粒，明天被雨水冲走几粒，后天被风吹走几粒。在措姆的心中，那是她和天说话的一个通道，绝不允许谁去破坏它。

那措姆去哪儿了？人们又问起最初的这个问题，还是最初的答案：不知道。

措姆是在凹村一点一点把自己消失掉的。

措姆刚嫁到凹村时，哪里都可以看见措姆的影子，即使哪一天没看见措姆，措姆的歌声也会在某个角落里，传出来告诉别人她在哪里。那时凹村人说，松尕找的老婆不是老婆，是只百灵鸟。松尕说，百灵鸟怎么啦？让你们看得见、听得见，就是抓不住。有人说，松尕你娃是那个半山上的塔修得好，第一年修第二年就娶了个好老婆回来。松尕得意地说，那是一个人的命，该我松尕的就是我松尕的。

有段时间，松尕的脸上常常洋溢着一道莫名的光，那种光让松尕无论走在再多的干活的人群中，都马上能让人从灰扑扑的人群中，把他辨别出来。那段时间，松尕是个内心生长光亮的人。人们都认为松尕会把这种光亮延续下去，但是很快发现，松尕内心的光在某个谁都没有察觉的晚上或早上慢慢丢失。

丢失光亮的松尕垂头垂脑的，走出的步子软塌塌的。有好几次，人看见松尕把藏袍穿反了，好意去提醒他，松尕一句谢没有，继续由着穿反的藏袍穿在自己身上。他把日子过得闲散起来，每天就在村子里到处闲逛，哪里人多就垂头垂脑地往哪里蹭，哪里事多就垂头垂脑地去哪里凑热闹，人和事都没有的时候，他就跟在一群牛、一群羊、几只狗中间，凑一群动物的热闹。人们都不知道松尕怎么了，松尕也说不清楚自己到底怎么了。他说，他心特别地散，感觉自己不是自己，自己没有自己，脑袋里经常莫名地出现一只断了尾巴的黄鼠狼，那只皮毛金黄的黄鼠狼很漂亮，牙齿白白的，眼珠跟黑珍珠一样亮。他说，只要那只漂亮的黄鼠狼来到他的脑袋里，他就什么事情也不想干了，黄鼠狼成了他的全部。他每天眼睛一睁开，就想向外走，即使心不愿，自己也软绵绵地做不了什么。

后来他说自己病了，他的病表现在身子在变，眼睛、耳朵、鼻子在变，手在变，嘴在变。起初他用嘴骂他身上正在变的这些东西，最初他骂出的话是他想骂的话，可过了没多久，他骂出的话就变成了一些其他的话。那些话，都是一些讨好他身上正在变的东西的话，他气极了。但他气了也没用，他的生气只能表现在他的"吱吱"咬牙上，并不影响他身体的其他地方的变。

有人说，松尕你就是在给自己的懒找理由，你的手脚、眼睛、鼻子都长在你自己的身体上，你怎么会控制不了它们？那人说着就去拉松尕的手，一碰松尕的手，就急忙把自己的手缩了回来。拉松尕手的人说，松尕的手心很硬，没有一点皮肤的弹性，像一块在角落里放了很多年的生铁，凉凉的。

措姆是在松尕的变中，一点一点在凹村消失的。

最先消失的是措姆的歌声。措姆刚到凹村来时，天天都能听见措姆的歌声，后来隔一天才能听见一次，慢慢隔几天才能听见，后来只有夜里才听见，再后来夜里也听不见了。接着一点一点消失的是措姆的影子，以前凹村婚丧嫁娶上都少不了措姆忙里忙外的影子，后来措姆在婚丧嫁娶上的身影一次次地减少，最后婚丧嫁娶上再看不见措姆了。再后来一点一点消失的是措姆在土地上干活的身影，以前措姆干活把锄头举得高高的，力气用得大大的，挖出的土松松的。后来人们看见措姆在地里干活，锄头越举越低，地越挖越浅，刚挖过的地上到处长着没有锄尽的草。措姆的地越种越荒，越种面积越小，措姆渐渐没有了地。措姆家的羊群让措姆越放越少，有人说：措姆，你家的羊咋越来越少了？措姆说，她放出去是一群，回来就少了，到山上去找，一只也找不到，羊回羊自己的家了吧。黑漆漆的夜里，人看见凹村每家每户窗户里的灯亮起来很久之后，措姆家窗户里的灯才亮起来，亮起来没多久，又很快地熄灭了。再后来，无论春夏秋冬，无论天上有没有月亮，措姆家的灯都很少亮了。

人们不知道措姆和松尕在黑夜里是怎么过的。人们后来说，措姆是一点一点把自己从白里过到黑里去的，是一点一点把自己过得没有自己的。

但是不知道为什么，越来越多的人感觉措姆没有离开凹村，只要走到措姆以前种过的地边，路过措姆家的木窗边，都能闻到措姆身上的气味，那气味淡淡的，带着最后人们见她时，那种说不出来的忧伤。

松尕一直待在凹村，人经常看见一个跛着脚的松尕，在凹村的地里、山上晃荡，那时的松尕已经不说话了，他长歪的嘴，把半边脸都拉得变了形。那个松尕已经不是原来的松尕了，松尕把自己的一切都失去了。那样的一个松尕在凹村是怎么活到十年之后的，人们搞不明白。

可能有某种东西在暗地里帮松尕活吧，有人说。

草带歪了一群羊

我想，羊不知道一个人在山坡上等它们。

羊走路、吃草、爬山，都跟着长得好的草走。长得好的草，是给羊嘴铺的路。草长歪了，它们的路也歪了，只是它们在跟着长歪了的草走，很久才发现自己走歪了一条路。

草是控制羊的路。有些草，就开始动歪脑筋，把自己长在悬崖峭壁上，给羊铺一条悬崖峭壁的路，让羊来走。

草的命长，心眼多，喜欢把一些光明正大的事情，放在地下解决。地下能够解决的事情，很少让人和羊插得上手。人可以避开草，不和它们打交道，但是羊不行。

人用粮食养活自己，可不能用粮食去养活一群羊。人和羊打交道，本身就是一件假模假样的事。人搂着羊，耳边留下的：我的乖乖，我的好羔羊，你是我的心肝，我好喜欢你的话都是假话。人养羊，本身就是对羊有所图。只要做一件事情，有利益存在，就不是一件好事情。

羊可能早看出了人的坏，在人的甜言蜜语里，也只是应付一下，就转身离开了。羊相信的是一棵棵立在地上的草，草是它们往前往后要走的路，草是它们的命。即使草把它们的路带到悬崖上，它们也感谢草能够让它们活到自己能够活到的这把岁数。

羊，不会去憎恨给它们带弯了路的草，即使路弯了，它们也能从弯路上走上正道，回到羊圈。

凹村每家每户都养牛和羊，牛的头数少，引不起我的重视。羊不一样，每家一养就是一群。每天早上，核桃树下的小路被羊群填满了。放羊的，尼玛家过了扎西家，瓦希家过了松呷家……前后两家的羊中间有人隔着，人是前后两群羊中间的隔，像一棵老树长在土墙外，不让一阵风进院里。

人站在羊中间，生怕两群羊混在一起。其实，谁能挡住羊与羊的相会？

今天，我坐在山顶等待一群羊爬上山尖。我知道这群羊一定会走这条路，这是一条被草带歪了的路。

草长在我的脚下，高得没过我的膝盖。我在草长得最好的地方停下脚步。草带歪不了我的路。我不靠草生活。

等羊来时，我无事可做。云和天，凹村的那片溜溜地，这些我都看厌了，我每天都在和它们过生活。它们在我眼睛里，都旧得不能再旧了。

我看草，草让我看不厌。草总能让我看出它身上的新。草在我的生活里，随处可见。路边、墙角、猪圈里，都有它们的影子。这些草，长在凹村，生活在人们的眼皮下，被人一天天地看着长大。看着长大的草，骨子里拥有了人身上的很多东西，诱惑不了羊。羊暗地里不喜欢人。

很多年前，我和一株草斗过。那株草长在干干的牛粪里。我只想要牛粪，不想要草。阿妈让我上山捡牛粪回去肥沃土地，我不能从山上背一株草下山，种在我们家的地里。牛粪已经十过了心，不知道是谁家的牛吃了多少草，才排出了这么大一团粪便。这团牛粪装进我背篓里，可以装满大半个底，我回去也好拿出这团牛粪来给阿妈炫耀。再说，这团大牛粪，可以养肥我们家地里十几棵大白菜，大白菜又可以填饱我们的肚子。我不会放过这团大牛粪。

草不放开牛粪。我扯牛粪，草拉我。我把草的叶子扯落了好几片，草不松手。我使了全身力气，往后拽，草断了，我一屁股摔在了地上。我疼着屁股，恨那株草。那株掉了叶子的草，愣愣站在那里，疼还是不疼，只有它自己知道。我想拔掉它的根，解心头气。可它的根，就是它的手，我的手只有一双，它的手我数也数不清。我最终没有斗过那株草，抱着那个中间还含着草的牛粪，回去了。

我不想和草打交道。和一株草打交道，就要和山坡上的所有草打交道，草和草，一直是手牵着手，心连着心的。你惹怒了一株草，就是惹怒了整座山坡的草。整座山坡的草，在地下商量怎么对付你，你还不知道嘞。

我的预料没有错，我等的羊群跟长得好的草，慢慢上来了。草带着羊，就快走到我跟前。

我要拦住这群羊，不让它们跟着草走。这些长得好的草，只会给它们一条路，而只要它们听我的话，我会给它们很多条路。

第一只羊遇见我，先是一愣，它一定没有想到会有一个人坐在草里等它们。它看我，我给它说话，说一些掏心窝子的话。它仰着头认真地听。我以为它把我的话听进了心里，它的眼神真诚得都快感动我了。我把它往下赶，让它去找一条另外的路走，别光跟着这些长得好的草走。长得好的草，只会给它一条路。

这只羊走开了，更多的羊拥了上来。我继续说我刚才说过的话，一只只羊伸着脖子听。我坐在上方讲，听完它们都绕着我走了。我给了它们很多条路。

我得意地下山，踩着长得好的草下山。

刚到山下，我却发现一群群羊绕过我，又走回了原先的那条路，朝着前面的悬崖走去。

长得好的草，带歪了一群羊。一群走歪路的羊，总会从歪路上，走回羊圈。

我的担心是多余的，我这样想。

月光铺就的阴影

黄昏落下，银灰色的月亮从山尖升起来了。

月光像细雨，慢慢从山尖垂落大地。我走在月光铺就的阴影里，走进一座老旧的村庄。村庄长在荒芜的尽头，像一片荒芜结出的果。一股鲜土的味道朝我袭来，一只喜鹊向我清脆地叫出一声，扑棱着翅膀飞走了。在这座陷在月光中的村庄中行走，我没碰上一条游荡在黄昏中的看家狗，没遇见一个睡不着觉在路上行走的人，每家每户的大门都紧闭着，屋里静悄悄的。我在一座藏房前停下脚步，心想就是它了。我没用手敲门，没问屋里的主人是否同意我进屋，就直接推开了那扇立在黄昏中厚重的木门，门"吱呀"一声响，像给寂静的黄昏撕开了一道口子，我朝里面走进去……

我不认识这座村庄，也不知道它叫什么名字，我是从一个岔路口把自己分岔来到这里的。岔路口不大，两边长满一人多高的白白草。那是个冬天，白白草干巴巴的，一阵野风吹过，草的叶子发出哗啦啦的声响，仿佛有一百条细流在草丛中流淌。

我被这一百条细流一样的流水声吸引到这里。那时我十二岁，正处在一个不畏惧天地，可以把自己随处安放的年龄。

　　在这之前，我做过几件任性的事，我想走到哪里就走到哪里，想不回家就不回家。不可否认，在我的骨子里自始至终潜藏着一种叛逆和探索精神。经过那几次任性的事情之后，我的阿爸阿妈似乎一次比一次适应我的随意消失，即使后来我从自己的随意消失中走回来，心虚地站在他们面前，他们好像也没察觉到，我已经在和他们共同生活的屋檐下，消失过几天几夜了。

　　他们见我愣愣地站在空空荡荡的大门口，很久不敢抬脚跨进院坝，他们看我的眼神灰扑扑的，映着大地的颜色，没有责备，也看不出任何异样。他们用平常的口气喊我吃饭，叫我给羊圈里的几只母羊添几把嫩草，然后就没什么话给我说了。我依然站在那里不敢进门，我对他们对我的态度充满怀疑。我知道我做错了事，做错事就该得到惩罚，我在等待他们给我的惩罚，哪怕听他们用凹村土里土气的地脚话骂我几句，哪怕用他们藏在门后面的牛皮绳打我一两下，心里也舒坦些。但是他们什么也没做，什么话也没问，就把我从他们视野里忽视掉了。他们坐在院坝中的青石桌旁，东拉西扯地把话题扯开了。

　　他们讲昨天自己放一群羊，看见一只秃鹫坠落悬崖的事；他们讲前天洛桑家门口，莫名其妙出现一个大黑洞的事；他们讲两只闭嗓子三年的红嘴乌鸦，突然在晨雾中张嘴叫的事……他们讲得绘声绘色的，讲得彼此的眼珠子也多了几分光亮。我不想傻乎乎地再在门口等他们惩罚我了，我默默地走进院坝，坐在离他们不远的一个废弃的老木桩上，心里有种被他们抛弃的感觉。我用这种被抛弃的眼神一次一次地看他们，我希望在我的看中，能让他们想起他们那几天经历的事情里，少了一个这个家中最小的娃。从我站在门口，就一直在努力地做这件事。但是对于我的看，我的阿爸阿妈无动于衷。

　　银灰色的圆月跨过远处的一条河流，一片松树林，来到我家院坝的顶上，走累了一般放缓了脚步。院坝中，种着一棵核桃树，和我一般大小的年龄。我坐在老木桩上往天上望，月亮像核桃树结出的一个银灰色的大果子。随着它缓慢地移动，果子一会儿结在这个枝丫上，一会儿结在那个枝丫上，等银灰色的大果子结过十多枝枝丫后，有关我消失过的那几天在他们身边发生的事情，他们还在继续讲述着。

我陷在自己失落的情绪中，沮丧，无助。他们离我那么近，却又那么远。

有一两次，我故意在他们说某件事的时候去打断他们。我把走向他们的步子踏得重重的，走到他们身旁时，我一改站在门口时的心虚，大声问他们要一碗酥油茶喝。他们对我的举动，显得一点不吃惊。他们停下正讲着的话，不正眼看我一下，顺手从茶壶里倒一碗酥油茶递给我，继续捡着刚才的话讲。我"咕噜咕噜"地一口喝掉酥油茶，站在他们身边不想离开，我的原意并不是想喝一碗夜里的酥油茶。

我站在他们的身边时，他们要讲的新鲜事一件接着一件，讲得嘴角冒出白泡子，舌头打起结来。我气哼哼地又问他们要第二碗酥油茶喝。他们还是不看我，也不问我夜这么深了，还喝这么多酥油茶干什么。他们不关心自己最小的娃，半夜会被一泡大尿胀醒，也不关心酥油茶的咸，会在夜里让自己最小的娃口舌干燥，因为一泡大尿和一口夜里想喝的水，娃要自己在半夜从床上爬起来，独自走向夜里撒一泡大尿，独自踮着脚尖从石水缸里舀一瓢冷水喝。他们心里清楚，他们是娃夜里永远喊不答应的人。他们不关心一个自己的娃独自在夜里，面对巨大的黑，心里有没有恐惧。

我一下泄了气，知道无论自己在他们面前做什么，都引不起他们的注意了。

那时的他们，活在那几天我消失的时间里，拔不出自己。

除了那几次的随意消失，我大部分时间待在他们身边。我每天跟在他们身后，看他们拿着一把镰刀或一根牛皮绳，走到一片望不到边际的青稞地收割青稞；看他们到尼达牧场放一群跟了我们一年或七八年的牦牛；看他们起早贪黑地背着背篓，到林子里去捡松茸。那时他们所做的和遇见的事情，都是平常经常要做的和经常遇见的事，所说的话也是平时经常说的话。只要我在他们身边，夜里他们坐在院坝的青石桌旁，板着脸，眼神空空的，嘴巴闭得紧紧的，仿佛一句想要说的话都没有。他们把平缓的呼吸从鼻子里出出来，又平缓地吸进去，他们偶尔看看远处，偶尔用空在夜里好久没动的一只手拍拍身上的灰尘，他们知道夜里谁都看不见他们身上的灰，但是他们还是那样去做了。只要我在他们身边的夜里，他们的一切都显得那么寡淡和枯燥。这样的夜里，他们把自己活得孤独而独立，不过在这种孤独中，他们的心里似乎隐藏着一个天大的秘密不愿说出口。

月亮缓缓往高处爬，月光照亮了夜的暗的同时，也给大地的某些角落，留下了更深的阴影。

村里有只喜鹊，只有一只，每次月亮走过村头索嘎家时，它就仰着头，梗着脖子，冲天叫一声，无论秋冬，坚持不懈。那一声喜鹊的叫，干脆利落，叫完就再不叫了。那一声叫，有时在人的一次呼吸中很快就划过去了，有时在人的一次眨眼中很快就划过去了，有时在人走出一个步子中很快就划过去了，有时在人的一声咳嗽声中很快就划过去了。人有时被这一声喜鹊的叫声，弄得晕晕乎乎的，他们有时觉得听见了这声喜鹊的叫，有时又觉得没有听见。为了弄清楚这只喜鹊到底叫过没有，常常听见有人在夜里问：那只花鸟刚才叫过了？答的人刚才明明听见了喜鹊的叫，被人这么一问，模棱两可起来。他们在脑海中反复回忆刚才发生的事，越回忆记忆越模糊，越回忆记忆越陷入混沌，最后他们只能无奈地回答问的人，可能已经叫过了，大概已经叫过了的话。问的人"呀呀"地应着，其实人对一只每天都要朝天叫的喜鹊，是没那么在乎它叫与没叫的。人也曾有过被别人问出相同问题的时候，而他们给别人回答出的答案，也类似现在别人回答他的答案。

我的阿爸阿妈和别人不太一样，只要听见那一声喜鹊的叫，就会突然在夜里忙碌起来。他们从正坐着的板凳上一骨碌站起来，互相说着责怪的话，仿佛是他们中的谁，让自己沉默地坐在板凳上那么长时间，仿佛因为刚才的沉默，耽搁了他们干几件重要的事情。那时他们的忙碌，显得平常而毫无意义。忙过一阵之后，他们才突然想到自己家还有一个最小的娃，常常和他们坐在夜里，一声不吭。他们不知道那么小的娃，为什么喜欢独自在夜里待着。他们心里全是疑惑，却从来没有问过我。他们在夜里一遍遍喊我的名字，四面八方地喊，上上下下地喊。他们说要我赶快回家睡觉，再不睡觉黑就来了。那时在他们口中的黑，像一个鬼怪，会马上吃掉我。那时的他们，生怕自己喊出名字的娃遗落在黑里，再找不到了。在我陪在他们身边的夜里，他们总是轻易忘记我喜欢坐着的那个老木桩，明明昨天他们才在那个老木桩那里找到的我，第二天夜里又被他们忘记了。

我坐在老木桩上，看他们在院坝里急。他们一会儿爬上小楼喊我的名字，一会儿把一个花篮子背篓掀翻了找我。还有的时候，他们把院坝的木门一下关一下开地在门后找我。他们一遍一遍在木门后面找不到我，就站在门口把我的名字朝门外喊出去。我看见我的名字在他们的喊中，不回头看我一眼，悠悠闲闲地溜出了家门，朝门口的那块菜地穿过去了，朝不远处的那棵大树穿过去了，朝一家睡着的人的梦里穿过去了，最后不知了去向。当我的名字一次次丢失在无限大的夜里，我总觉得自己的身体单薄了一些，呼吸细弱了一些，那个丢失在夜里的名字，带走了属于我身上的某些东西。在夜里，我从来不想答应阿爸阿妈的喊，我喜欢我的名字被他们在夜里一声声唤起。在夜里一个人的名字被唤起，会加深夜的重，会让自己感觉还有一个另外的自己，活在夜里和自己玩着躲猫猫的游戏。

我在老木桩上等他们来找我。他们总是在找完很多地方之后，似乎才想起在院坝的一个角落里有个废弃很久的老木桩，此时正陷在月光铺就的阴影里，像一团没有散去的黑，等待被他们发现。我看见他们同时向我走来，越来越近，越来越近。我一动不动地坐在那里望着他们一步步向我靠近，说不出是开心，还是悲伤。他们站在阴影的边沿，不向前走了，他们高高地耸立在月光照亮的白里，显得高大、粗壮。他们向一团阴影喊出我的名字，我的名字瞬间被一团阴影染黑，变重，从高处坠落到我的头顶，砸中了我，我忍不住"哎呀"叫出了声。

"你这不听话的娃，原来躲在一片阴影里，害得我们好找。"这是那个我叫阿爸的人说出的话。他的言外之意是，如果我在阴影里不叫出声，他们还是不会发现我。如果我不叫出声，那个不被他们发现的我，可能会一直生活在一片月光铺就的阴影里，永远走不出自己。阿妈把一只大手伸进阴影里牵我，她的那只大手仿佛在阴影里迷了路，她四处摸索，却找不到我。她的手悬在阴影里，停了好一会儿，像是在等我主动去牵她。我在阴影里看阿妈的眼睛，她的眼睛里没有我，一轮圆月装满了她的眼。我从阴影里站起来，想把自己挤进阿妈的眼里，我蹭着身子，脖子伸得长长的，来回在阿妈眼前晃，尝试几次之后还是失败了。在一片月光铺就的阴影里，我离阿妈很远，到达不了她的眼。那个叫阿爸的人，有些不耐烦了，他粗声粗气地对着阴影喊："别浪费我们的时间了，给我出来，快出来。"他的眼睛里也有一轮圆圆的月亮，占据了他的眼。那时我才知道，一旦在夜里，我的阿爸阿妈眼里都没有我。在夜里，唯一让他们牵挂的是一个他们家中最小的娃的名字，那个名字扎根在他们的心里，让他们怎么躲都躲不过。

我从阴影里自己把自己走了出来，没去握那只伸向阴影的手，没抬头望向他们。离开月光铺就的阴影，我的心仿佛空了。

他们看见我，同时往后退了一步，我像一个黑里的怪物，猛然出现在他们面前，吓坏了他们。他们脸色惨白，上下左右地观察我，露出不敢相信的神情。那一刻，我成了他们月光下的陌生人。我还是不想说话，银灰色的月光把我心里想说的话，都融化在了身体里。突然，我的阿爸阿妈像想起什么似的，目光齐刷刷地落在我的下巴上。我的下巴上长着一颗棕色的大痣，痣是从母体里带出来的，没有什么能取代它。痣，是他们在月光下辨别我是不是他们最小的娃的可靠证据。

"这娃，怎么在月光下长高一大截了，让我差点没认出来。"那个叫阿妈的人说着，把手伸向我。我知道她在说谎，是那颗大痣让他们认出了我，而不是其他的。月光下，我躲不过那只伸向我的手，我把手放进那只大手里，大手掌心硬硬的，冰凉凉的，像冬天折多河边的花石头。

我和他们一起从院坝走向屋子，月光把我们三个人的黑影拖在身后，仿佛还有另外的三个人跟着我们走进屋子。一进屋，阿妈就松开了我的手，他们说自己这一天累得不行，说着扔下我，朝睡觉的藏床走过去，没过一会儿，呼呼地睡过去了。我站在屋子中间，不知所措。我又成了一个被他们遗忘的人。伤心难过之后，我走到自己的小床旁，把疲惫的身体肆意躺了上去。在床上，我久久不能像他们一样轻易就把自己睡过去了，我的思想游弋在他们的鼾声里，偶尔听见从他们梦里传出几句不太像样的话，断断续续，朦朦胧胧，带着梦的轻薄：抓住那个逃跑的人，他的头上长出了马尾，河流不会放过他。我把头转过去望向他们，他们安安静静地躺在床上，没做出要去抓住一个人的任何举动。偶尔，我还听见从他们的嘴里突然传出一声喜鹊的叫声，那声音干脆利落，很快被夜淹没了。我想他们的梦，是多么丰富和自由呀，不像我。我从来没有把夜里发生的事情，在白天说给他们听，我想的是，夜里发生的事属于夜，我无权为夜做主。

只要我陪在阿爸阿妈身边的日子，我的家人似乎都生活在旧时间里。在旧时间里，他们所说的话是旧的，所做的事是旧的，他们的眼里和心里都装着几十年来他们经历过的旧。在他们的旧时间里，一阵吹向他们的野风是旧的，一片飘向他们的云朵是旧的，一朵开向他们的花是旧的，一个新出生的婴儿哭声是旧的。他们常常在我耳边说些旧事，那些旧事，有时他们早上已经说过了，下午接着说；下午说过了，晚上还接着说，他们似乎完全不知道自己一直重复在旧里。我看见他们一次次把旧事当新事来说时，心一阵阵地生疼。我小心翼翼地提醒他们，说他们正在讲的事情，我已经从他们的嘴里听过无数次了。他们一脸惊讶，脸上满是怀疑，接着似乎觉察到哪儿不对劲儿，连声给我说人老了，很多事情记不住了，人老了，记性真不如一条狗记事了。他们的自责，让我更加难过。我告诉他们其实也没什么，让他们别太在意。可没过多久，他们又把我对他们的提醒忘得干干净净，他们继续重复自己说过的话，把一件件旧事情，当成是一件新鲜事情来说。只有在一天快要被他们过完时，他们才拖着疲惫的身子躺在床上，自言自语地说：这一天又被自己用完了，感觉什么都没做呀，就这样过完了。有时他们还说，回忆自己的这一辈子，空白白的，跟从来没有在这人世间来过一样。他们叹息的样子，像一只松鼠忧伤的模样。

我不知道为什么，只要我在他们身边的时候，他们似乎都被旧时间困着。这种困，让他们的生活变得毫无生气，对什么都失去了兴趣。我隐约觉得，是一个小小的我带给了他们全部陈旧的生活。

于是在十二岁那年，我选择了再次逃离他们。我想用我的逃离，让他们的生活有所改变。而事实证明，我的逃离确实让他们的生活变得生机勃勃起来。

我越来越想在他们面前消失自己，经意的，不经意的，有计划的，没有计划的。

我背着他们朝远处走。最先我的出走，走得小心翼翼，走得胆战心惊，生怕我踏出去的哪一个步子没走好，吵到他们的耳朵。后来，我的胆子越来越大，我当着他们的面随意地朝一个方向走，我把我要出走的脚步声踏得响响的，偶尔还故意朝一片空天、一棵老树吹出一声响亮的口哨，为的就是要告诉他们，他们最小的一个娃要走了。我走的时候，有时他们眼睁睁地看着我走却不喊住我，有时他们看见我右脚已经迈出家门，还回头眼巴巴地看他们，他们立马背过身去，假装忙其他的事情去了。在他们心里，他们希望我消失，只是作为父母，有些话他们不好意思说出口。我不怪他们，我一次次把自己的出走和随意消失，当成是一件理所当然的事。出走和随意消失也许是一个十二岁的我该活成的样子，出走和随意消失也许也是一个十二岁的我的命。

那天，我越往白白草的深处走，脚下的路被白白草越挤越细，最后没有了。路和人的一辈子有时很像，走着走着就把自己弄丢了。只是路和人不同的是，一条路可以把自己弄丢一会儿，过不了多久又把自己从某处捡回来；人就不同了，人只要在某处弄丢了自己，可能就永远丢掉了自己。那些尝试重新捡起自己的人，往往收获的是一个不一样的人。那个不一样的人，或好或坏地站在自己面前，有时让自己都感到陌生和不可信。人那时才由衷感叹，已经回不到从前的自己了。

人的变不像一条路的变，路的变大不了从变的地方多一个深坑，宽一点儿或窄一点儿，土厚一点儿或者薄一点儿，绊脚的石头多一点儿或者少一点儿，路不会因为一点变，就把自己彻底改变了，路会想尽办法地延续自己的命，如让一只熟悉自己的鸟叫声，带自己往前走一点儿；让几滴从天空飘落下来的太阳雨，带自己往前走一点儿；让一阵不大不小的野风，带自己往前走一点儿；让自己昨夜没有做完的梦，带自己往前走一点。路的命比人的命硬，路只要想延续自己的命，什么都拦不住它。而人往往都是一变就彻底地变了，变得有时自己都惧怕自己，自己都认为那个活在世上的人，是另外一个人在帮自己活。人一旦变了，是轻易捡不回从前的自己的。

　　站在一人多高的白白草中，我回头望来时的路，路已被茂密的草封死了。我彻底失去了回头路。我有些茫然，有时我觉得是一条路把我弄丢了，有时我又觉得是我把一条路弄丢了。我不知道这条路的下一个接口在哪里，但我明确地知道这条路会在某个地方重新把自己延续下去。站在茂密的草丛中，我抬头往天上望，天的蓝偶尔在白白草的晃动中小块小块地落进我的眼睛里，天的蓝那一刻是我走出荒芜的光。那时，一百条细流的声响从四面八方再次涌向我，我感觉一百条细流正从我的眼睛、耳朵、鼻孔、呼吸流进我十二岁的身体，我的身体在一百条细流的冲刷中，慢慢充盈起来，有种无形的力量在体内推动我，鼓舞我。我告诫自己，如果再不给自己一个方向走，我十二岁的身体就会被一百条细流很快淹没。我随意为自己选了一个方向走，我想无论我走向哪里，对那时的我来说都不重要了。那时的我，只需要一个出口，一个能走出一百条细流追赶的出口。我挥动着十二岁的双手，迈着十二岁的双脚，在茂密的白白草中艰难前行。在我的走中，一人多高的白白草在脚下绊我，枯黄犀利的枝叶故意伸向我，它们刮乱我的头发，割破我手上的皮肤，它们想用这种方式留住一个十二岁的我，独自在一片荒芜中长大。

　　虽然十二岁的我不在乎把自己再多留在这里几天几夜，我的短暂消失，引不起任何人的注意。只要我愿意在这里留下，我就可以像荒野播种的一粒草种，和白白草一样在这片土地上自由自在地生长，开出荒芜的花朵，结出荒芜的果子。但可惜的是，我对一望无际的荒芜没有一点兴趣。我不喜欢这里，我不属于荒芜。虽然我的阿妈阿爸对我的突然消失不理不问，虽然只要我在他们身边，就会让他们过上旧生活，可我知道，如果我真的在那座藏房里彻底消失，那两个我叫阿妈阿爸的人一定会急坏了，只要我彻底消失，他们也在这个世界上活不下去了。他们会焦急地到处找我，喊我的名字，寻找每个我留在这个世上的脚印。他们还会在一片空气中四处嗅我的气味，我身上的气味是从那个叫阿妈的人体内带出来的，没法改变。对于他们自己身体的气味，他们比谁都熟悉。如果我待在一片荒芜中独自长大，他们最终会花一年、两年或者更长的时间跟着一阵风的吹找到我，跟着一阵雨的飘找到我，但由于他们找我的时间花费得太久，他们中的两个人可能只剩下一个人了，还有一个人找着找着就把自己弄丢了。这样的结局，他们应该早早就能预料到，他们或许提前就商量好了，对于那个找着找着就弄丢自己的人，可以任由他（她）消失，他们把这种消失当成是他们这个年龄段里一件平常的事。但是他们说，留下的那个人无论是他们中的谁，都必须找到被自己丢失在这个世界上的最小的娃，要不即使他们活到下辈子去了，也会因为前辈子未了断的事牵肠挂肚，活得郁郁寡欢。最关键的是，下辈子和这辈子中间有道深深的沟壑，有些事情会因为这道沟壑受到阻拦，让下辈子的人无法记忆。那时，他们的郁郁寡欢来得不明不白，莫名其妙，这样的情绪积累多了，会成为一种没法治愈的病。作为他们在这个世界上最小的娃，如果是这样，是我无论如何都不愿意看见的结果。

我加快了在白白草中穿行的速度，头上的蓝天在我的奋力穿行中，一点一点地变多了。有一瞬间，我觉得我像是在剥一片天的壳。因为我的剥，蔚蓝的天在我头上一点一点大起来，更多的光亮从天空洒向我。我知道继续往前走，有一片更大更广阔的天地快被我遇见。

我终于走出了荒芜，还没等我缓过气来，轻薄的黄昏就到来了。这座叫不出名字的村庄出现在我的眼前，它长在一片荒芜的尽头，像荒芜结出的果实。村庄四周开着黄色、蓝色、白色的花，一条雪白的河流从远处的雪山流经这里，绕过村庄的一片土地，经过几座老旧的磨坊，在一片树林里转了几个大弯之后，不见了踪影。

我向这座村庄走去，我已经记不清自己在荒芜中荒了自己多久。冲刷我体内的一百条细流，渐渐从我踏向这座村庄的脚步声中抽走，从我看这座村庄的眼神里抽走，它们要回去了，回到一片养育它们的荒芜中，重新过活自己。我也要回归了，我的回归首先从眼前的这座村庄开始。我不知道这座村庄里到底生活着怎样的一些人，他们说的话我是否能听懂，不过我相信一个人和一座村庄的遇见，是一种冥冥中的注定。这种注定，隐秘却能让我清晰地感应到它的存在。

一步步靠近这座村庄，我的心安静下来。我用手抚摸路边的树，用鼻子闻那些开得正艳丽的黄的、蓝的、白的花朵，我在快暗下去的小路上，遇见一只尾巴很长的喜鹊，它看见我后干脆利落地叫了一声，就再不往下叫了。黄昏，在它的一声叫中更加寂静了。这一切的一切恍如梦境，那么熟悉，又那么亲切。

进了村，穿过两条小路分岔口，我径直向一座藏房走去。我想就是这里了。我心里没任何想用手敲门的想法，直接推开了那扇紧闭在黄昏中的门，木门"吱呀"一声响，像撕开了黄昏的一道大口子。我从这道大口子中望进去，一个大大的院坝出现在我的眼前，还有一棵生长在黄昏中黑黑的核桃树。院坝中有两位四十多岁的中年人忙碌着，院坝的一个角落里有个老木桩，木桩上孤独地坐着一个十二三岁的娃，目不转睛望着我走向他。

一轮银灰色的圆月挂在夜空，那个坐在老木桩上的娃，在我走近他时，正一点一点陷进月光铺就的阴影里。

第三辑

坠落在黄昏里的大鸟

坠落在黄昏里的大鸟

贡布和我同岁。

确切地说，贡布大我一天。

贡布的阿妈生贡布的时候难产，两天两夜生不出贡布，急得贡布的阿妈躺在床上满头大汗。她说，她之前生两个娃，也没生贡布这么难，早知道生第三个娃这么难，她就不生了。贡布阿妈在生贡布的时候，劲儿特别地大，气特别地足，但不管她的劲儿有多大，气有多足，就是生不出肚子里的贡布。这些劲儿和气憋在贡布阿妈小小的身体里没处使，快毁了她的身。接生婆说，你把它们都使出来，无论用什么方法都使出来，千万别让它们在你身体里作怪，坏了你的身。

贡布的阿妈开始喊，郎泽你个牛犟的，力气不用在土地上，天天晚上来折磨我，这下好了，所有的罪都得我来受，你却躲得不见了踪影。郎泽你个雷打的，白天你就跟个死灰似的，放哪儿软哪儿，东头的那块地叫你去种你不种，你非说太远，走着腿软，那块地因为你的腿软今年荒了一年。泽郎你个牛犟的，你腿软，晚上我就没见你腿软过，我说你是一头夜里的野牦牛，你说你就是一头野牦牛，在夜里你可以耕完凹村所有的地……

贡布的阿妈在屋里咬牙切齿地喊骂，从她嘴里骂出的每一个字，都有一种深深的疼附在上面，仿佛每一个字都跟着疼起来。郎泽能感觉到从贡布阿妈嘴里骂出的每个字的疼，他躲在窗户外听贡布阿妈骂，他知道这个骂是作为丈夫的他该承受的。他听一阵，贼贼地蹭着身子往拉着布帘的窗户里看一阵，又偷偷地蜷缩在墙角抽一支烟。那两天郎泽的脸皱巴巴的，无数道皱纹像凹村的一道道的坎，一层层爬在他的脸上。

有人看见郎泽跟条老狗一样，两天两夜守在窗户前，于是站在小路上取笑他：郎泽，要你晚上还那么多劲儿，劲儿要分散着用，看你家那块荒地，草一人多高了，高高地立在凹村干干净净的地中间，荒得我们都脸红。地是懂得羞的，地一羞几年都不给你长出好粮食。你郎泽倒好，不懂一块地的羞不说，跟个没事人一样，把一身蛮劲全用在夜里，这下好了吧？说完，人嘿嘿地笑。

郎泽捡起地上的土块就往那人身上扔，那人边跑还边笑着喊：劲儿别往一处使，要分散着使。人走了，郎泽这两天没有放上山的牦牛嘎嘎走过来，郎泽最疼这头叫嘎嘎的牦牛，他摸着嘎嘎的头，知道这两天亏欠了嘎嘎，嘴里说着道歉的话，眼睛不时朝屋里看。嘎嘎是郎泽平时娇惯了的牦牛，懂几分人心，它见郎泽对自己不用心，心里生气，抬着头就往郎泽看的窗户里哞哞地叫。

嘎嘎一叫，贡布的阿妈在屋子里本来就生不出贡布，更气：你个嘎嘎，没良心的，你跟郎泽是一个样，脑袋里整天想的都是些不三不四的事情，你别以为我不知道你在装，我养了你那么多年，你尾巴一翘，后脚一抬，我就知道你心里的鬼……

牛看看郎泽，郎泽看看牛，都不好意思地低下了头。

自从贡布的阿妈骂了牛之后，牛忍着扁下去的肚子，再也不叫了。

贡布是在阿妈骂了两天两夜之后生下的。那两天两夜，贡布的阿妈把凹村的什么都骂遍了。贡布后来说，他在肚子里就听见了阿妈的骂，他是故意不想出阿妈的肚子的。我说，贡布你吹牛，人在肚子里是哑巴、聋子，人在肚子里就跟人在坟墓里一样，是不知道外面发生什么事情的。贡布说，那是你笨，不过不只是你笨，其实很多人都很笨。很多娃在阿妈的肚子里时，只知道睡觉，什么也懒得去想，懒得去做，所以从阿妈肚子里出来时，跟什么都没有经历一样，空白白的，像做了一场乏味的梦。

说到这里，贡布问我，在你身上有没有发生过这样一些事情：一个地方你明明是第一次去，但看什么都很熟悉，仿佛这个地方你早早就去过一次；你有没有遇见过一个人，明明是才认识，但一见他就好像已经认识了很多年，你们的这次遇见只是对过去很多年的认识的一次回顾；你有没有见过一件事情明明才发生，但就在发生时，你的脑海里闪过一些莫名的回忆，仿佛这件事已早早发生过，你甚至能说出这件事情最后的结果，而你说出的结果恰恰就是那天那件事的结果。

我埋头想，想着想着我想到有一次我从日央村路过，在路上遇见一个女人，她手提茶桶，穿着红色的毛衣，外面套着一件棕色的藏袍，她一眼一眼地看我，虽然我和她是第一次见，可总觉得在哪里见过。贡布见我思索，说，有吧？我说，有又能说明什么呢？贡布说，有就说明人的上辈子和这辈子像线一样连着，很多人认为一辈子过完了这辈子就结了，哪有那么容易的事情。我说，贡布，那你知道你上辈子是什么吗？贡布说，当然知道。我说，是什么？是鸟，他说。我不信。贡布说，你肯定不信，因为你在你阿妈肚子里是睡过来的，而我不是，我在阿妈的肚子里一直醒着，我是亲眼看见自己从上辈子走到这辈子来的，是慢慢向一只鸟告别的过程。你知道我当初为什么不想从阿妈肚子里出来吗？贡布问我。我摇头。他接着说，我当时是舍不得那只鸟，我知道我只要从阿妈的肚子里出来，我的人生就是另外一种人生了。

贡布这样说，我突然想到有人说过，贡布一出阿妈的肚子，眼睛睁得大大的，嘴里叽叽喳喳地乱叫，他用手去抓旁人的手，冲每个人笑，好像刚生下来的贡布就经历了很多人生。你记得吗？我们第一次见面，我就喊出了你的名字，贡布说。我说，我不知道，但我听阿妈说你是个聪明的娃，阿妈还说你以后肯定是凹村有出息的人。贡布笑笑，并不告诉我他为什么第一次见我就知道我的名字。

我总有一天会重新变回一只鸟，飞得高高的，飞得和我的上辈子接上，贡布说。我说，贡布，鸟是你上辈子的事情，上辈子已经被你过完了，你该多想想这辈子的事情才对。贡布说，哪有过完的说法，人的几辈子就像一根藤上结的果，即使一个果和另一个果离得再远，藤都连着。我不说话了，我知道我说不过贡布，我对我的上辈子一无所知，就像贡布说我是从上辈子睡过来的。

后来，我和贡布一个在村子西边长到十六岁，一个在村子东边长到十六岁。那十六年里，我们都在忙着各自的成长，长在那十六年里是我们最重要的事，虽然我们不知道我们为什么非要长，长大了到底要干什么。那十六年是我们为长而长的年龄。也许贡布在那十六年的成长中明白了什么，突然有一天，十六岁的贡布就再没有在凹村长下去了。

一个黄昏，贡布爬上凹村东边的木电线杆，从电线杆上毫不犹豫地飞了下去。看见贡布飞下去的那个人说，那时的贡布仿佛并不是想往下飞，而是伸展着双手想往天上飞，可是人没飞上去，贡布却迅速往地上掉了下去。

那天的贡布真像一只坠落在黄昏里的大鸟，看见贡布掉下去的那个人最后说。

荒芜中缓缓升起的炊烟

索朗离开凹村，大家都知道他离开了。

索朗最先跟大家说自己要离开凹村，大家都把索朗的话当成耳旁风，以为索朗只是生活过得太平静，想在人前出出风头。

有人说：索朗，老婆跑了就跑了，事情都过去年把了，日子要照样过，你不会夜里床头缺了女人就过不下去了吧？男人缺了女人是照样能活下来的，你看咱们村的嘎拉，这辈子就没有过一个女人，照样活得有筋有骨的。索朗不理那些人的说，闷着头，不说话。说的人看不透索朗，他们说自从索朗老婆跑了，索朗心里仿佛就埋下了一样很重的东西。

索朗的女人是在去年春天离开凹村的。

索朗的女人离开时，索朗正准备出门放牛，牛和人刚走到圈门口，就遇见了女人的离开。女人背上背着一个鼓鼓的包，看见索朗和牛站在圈门口，也不躲闪他们，她理直气壮地对索朗说，她要走了，再不回来了。索朗和牛站在圈门口，愣愣地看着眼前的女人，仿佛从来不认识她一样。女人没有任何犹豫，硬着身子，从索朗和牛的面前眼鼓鼓地走了出去，一个转身也没有。等女人走远了，看不见了，索朗似乎才回过神，一声声喊女人的名字。索朗喊女人的名字，牛跟着哞哞地叫，索朗的声音喊哑了，牛的声音叫哑了，带着女人走出凹村的土路还是空空，等不来一个狠着心走出去女人的回。那天的索朗蔫耷耷的，软在牛圈旁，一直到天黑才走进屋子。索朗走进屋子，也不开灯，把自己陷在一屋子的黑里，黑成了那天索朗觉得最贴心的事物。

不过那天之后，索朗每天该干吗就干吗，生活好像并没有受到什么影响。

索朗想离开凹村是在一年之后，他的想法全凹村人都知道。

那段时间，他见人就给别人说自己想离开凹村的想法，给人说了不够，还去给凹村的树说，给风说，给动物说，给一条自己走了几十年的小路说。树没有因为索朗的话多摇摆两下头，风没有因为索朗的话多吹两下，动物没有因为索朗的话多看他两眼，路没有因为索朗的话少弯一下。索朗无论向什么说，都得不到回应，仿佛向什么说，都是自己和自己的一场对话。索朗不在乎这些，凹村是索朗生活了大半辈子的村子，他想让这里的所有人、动物、植物都知道他想离开的想法，他每对他们说一次自己想离开的想法，都是一次发自内心的向他们的告别。那段时间，凹村人经常看见索朗的嘴在动，上嘴皮和下嘴皮啪啪地响。

还有一次，一个走夜路的人从镇上回来，远远看见索朗坐在村口的大石堡上，对着凹村的一片青稞地说着告别的话。走夜路的人喊索朗，索朗转过头看了他一眼，没答应，又把头转向凹村的那片青稞地，说着他想说的话。那人说，那天晚上天空挂着圆月，索朗看他的眼神，带着一轮月亮的光彩。他从索朗身边经过，索朗身上散发着一股淡淡的青稞香气，那晚的月光像凹村青稞地里干枯的黄土，落满整个夜里的索朗。索朗在月光下变成了一个黄扑扑的索朗。索朗像是从黄土里刚长出来的一个人。

就在村人都满不在乎索朗走还是不走时，一天夜里索朗一把火点燃了自己家的藏房，红红的火苗在风的助推下，上下左右地乱窜在凹村的黑夜里，仿佛想点燃凹村一片夜的暗。村人被夜里燃烧的大火噼啪声惊醒，他们惊慌地从床上爬起来，伸长脖子往外看，映入眼帘的鲜红火苗惊吓住了他们。他们从自家的藏房里跑出来，大声呼喊着：天快燃了，天快燃了。没过多久，索朗家门口来了很多灭火的人，大家七手八脚地忙碌着，只有索朗木木地站在忙碌的人群中，向房子说着告别的话。

那一夜，索朗的家彻底毁了。村人终于明白，平时把索朗说的要走的话，当成是耳旁风是自己的错，索朗是一个一心想走出凹村的人。

索朗，家没有了，你现在要到哪里去？有人问。索朗笑着说：我的另一个家早早就在心里建成了。它在哪里呢？人好奇地问。索朗把手指向西坡，淡淡地说：我想住到那里去，守住另一个凹村。人惊住了，虽然西坡离凹村只有一点五公里的距离，但是人们平时都不想往西坡看一眼，西坡是每个凹村人最终要去的地方，那里住着凹村祖祖辈辈离世的人。

人苦口婆心地劝索朗。有人说，索朗，你要好好活，人一辈子就那么几十年，这一辈子和下一辈子很近，你别着急去那里。有人说，索朗，如果你晚上寡得慌，嫌床冷，隔壁日央村有一个寡妇，单着身子好多年了，模样还是有几分的，一直想找一个和她过下半辈子的人。但人的命谁说了都不算，虽然她那么想摆脱孤独的生活，现在还是把自己单在那里。说不定她的单，就是等着像你这样的一个人去填。你和她干柴烈火的，很快就能暖起来。只要你愿意，我哪天跑一趟，帮你去探探她的口气。还有人说，索朗，房子没有了不要紧，村子里有的是劲儿多到用不出去的年轻人，让他们来帮帮忙，要不了一个月，一座房子就建起来了……

人们对索朗说了很多话，人们是第一次对索朗说这么多掏心掏肺的话给索朗听。

索朗一句话不说，从人群中把自己走了出去。他背上背着一牛皮口袋的青稞面，左肩上扛着提前准备好的藏毯，垂下去的右手里提着几样简单的做饭家什，朝西坡走去了。人们看见索朗穿过凹村的土路，绕过西坡那棵长了上百年的老树，越来越薄的身影渐渐消失在西坡的一片荒芜里。

从此，索朗再没回过凹村，凹村少了一个叫索朗的人，西坡的荒芜里多了一个生活在那里的人。人每次看见一缕浓浓的青烟从西坡的荒芜中缓缓升起时，人们都有一种错觉，仿佛那里才是真正的凹村，那里活着一群生机勃勃的凹村人。

后来有不知情的外村人来到凹村找索朗，他们找不到索朗，到处向村人打探索朗在哪里。被问的人不慌不忙地告诉来找索朗的人，说：索朗呀，我们的索朗把自己早早活到另一个凹村去了。

大雪里归来的人

如果真是他，那他已经在凹村消失四十年了。

说这句话的时候，人眼神空空地望着天，仿佛蓝蓝的天能填补这些人眼神中的空一样。人们平时很少用这种眼神看其他的事物。平日里，人们眼睛里装的东西，不是能给他们带来粮食的地，就是和他们相处最多的人，人们对地和人有用不完的眼神，从来不吝啬把自己的眼神用在地和人的身上。人们用一辈子眼神看着地和人，眼神跟磨了的尖针一样想穿透对方，进入对方的心，可惜看了一辈子，到临终都没有看透一片地和一些人。

记得大前年村子里的大旺堆要死的时候，躺在藏床上告诉儿子，自己这辈子没什么后悔的事情，唯一觉得不甘心的事是没把一些人看透。大旺堆说，人别看只有一层薄皮裹着身子，心却又大又杂，看不见底。大旺堆交代儿子，以后千万别学自己，要少看人，多看旁边的河，远处的山，头顶的天，一条河、一座山、一片天变的机会少，要多信赖这些变得少的东西。儿子脸上挂着两行泪，不答应，也不点头。大旺堆难过，把头侧向一面黑墙，不看儿子，接着缓慢地说：我知道你现在听不进我说的话，我也不怪你，你还没长到我这把岁数，没活过我比你多活的这几十年，没吃过我比你多吃的这几十年的苦，有些事情你现在还想不明白，看不透，是我太急了，这一急让我忘了人是需要在日子里磨自己的，外人再说都是外人说的话，外人再急都是外人的急，即使我是你的阿爸也改变不了你什么，一个人一辈子的路是自己走出来的，最后把自己变成什么样子，那是一个人的造化。说到这里，大旺堆静在那里不说话了，儿子以为阿爸在看一堵黑墙，没去管他。大旺堆临近要死的那段日子，总喜欢把一些话说到一半就停了，他死死地盯着一个地方看，仿佛那个地方是他这辈子都没有看够的地方。这次大旺堆再也没有把头侧回来，说下一次自己继续想说的一半话，看下一次自己没有看够的一个地方。大旺堆是盯着一堵黑墙死的。等儿子把大旺堆的头转过来看时，大旺堆僵硬的脸上铺着一脸的失望。大旺堆是带着无限大的失望走到他的下一辈子去的。大旺堆失望的不只是自己的儿子没把他的话听进去，大旺堆还失望活了一辈子的自己没能力看透一些人。大旺堆的话没引起儿子的重视，也没引起凹村其他人的注意。凹村人把自己空下来的时候，还是喜欢不厌其烦地盯着地和人看，他们固执地认为，只有把眼神用在这些上面，才是有意义的，不浪费的。人们只有在偶尔想念大旺堆的时候，才把自己的眼神腾出来，不望凹村的地，也不望凹村的人，而是望向头上的一片天，仿佛望天就是对死去的大旺堆的尊重和想念。天除了一望无际的空，什么也没有，那时人的眼珠里也装着一望无际的空，什么也没有。

当初，他走出凹村的时候，是骑着他家的黑马海子走的，有人回忆说。提起海子，大家都对那匹叫海子的黑马赞不绝口。海子强壮，高大，身披一身黑得发亮的皮毛，奔跑起来的速度像是在飞。海子在每年的藏历年赛马中，都是冠军，因此成了凹村马群里的领头马。那天他走的时候，海子一改平时健步如飞的样子，它走在凹村的土路上，走得犹犹豫豫的，走得心不甘情不愿的。它走几步歇几步，不断地回头往凹村望。他骑在海子身上，用一个冷背对着凹村，一个回头也没有。快到村口时，海子彻底不想走了，它在村口打着转，一遍遍地，一遍遍地……他吆喝海子，海子不听他的吆喝，在村口昂着头叫起来。马从来不低着头叫，马似乎特别怕自己的叫声落在地上，马的叫声怕地，马可能知道自己一直踩在脚下的地的一些秘密。

海子一叫，凹村的马都跟着叫起来。

那天，凹村几百匹马的叫声，拧在一起直直地冲向天，仿佛要把地上要紧的一件事捅到天上去。凹村人那天似乎看见天在动，凹村人是第一次看见罩了自己很多年的天在动。他们说，天在动，那肯定是天知道了地上的重要事，天想说话。但凹村人不知道天到底知道了地上的什么重要事情，忐忑起来。凹村人平时最怕天，天长在人的头上，想给人翻脸就翻脸，想给人发怒就发怒，谁也得罪不起。可凹村人有时又对天心存侥幸心理，他们想天那么大，那么高远，天每天要管的事情数都数不清，不会随时随地关注着地上的每一件事。于是，当他们做一些见不得光的事情被别人发现时，他们找各种理由狡辩推脱，别人还不信，他们往往会以天来当挡箭牌，他们会说：我向天发誓，天是有眼睛的，我没有做过这样的事，是你看错了。人说这话时，一脸真诚地看着天，仿佛天是他的证人。听的人一听都对天发誓了，虽然心里还是有所猜疑，也不会再去追究此事了。

人是怕天的。

在凹村每个人的一辈子里，谁都做过一次或几次这样把天当证人，理直气壮对着天撒谎的事情。

天为人兜的事情太多，会不会天不想再帮人兜事情了？天不想为人兜事情，会把一些陈年的见不得光的老事情拿出来说吗？那天，凹村人心里毛毛慌慌的，跟有一百只虫子在心里爬一样。为了缓解内心的焦躁，他们急忙对着天双手合十祈祷着。那天，他们的祈祷声齐刷刷地附在几百匹马的叫声里，和马叫声一起升上了天。那天，凹村的马对着天叫了多久，凹村人就对着一片天祈祷了多久。

马的叫声是在某个瞬间，稀稀拉拉减下来的，凹村人的祈祷声也是在某个瞬间，稀稀拉拉减下来的。那个瞬间，发生得很奇妙，马先感觉到了，接着人感觉到了。那天，人们的头上、身上都有被从天上落下来的马叫声砸中的感觉，砸中的瞬间，人的脑袋里一阵恍惚，仿佛自己变成了一匹马，想奔跑，想跟马一样嘶鸣。确实也有几个凹村的人，在那天伸着长脖子，望着天，像马一样嘶鸣，那嘶鸣声混迹在一群马的叫声中，搅乱了几百匹马的叫。只是凹村人后来追问，那几个人怎么也不承认自己对着天叫出的那几声。追问不出结果，凹村人也不想追问了，这也不是什么大不了的事情。但是后来有人发现，自从那次之后，凹村的夜里经常会有几声不伦不类的马叫声，响在凹村的半空中，连自家马圈里的马听着都别扭，羞着一张马脸，垂着脖子，把头深深地埋进身体里。不过，这些都是后话了。

那么，那天几百匹马有被人的祈祷声砸中的感觉吗？它们有想变成一个凹村人的想法吗？

那天，海子站在凹村的土路上，一个劲儿地冲着凹村的天叫。那天海子的叫声，混在凹村几百匹马的叫声里，被顶到最上面，直冲凹村头顶的天。

他在海子背上急，可再急也没回头往凹村方向看一眼。后来，有人看见他把身子俯在海子身上，一遍一遍地抚摸海子，一遍一遍地对着海子的耳朵说着话。海子先是不理他，后来慢慢把昂向天空的头低了下来，不叫了。凹村几百匹马的叫声，是在海子的叫声停止之后，一层层从天上减下来的。

　　凹村的马不叫了，马却变得异常谨慎。它们静静地站在原地，蹭着身子，竖着耳朵听海子的声音，它们想的是如果海子再朝天叫，它们也跟着前面一样一起叫，它们还会把海子的叫声推到所有声音的最顶上，让海子的声音离天最近。那样，海子想向天表达的声音也离天最近。海子想向天表达的声音，也是那天所有马想向天表达的声音。可海子后来没有朝天叫了，它在村口来回地踱着步子，仿佛遇见了一件让它非常为难的事情，当村子里的人和马都在想让海子为难的事情到底是什么时，海子一个纵身朝着出村的小路飞奔出去，一会儿就不见了踪影。有人说，当时海子的那个纵身，果断、敏捷，很像一个下定决心的人，奔着死而去。

　　越来越多寒冷的冬天，涌向凹村。

　　上点岁数的人说，一到冬天晚上睡觉，自己经常听见一种咻咻的声音响在耳畔，他们最先认为那种声音是梦里带出来的，人老了，梦多得整个晚上都睡不好觉。他们经常从一场梦里醒过来，黑黑地盯着屋里的暗看，看久了，仿佛暗并不是暗，一场场梦里的情景在暗里重新生长起来，让他们分不清楚自己是在一场梦里，还是已经回到了现实中。那种声音是在梦与现实之间，一次次响给他们听的。他们用手揪自己的手背，揪自己的脚，他们想痛了就知道自己到底是不是在一场梦里了。有了这种辨别，他们确定那种声音是在现实里，他们说在一场梦里倒是好事，梦里发生什么都是正常的。但是那种声音恰恰不在梦里。他们在暗里到处找那种声音，最后发现那声音离自己很近，近得只能自己听见。他们重新躺在一片暗里，静静地听，最后终于发现那声音是从自己的身体里传出来的，那声音响一次，身体里的骨头就麻酥酥一次，像是一只蚯蚓在骨头里爬。凹村人说，过一个冬天，那声音就比以前多响几次，以前不觉得痛，现在那声音在暗里响一次，骨头就痛一次，那痛法感觉自己的骨头在暗里裂。凹村的人越来越怕一个个向他们走来的冬天了。

冬天要来之前，凹村的人就早早开始准备青冈柴火和过冬的粮食蔬菜了，一到冬天，没有要紧的事情，人都不想把自己的头探出窗外，让一个冬天的寒冷浸进骨头里。

凹村的娃就不一样了，娃的骨头还没有长好，他们不懂大人的骨头在冬天里的痛。一到冬天，娃的心里跟有只小兔子在蹦一样，让他们安不下心来。一到冬天，娃的身体不知道怎么回事，变得异常顺滑和灵活。为了更多地让自己待在凹村屋外的冬天里，他们绞尽脑汁，趁大人不注意，一个轻身从一道门缝里钻出去了，一个飞跃从一堵老墙顶上翻过去，还有甚者，从他们平时发现的一个狗洞、一枝伸进院坝的枝丫、一截快腐掉的烂木头上，跑进凹村的冬天里。大人的声音喊不住这些想尽办法跑进凹村冬天里的娃，娃是在一个个冬天里跑大的人。凹村的大人经常看见一个娃在冬天里跑一天回来，满头大汗，全身散着热气，大人边帮擦娃身上的汗，边觉得这娃和早上从家里跑出去的娃有点不一样了。大人说不出娃身上的那一点点不一样到底在哪里，他们让娃在自己的眼前转几个大圈给他们看，让娃对自己多说几句凹村的土话给他们听，他们还是发现不了娃身上的那一点点变到底是什么。他们想，可能自己是真的老了，眼睛也开始昏花了。

是娃最先发现了一个大人在大雪里往凹村走。娃虽小，心里却精明着。娃知道，在这样一个冬天，凹村的大人都躲在一堆堆青冈火旁，烤着自己的老骨头，一遍一遍说着发生在他们身上的那些以往的事情，不会有一个人愿意走出家门，走进凹村的冬天里寻找寒冷。在娃的心，冬天村子里的大人是被寒冷冻住的人，一走出门仿佛就会碎掉自己。娃想把这个消息第一时间传给凹村的大人，他们飞奔着往家的方向跑，摔倒了又急忙爬起来继续跑。冬天里的娃，哪怕在雪地里摔上几跤，也不觉得疼。冬天里的娃，身上的疼似乎可以被寒冷瞬间带走。娃把自己在雪地里看见一个人的事情告诉了凹村人。凹村人先是不想挪动自己的身子往雪地里走，但是他们又好奇在这样一个大雪天里，是怎样的一个人正在往凹村赶。

凹村的人陆陆续续地走出家门，他们把自己站在厚雪中，等那个往凹村赶来的人。他们看见那个人走几步，歇一下，停下的时候，一直往凹村看。人们哆嗦着身子，想那人在雪里看凹村的什么，雪里的凹村除了大片大片的白，什么也没有。

那人在雪地里走的速度很慢，其实那人可以在雪地里走快一些的，但是他似乎并不想那么快走进村子，他在犹豫着什么，似乎也在担心着什么。站在雪地里的凹村人，身体一阵阵地发冷，他们已经好久没有在一个寒冷的冬天里在屋外站这么久了。他们都相互不说话，仿佛一说话，就会把身体里的热气挥发掉了一样。四周静静的，偶尔听见一两声哧哧声，他们谨慎地向彼此张望，他们不知道这种声音是响在自己的身体里，还是响在别人的身体里。不过，不管响在谁的身体里，他们都清楚地知道了，那是一个人骨头在冬天开裂的声音。

那人终于来到了他们的面前，他摘下帽子，抖了抖上面的雪花，问：“请问，这座村庄叫什么名字？”他嘴角长满了胡须，浓浓的眉毛让他的双眼显得格外地小巧，他的鼻子被寒冷冻得红红的，青布长衫的衣服早已褪去了原有的青绿，灰扑扑地穿在他的身上。在这样一个寒冷的冬天中，他显得尤为苍老。

“你是要找人吗？”凹村的人问。

“不，我就想弄清楚这座村庄叫什么名字。”那人说。

“凹村。”站在雪地里的人回答他。

那人突然颤抖起来，两行热泪从眼眶里滚了出来：“真的是凹村吗？"他的声音有些哽咽，他还在雪地里颤抖。

凹村人向他点点头。他们不知道站在面前的那人的颤抖，是因为寒冷，还是因为激动。眼泪在那人的脸上很快就结成了两束细细的冰凌，透亮亮地挂在那人脸上。

"我以为自己又迷路了，这些年我一直在迷路，如果这次再找不到回凹村的路，我想，我也没有机会再回到凹村了。"那人说着，慢慢缓了过来。他不再颤抖了，但是那人身上一路带来的寒冷，却让在场的人，心里一阵发凉。

凹村人一遍一遍地上下打量起这个人，他们觉得这个人似乎在自己的记忆里出现过，但又不太确定。那种模糊的感觉，困扰着他们。

"你认识村子的谁吗？"凹村人又问他。

那人愣了愣，皱着眉头想了好一会儿，才说："一个过去的自己。"那人说出的话，像是被很多个寒冷的冬天冰冻过的话，到处都是伤痕。

凹村人听不懂他说的话，他也没想让别人听懂他的话。

说完这话，他离开站在雪地里的人，径直朝凹村荒废了四十年的一座老房子走去。凹村人发现，自从这个大雪里走来的人知道这里是凹村以后，即使是厚雪盖住了路，盖住了房子，他对凹村的一切仿佛都非常熟悉。

如果真是他，他已经在凹村消失了四十年了，凹村人看着那个人的背影说。

雪终于停了，天蓝起来了。大雪之后的天空，仿佛被伊拉河的河水淘洗过一般，干净明亮地铺展在凹村人的头顶上。凹村人抬着头，眼神空空地望向天，他们觉得这样的天空美到了无可挑剔的地步，但在他们心里，总觉得天空缺少点什么，没有被自己看透什么。

他们不约而同地想到了那匹名叫海子的黑马，那匹曾经披着一身黑毛，奔跑起来像飞一样的黑马，如今它去了哪里？

天上有个洞

青麦喊：快看，天上有个很大很大的洞。

青麦喊的时候，我正把打胡豆的连枷挥在半空中。听见他的喊，我放下连枷，顺着青麦喊的方向往天上望。那天，凹村的天蓝得出奇，云都在隔壁日央村的头上飘，风正把村子中一家烟囱里的炊烟往远处刮，几片不知道从谁家树上落下来的黄叶，随风吊儿郎当地从我们头上飘过。除此之外，那天凹村的天，跟做过大扫除一样，什么也没有。

"牛犟的。"我对一上午坐在残墙上盯着天看的青麦骂道。那时的青麦，像长在残墙上的一根枯草，干巴巴的，随时有被风吹断的危险。

青麦不在乎我的骂，继续一个劲儿地看他的天。我对青麦一上午一上午坐在我身边看天充满怨气，总觉得那个什么也不干的青麦在我忙着干活的时候，挡住了我的什么。从早上开始，我就一次次地撵青麦走，但青麦就是不走。

"你干你的活，我看我的天，我们谁也没碍着谁。再说了，这院坝又不是你家的院坝，这堵院墙又不是你修的院墙，凭什么你可以在院坝里打你的胡豆，就不允许我坐在院墙上看我的天。"青麦说这话，头昂得高高的，嘴对着天，仿佛有天为他撑腰，他就什么也不怕了。

我撵不走残墙上的青麦，把所有对他的怨气撒在一院坝秋收的胡豆上。我一次次"啪啪啪"地用连枷打铺在院坝里的胡豆，嘴里不断地默念着青麦的名字，我想象着地上的每一粒胡豆都是青麦，我一连枷打在青麦的屁股上，一连枷打在青麦的手背上，一连枷打在青麦的腿肚上，地上的胡豆在我的用力打中四溅着，然后又"噼里啪啦"地落地，那清脆的落地声，似乎有无数个青麦在四周向我求饶。我心里一阵阵地欢。青麦不知道，当他高傲地坐在残墙上看天时，我嘴里默念着的青麦已经被我打得不成样子了。

我打了一上午的胡豆，身体里的蛮劲儿快使光了，正在这时，又听见了青麦的喊。青麦的喊还是原来那句喊，喊得自自然然的，喊得仿佛从来就没有喊过我一样。青麦已经完全忘记了我刚才撵他的事。

"洞在哪里？"我问他。

他迅速地从残墙上站起来，指着头上的天，说："在那里，你看见没有，在那里。"

我一下慌了神，青麦站着的残墙下，是一道十几米高的深沟。沟中常年荒草杂生，沟壑中的石头，全是涨泥石流时从雅拉沟冲滚下来的大石头。如果青麦摔下去，凹村就再不会有一个整天盯着天看的青麦了。

我吓出一身冷汗。

"青麦你先坐下来，有话坐着好好说。"我招着手，示意他赶快坐下来。我越说青麦越激动，他把一只脚跷起来，手伸得长长的，想用手指指天上的洞给我看。

"在那里，看见没？它就在那里。真是漂亮呀。"他说。

"看见了，看见了。你先坐下来。"我敷衍着说。

"它在动，是不是？它就是在动。"他边说，边把头垂下来看我。他迫切地想得到我对他的认可。他眼里闪着一道亮闪闪的光。

　　"在动，它在动。"我额头上的汗不自觉地冒出来，我用手擦着。

　　"终于有人相信我了。上次我给仁青他们说，那个洞会动，他们死活不信我。"青麦说完，把踮起的脚尖放下来，手缩回来，又静静地望着天。青麦眼睛里那道亮闪闪的光消失了，这时的青麦，仿佛才回到了自己。

　　我怦怦乱跳的心，总算舒缓下来。我心里骂青麦，却不敢把骂的话说出口，生怕一个不小心，他又踮起脚尖，指天上的洞给我看。

　　"我注意这个洞很久了，洞前面很小，现在越来越大了。洞在长。"他一屁股坐在残墙上，恢复成了一上午一上午在残墙上看天的青麦。

　　看着青麦坐定，我心里很多气愤的话挤在喉咙里，它们争先恐后地想从喉咙里蹦出来，拦都拦不住。

　　"青麦你个牛犟的，地里的事情你不去做，被风吹烂的墙角你不去补，整天这样耗着自己。昨天我又听见你家房顶的一片青瓦碎在夜里，它们也在为遇见你这样的主人伤心。去年你丢了老婆，今年你丢了三头牦牛，再这样下去，哪天你会丢掉自己的。"我是故意抓青麦的痛说，一个人想践踏另外一个人，不拿对方的痛说事，起不了伤害对方的作用。

　　"洞里有东西，红的，绿的，蓝的……"青麦盯着天说，根本不把我伤害他的话听进耳朵里。反过来说，青麦根本不在乎我的话。

　　虽然我还是很气，还是忍不住又往青麦说的天看了一眼。天还是我刚才看见的那个天，从那个天中，我一直没看见过一个青麦口中说的很大很大的洞。

　　"牛犟的。"我冲天说。我连自己都搞不清楚，这句话是用来骂天的，还是在骂青麦。但无论骂谁，我都得不到回应。

　　"很多东西都是从那个洞里长出来的。"青麦继续说。我不想理青麦的说，还有十多捆秋收的胡豆，等着我用连枷把它们打出来。我挥着连柳，又"啪啪啪"地开始打我的胡豆。我打胡豆的声音响在我和青麦的上空，一会儿就被一阵风，还是什么带走了。

青麦从去年开始看天的。人最先没有发现青麦老婆的丢，后来看见青麦每天从早到晚看天却没有人管他，才知道青麦的老婆丢了。人问青麦，老婆是咋丢的？青麦一边看天一边讲述：那天，我们躺在一片玉米地里，她说从小她就想学骑马，可怎么都学不会。她爬上我的身，在我身上一个劲儿地荡。她问我是不是一匹马，我说自己就是一匹她身下的马。她让我学马叫，我扯着喉咙叫了两声。她高兴坏了，脸红彤彤的，在我身上做着骑马的动作。她突然叫起来，说天上有个洞你快看。我往天上看，她在我身上荡得更加欢快了，她真把我当成了一匹飞奔在草原上的骏马。自从她说了那个洞之后，我一眼没眨地望着天上的那个洞看。那天天上的那个洞绿绿的，漂亮极了。在她叫得最厉害的时候，我一下从她身下站起来，生怕她的叫，吓跑了我正在看的天上的洞。她一屁股摔在地上，脸上的红晕还没有完全褪去。她像被惊吓住了一样开始哭，豆大的泪珠子止不住地往外流。后来刮来了一场风，整个玉米地"哗啦啦"地响起来。风像是很多个她在哭。她是在风的刮中丢掉的。

人说："青麦，是洞害了你丢掉老婆。"

青麦说："不是洞，是她自己想丢掉自己的。"

人摇头，说："青麦，我们是活在地上的人，只有脚板心沾着地，呼出去的气贴着地，长在身上的手随时能抓住凹村的黄土，我们才算是活得自在踏实的人。你别一天歪着头看天，看天的眼神用多了，再看地都是虚的。一旦你脚下的地虚了，一条路不会让你好好走，一个人不好好在你眼里长，一些实打实的事情会在你心里变虚。如果你的心都虚了，凹村的所有东西都会对你虚起来。一个生你养你的村子对你虚起来，无论你用什么方法都是挽留不回来的。你的心要多用在凹村的事情上，多对一堵墙微笑，多给凹村的牲畜喂一把干草，多把自己的气朝着一块地喘，它们是能一辈子记住你的东西，是牢牢拴住你在凹村的一根看不见的绳子。如果有一天，凹村发生一场大变故，人都记不住了过去，这些曾经和你相处的东西，会用它们的方式出来证明，你就是这个村子的人。听我们的话，别一天把你的头朝天看了，天离我们远，对于那些离我们太远的东西，我们偶尔看看可以，但心思别用太多在那上面。"人把口水都说干了，人从心里疼青麦。

"人在地上做的事情，天也在做。天在用一朵云做事情，用满天的星星做事情，用太阳和月亮做事情。天做的事情只有天知道，偶尔天做的事情想让人知道时，会通过雨告诉人，通过彩虹告诉人，通过雷电告诉人。天有时怕自己做的事情不被人理解，就让云演给人看。天想让人知道的是，天并不是一片什么事也不做的天，天和凹村一样忙。"青麦说。

人不信青麦的话，只说："青麦你又不是天，你咋知道天的事？"

"这一切，我是从长在天上的洞看见的。从洞里，我还看见凹村的很多东西都在往天上长。你们不信，三天之后凹村有个人就要往天上长了。"青麦把这句话说得清淡，说完仰着脑袋离开了人。自从青麦开始看天后，青麦的脑袋就慢慢往后仰了。

人没把青麦的话当成是一句真话来听，青麦把头向后脑勺仰之后，人就不在乎从青麦口中说出的每一句朝天说的话了。直到三天之后，凹村的索嘎死了，人才从青麦说的话中惊醒过来。索嘎死得不声不响的，人发现他时跟没死一样，他满脸带着笑，躺在一条出村的小路上。人说自己活了这么大岁数了，从来没见过一个人的死，死得那么畅快和开心。

人后来问青麦："你真能看见天上有个洞？"

青麦好一会儿不说话，仰着头，圆鼓鼓的脑袋快从后脑勺滚过去了。

"今天的洞是红色。"他说。

人顺着青麦望天的方向看过去，天平整整的，天上什么也没有，似乎又什么都有。从那天起，凹村的人都慢慢习惯开始看天了，他们告诉外来的人，说凹村的天上有个洞，洞里装着很多有关凹村的秘密。

青麦还在坐在残墙看天，我打完我的胡豆就回去了。我离开青麦的时候，没告诉他一声，那时的青麦像落在荒野上的一粒孤种，独自生长着。

太阳渐渐西斜，远处被落日余晖切割的雅拉神山，一截金灿灿的，一截暗在了大地上。

村子越来越轻了

我总觉得这个村子变得越来越轻了。

那天，我从地里割了一整天的青稞往家的方向走，全身的累拖着我，我一下走不动了。天从四面八方朝我黑过来，我心里急急的，怕自己落在黑中，被夜的黑染了色。四周都是人割剩了的青稞，有的高，有的矮，在风的吹动下，发出哗啦啦的声响，像一条大河在夜的黑中朝我奔来。整片土地上没有一个人的声音，很多人都在黑没来之前，赶着早上陪自己下地的几匹马或者几头牦牛驮着青稞回到了家中。他们都是能提前洞察黑来临的人，哪怕有一天，黑因为某种原因提前落向大地，这些人也能像往常一样闻出黑的来。

我遇见过几次这样的事，太阳还在半空中挂着，几个人突然停下手中正挥舞着的镰刀，慌手慌脚地把割倒在地上的青稞往自己家的牦牛背上放，牛背上的青稞还没有捆绑好，他们就着急地吆喝着牦牛往回家的路上赶。我搞不懂他们。秋收时节，每家每户最大的事情就是把满地的青稞收回家，以免遭遇高原说变就变的坏天气。这种时候，人恨不得把自己吃饭的时间、说话的时间、走路的时间都挤出来，用在收割一片自己家的青稞上，没一件事比这个更重要。我没空走过去问他们发生了什么，我只是站在自家的青稞地里朝这些人喊过两声，我的喊耽搁不了我割青稞的太多时间。风不急不忙地把我的喊声捎给他们。这几个人把自己的整个脑袋陷在正抱着的一捆捆青稞里不回答，哪怕他们驱赶着牦牛从我身边走过，他们也假装低着头或整理悬挂在牛背上的几株青稞避开我。我嘴里嘀咕着一些难听的话，我安慰自己不理我也没什么了不起的。阳光把大地照得亮白白的，大地仿佛是一块亮闪闪的金子，在我眼睛里发光。

这几人走后，我的心里始终不踏实，脑袋里全是这几个人离开青稞地时轻手轻脚的脚步声。他们不想让更多割青稞的人知道自己的离开。我的脑袋里乱乱的，仿佛他们走在小路上的脚步声全部走进了我的脑袋里。我弯腰加快割青稞的速度，我想用我的快赶走脑袋里乱糟糟的东西。可我越快，长在我面前的青稞越不规矩起来。它们一会儿朝前歪，一会儿朝左歪，它们东倒西歪的样子像极了西措喝醉酒的样子。我气这些前面还很听话，现在却不听话的青稞。我想用几句重话骂它们，话到嘴边又不忍心了，我知道为我长了一个季节的青稞的累。

青稞是在这几个人走了之后开始不听话的，也许青稞和我一样，也在好奇这几个早早丢下一地没有割完的青稞轻手轻脚离开的人。想到这里，我从一片青稞地里直起腰看这几个离开的人。比起脑袋里的乱，我不再着急这个季节的秋收。远远望去，小路像一条长长的牛皮绳子，在前面牵着这几个人往前走。小路弯下去的地方，他们也跟着弯下去；小路在某个拐角藏起自己时，他们也跟着藏起自己。他们是几个没有自己的路可走的人。这几个人在小路的一个拐角处，突然加快了速度。他们驱赶牦牛的俄尔朵高高挥舞在头顶，远远看去他们像是在驱赶一片自己头上的天。不一会儿，这几个人走进了村子，他们前脚刚跨进家门，黑就来了，我仿佛听见这几个刚跨进家门的人长长的叹气声，他们如释重负。这几个人躲过了一场落向自己的黑。一种从天而降的重压向大地，树被黑压弯了，人被黑压矮了。四周安静得出奇，野风像被种进了黄土里，刚才还在冲我乱叫的几只小虫也没有了声响。黑突然落向我的时候，也绕不过弯地落向了冲我乱叫的那几只小虫。

我埋怨这几个人不把黑突然来临的事情，提前透露给我，后来路上遇见他们，我故意给他们摆着一张臭脸，故意不把他们见面的问话装进耳朵里。他们一脸无辜地在背地里议论我，那细声细气的议论声，像几只树上度过余生的老蝉，残弱且让人同情。他们似乎根本不知道在哪儿得罪了我，他们已经忘记了那件事。我更加恼怒，我转过身把那天我喊他们，他们不理我的事情一口气说了出来。他们矢口否认，憋急了的眼眶红红的，他们说他们绝不会做那样的事情，他们把祖坟里的死人拿出来发誓。我不敢说什么了，他们提那些死人名字的时候，那些死人似乎一个个站在我的面前和我对峙。我胆小，害怕死人，虽然有时活人比死人更可怕，我还是怕。再想到他们委屈得眼泪都要流出来的样子，我原谅了他们，我想或许他们真的是不曾经历过我口中提及的事，那时，在我眼中的他们都是在一场自己不知道的梦里。再或者，那次他们没有告诉我的黑，是只落向他们的黑，与旁人无关。

我站在原地，等着那天的黑落向我。那天的黑是我躲不过的一场黑。很多黑需要自己独自面对。

在这个收获的季节，没有一匹马和一头牦牛帮我的忙，我的马去年因为大暴雨掉下了山崖，牛场上的牦牛我专抽了一天的时间去赶它们，怎么也赶不下场。这个忙碌的季节，它们都不想帮我的忙。在还没有收割青稞之前，我早知道在这个秋天，我要把一匹马或一头牦牛没有帮我使出来的劲儿，帮它们全部使出来。这个秋天只要我一下地，就把自己埋在一片高高的青稞丛中，难得抽身。整个一天，我没有感觉到时间从我周边那么快流走。

中间我停过两次，第一次停下来，我朝天上看，我不知道为什么要看天，可能只是觉得应该看看天。天空空的，一朵云也没有。四周空空的，看不见一个人影。在我看的那一会儿时间里，很多割青稞的声音从一大片一大片的青稞地里传出来，像有千万只蝗虫藏在暗地里吃着青稞。我朝左喊了一个人的名字，我知道我喊出名字的那个人就在我不远的左边割青稞，我喊出的声音从无数的麦尖上传过去，左边某个地方的青稞丛停止晃动了一会儿，接着又晃动起来，像是有股风刚好藏在青稞地里睡觉，突然被我唤醒。我死死地盯着那个地方看，我希望听见那个我喊出去名字的人回答我一声，好让我喊出去的名字不会落空。我等了好久，等来的是一场空。我又向右边、前边、后边喊出一些人的名字，同样等来的也是一场空。我没兴趣再朝一大片的青稞地喊了，我继续埋下身子割青稞。第二次停下来，是因为我的肚子咕噜噜地叫。我一屁股坐在青稞地里，吃早上带来的火烧子馍馍。我在吃馍馍时，听见离我不远的前边后边左边右边的人，也在吃早上从家里带来的干粮，他们干粮的香味被风吹散在青稞地的上空，像整片饿慌了的青稞地也在狼吞虎咽地吃一顿香喷喷的饭。我不想站起来看他们，也不想对他们喊了，我知道即使我喊出去，我的喊还是会等来一场空。

停了这两次后，我就再没有把自己空下来过。我一直忙着割青稞的事，直到四周慢慢静下来，我才直起身子，黑已经离我很近了。我急忙把镰刀插在腰上，放下一地的青稞往家的方向走。那天，我身体里的力气都被自己用完了，再没有多余的力气背几捆自己割掉的青稞回家。我放心一地的青稞被自己堆放在地里，这个季节凹村的人都累得不行，不会有人在自己累得不行的时候，半夜去地里背别人的青稞回家。我走出地不远，又回头看了看被我扔在地里的青稞，它们静静地躺在快要黑下去的暗里，跟正在睡一场好久没有睡足的好觉一样。我默默地对它们说：睡吧，什么也别想，今年你们也把自己长累了，该休息休息了。

我的累在往家走的时候，在身体里多起来。我走过桑珠家的地，走到尼玛家的地，就再不能往前走了，白天的累在我走过他们两家地时，一下朝我扑过来。我满头大汗，大口喘气，耳朵里轰隆隆地响。我试着再往前挪了挪双脚，脚僵硬得像截木头。我的脑袋热烘烘的，似乎在被一场火烤。突然，我的身体垮塌下去，我听见自己的身体和一块土地碰撞发出的声响，既厚重又带着一块地接纳我身体的柔软。我倒在了尼玛家的青稞地里，我的眼睛鼓鼓地盯着天。除了一轮小小的月亮挂在越来越暗的天上，天黑得死死的。尼玛家没有被割掉的几株青稞穗低着头黑黑地看我，我的脸滚烫起来，像自己成了尼玛家几株青稞穗的一个笑话。我想逃离这一切，我努力地动了动手，动了动脚，虽然我的手和脚在我的努力中微微动弹了一下，但那种动仿佛是别人身体的动，和自己一点关系也没有。轰隆隆的声音又在我的耳朵里响起，我好像进入另外一个空间，就在那时我感到村子变得越来越轻了。

我似乎躺在一朵花上，鼻孔里全是花香的味道。那种味道我很多年以前在哪里闻到过，那么熟悉，正当我伸着鼻子一次又一次贪婪地闻那种香味时，香味慢慢消失了。我身体下的花朵变成了一片树叶，树叶在我身体下面晃动，我生怕自己从一片树叶上掉落下来。我听见"吱吱"的声响。就在去年，我从一棵树下经过时，也听见过这种声音，一声比一声紧，抬头看时，一根大树杈在我面前撕裂，那种碎了自己的声音从那以后久久响在我的耳朵里。很多个日子我都担心自己像那天看见的大树杈一样碎掉自己，无数次梦里，我都梦见一棵大树杈撕裂之前的"吱吱"声，那种撕裂之前的疼痛感时时折磨我的梦，让我的梦也带着巨大的疼痛。我知道我的身子动弹不了，我把眼珠到处转，这时我才发现我在慢慢往上升，身下的"吱吱"声在我往上升时，渐渐变得细弱了。接下来，我似乎又躺在一把大大的青稞穗上，又躺在了一粒尘土上，又躺在了一个人说出去的话里，一个人的呼吸里……整个我变得轻起来，仿佛随时可以被一滴雨带走，一朵雪花带走，一只蚂蚁带走。我急得满头是汗，在这之前，我从来没有想到过自己会以这种方式被带走，我甚至从来没有考虑过我会离开凹村。

正在这时，我听见有人在耳边喊我的名字。我想动动身体，我的身体还是不能动弹。我努力转动眼珠朝喊我的方向看，就在我感觉我的眼珠子都快被我看出眼眶时，我看见了桑珠。他正在挖去年在门口种下的芫根萝卜。他笑着和我打招呼，似乎完全没有意识到我是躺在他面前的。他说他今年的收成很好，看着一地芫根萝卜简直喜人得很。我问桑珠，我是不是躺着飘在他面前。他哈哈地笑，他说你是不是又在做梦了。我给桑珠说过很多我的梦，我喜欢给桑珠讲我的梦。我说这次不是梦，是真的。桑珠过来摸我的手，揪我的脸，过后他问我，痛吗？我说痛。他说，那你没有做梦。我说，可明明我是躺着的呀！桑珠从上到下地看了我一遍，只说你这不是好好站在我面前吗？我被桑珠的话弄糊涂了。我说桑珠，扶我一把，我的身子僵硬着。桑珠不可思议地打量我，一副无从下手的样子。我又说，不管怎样，你拉我一把或推我一把都可以。桑珠骂我是疯子，我说我不是疯子。他气得要走，我又把刚才说的话重新说了一遍，桑珠这才狠狠推了我一把，然后离开我挖他的芫根萝卜去了。我从桑珠的推中站了起来，虽然我的上身还是僵硬，但是能慢慢走路了。我说桑珠你看看我，桑珠边挖芫根萝卜边歪着头望我，他把那句疯子的话又骂出了口。我不在乎桑珠的骂，我正在为自己能站起来感到高兴。我还想给桑珠说话，却看见桑珠的脚没有挨着地面，桑珠每挖下去的一锄，其实都没落在泥土里，他向一块地使出的全部力气其实都使在半空中。桑珠还在挖他的芫根萝卜，我不敢告诉桑珠我看见的，现在他的眼里装着一季丰收的芫根萝卜。我给桑珠说我走了，桑珠懒得理我，在那会儿，我还是桑珠眼里的疯子。

我踏着凹村的小路往前走，凹村的小路软软的，脚一踩下去就陷进了泥土里，不过泥土不吃脚，反而把我踏下去的每一脚往上推。一条小路不想要一个踏向它的人。我从来没有走过一条这样的小路，我盯着它边走边看，我忘记自己向前走了多远，当我意识到已经走了很长一截时，转身回头看，我身后走过的小路像被一场风吹动了一样，轻飘飘地在我身后晃动着，忽高忽低，忽左忽右。我吓出一身冷汗，我怕自己从这条晃动的小路上掉下去。我转过头看自己脚下的路，只有我脚踏着的地方像路，前面的路也轻飘飘地晃动着。我一下不知道该怎么走了，我在原地站了很久，可这样站着总不是办法，我试着提起一只脚往前走了一步，我往前走的那个步子和前面走过的每一个步子一样陷进泥土里，然后又被脚下的泥土往上推。我又往前走，依然是这样。我不怕一条像绳子的路在风中飘了，我知道我不会掉下一条自己正走着的路。

我边走边往四周看。一条狗在菜地里追着另外一条狗跑，那跑出的步子轻飘飘的，仿佛可以马上从菜地里飞起来。一只大公鸡站在一堆柴垛子上有一声没一声地叫着，那叫出的声音一段一段地飘在它的头上，仿佛被什么东西在中间分开了。跛子拉康跛着脚在院坝里收豌豆，那拖在他身后的一只残脚晃动着，仿佛就快离开他的身体。我听见一个男人粗粗的喘息声和一个女人娇滴滴的呻吟声，从一棵长着茂密枝叶的大树上传出来，那声音离地很遥远，被一棵茂密枝叶的大树直直地送上了天。我还看见几个老人坐在一块大石头上说闲话，他们已经老得不行了，背是弯的，腿是弯，手是弯的，整个身体向大地垂着，仿佛一个不小心就可以把自己垂进土里。他们的老相突然让这个村子变得更加轻飘起来。

我终于看见了我的房子，它就在不远的前方等着我。那一刻，我多么期望回到它那里。我盯着它一步步往前走，我已经不想往四周看了，四周在我的眼睛里变得模糊起来。我一遍遍在心里喊着我家房子的名字，这个名字跟随了我家好几代人，这个房名也渗透在我家几代人的名字前面，我家好几代人有时为了节省喊我们一长串名字的麻烦，常常把一个人的名字喊成这座房子的名字。我不知道这座房子在我家几代人的喊中答应过我们多少次，但它已经早早地扎根到我们几代人中了。我加快步子，我离它越来越近，就在这时，它从地上飘起来，我走得越快，它离我越远。我就快哭出了声，我喊着它的名字，我听见了它的答应声，那样陌生，仿佛从墙缝里冒出来的。我让它等等我，它说它也想等我，不过它等不了我，有样东西正把它往远处推。我眼泪刷刷地流，内心的疼痛无法用话语表达。我还想继续和它对话，我想让它告诉我为什么。还没等我问出口，它已经飘到很远很远的地方了。我哭出了声，这辈子我从来没有这样绝望过。我的眼泪止不住地流，我流出的眼泪不是往地上掉，而是往空中飘。这时村子里的很多东西都飘起来了。

一匹马跑在路上在飘，一丛青稞摇摆着脑袋在阳光下飘，一个人在看另一个人时眼神在飘，一条河流向一座山时在飘，一些话在遇见一些话时在飘。很多东西飘起来时，凹村显得越来越轻。原来的凹村像被一场大风刮过一样干干净净的，地上只剩下一片死气沉沉的黄土贴着地。

很多东西在飘中相互遇见。一棵树和一棵树相互遇见，没有一棵树和一棵树的亲。一座房子和一座房子相互遇见，没有一座房子和一座房子几十年的问候。那些飘在空中的牲畜，自从它们飘起来，叫出的声音怪怪的，带着一种说不出的远。还有那些飘起来在路上遇见的人，即使擦肩而过，也只是望望对方，互不说话，就朝各自要走的方向走开了。

路在往外推人，这次路是真不想让人往自己身上踩了。

　　我飘在空中，仿佛身体被掏空了，我想知道凹村到底发生了什么。这种念头一起，我身体的某个地方像针扎一样疼痛，我叫出了声。我叫出的声音不像我叫出的声音，更像是一头驴或者一头牛叫出的声音。我分不清楚自己到底是人还是其他的什么了。我不敢再叫出声，更不敢想此时的凹村到底在发生什么。我混迹在一切飘起来的事物中，变成一切事物中的一分子。

　　我又看见了桑珠，他还在用那把挥在空中的锄头挖一地的芫根萝卜，他没有发现他正在挖的芫根萝卜已经早早离开了他。只有他给我说了一句话，他说：你看，今年的芫根萝卜够我家几头牛一个冬天的口粮了。

　　一阵轰隆隆的声音突然在半空响起，我惊醒过来，那时黑已经从四面八方朝我挤来，我很快落在了黑中，黑染了我的身体，染了我头上的整片天，黑最后淹没了我。我在黑中，寻找不到一条路，可以把我带回家。

寡淡的村子

前两三年，我发现有个人不想在凹村继续住下去了。我整天观察着这个不想在凹村住下去的人，想把他不想在这里住下去的生活全部看见。

他不知道有一双眼睛一直在暗地里注视着他，我也不会把我观察他的想法告诉他。一个被其他人观察过两三年的人，如果知道这两三年他的生活，被一个有心人关注着，他会突然感到别扭和不自在，从此在凹村的生活过得遮遮掩掩的。他不想生活在我的观察之下，又不好意思来质问我为什么观察他。过去两三年，他觉得自己有很多把柄落在我的手里，让他不敢面对我。他内心有一团阴影，阴影像一只黑狗，从早到晚地朝他叫。为了尽快摆脱我，他背着我把一个出走计划悄悄提前，他时刻准备着为这个保密计划付诸行动，只差选定一个合适的日子，一个让自己狠下心一脚跨出大门，就再不会后悔的理由。这样的结果，作为观察他的我，是不想看见的。

我把观察他的行为做得更加隐蔽和周全。我不想为难他，要不早早就想去问问他，好端端的，为什么成天想着离开。他喝凹村的雪水长大，吃凹村土里的粮食长高，说凹村人一贯的土话，笑凹村人一贯的笑，哭凹村人一贯的哭，身体里装着凹村馈赠他的全部，无论他的双脚带他走到哪里，都摆脱不了凹村这些年播种在他骨子里的东西，他应该明白这一点，每个凹村人都应该明白这一点，既然是这样，他为什么还想离开凹村呢？

这个想离开凹村的人，不知道出于什么原因，不想把他想离开村子的想法透露给任何人听，他时刻严守着这个秘密，嘴闭得紧紧的，神经绷得紧紧的，只要有人提到远方，他马上警觉起来，为了让人不发现他的不自然，他加速地离开，生怕别人看出他脑子里的想法。

但是他不知道，只要一个人想离开生他养他的村子，是能被闻出来的。他身上会散发出一种想离开凹村的气味，那种气味淡淡的，怪怪的，始终围绕在他周围，在他说一句凹村的土话的时候变得更浓，在他看一个生活在凹村一辈子的人的时候变得更浓，在他走一条凹村的老路的时候变得更浓，在他挖一块凹村的板地的时候变得更浓。人一闻到那种气味，心里发慌，都会朝他多看两眼。他不知道人为什么会多看他两眼，他站在人面前，不把人多看他的两眼放在心上，他心里盘算着，自己都是一个要离开村子的人了，还记挂这些干什么。

他的鼻子把那种淡淡的气味第一时间吸进鼻孔里，嘴把那种淡淡的气味第一时间吞进肚子里，那种气味在他身体里慢慢循环发酵，变大变粗。他的嘴不会把自己吞进那种气味的事情告诉给这个人的耳朵听，鼻子也不会因为自己和耳朵距离近，就把吸进那种气味的事情讲给耳朵听，虽然嘴、鼻子、耳朵因为他的身体连接在一起，但是它们各有各的秘密。只要一个人的心想要离开一个地方了，他身体上的各个器官都会提前发现，那时的它们，虽然还待在他的身体上，心却开始散了。

嘴把一些平时吃惯了的甜水果吃出苦味，耳朵把一些平时规避掉的不想听的声音往耳朵里装，眼睛把一些平时不想看的事情一件件看进眼里，手无论触碰到哪里都会伤到指头，大腿只要一站起来走路就不自觉地往左往右歪，只要这个人成天想着离开的事，心会让这个人的整个身体都变得不适应这个村子，而这个人还傻乎乎的，不知道发生了什么事。那时想离开凹村的这个人，只是一具活在凹村的躯壳，没有辨别和思考的能力，或者说他已经早不是自己了，他还全然不知。他认为自己还像以前一样好好活在村子里，好好吹着凹村的风，好好晒着凹村的太阳。只是偶尔他才发现，有些东西不像以前那么听自己的话了，有些东西在离他越来越远。

那种气味，只要一阵凹村养熟了的懒风从他身边刮过就能感知出来，只要长期长在他周围的动物、植物就能闻出来。树上的鸟遇见这个人，会冲他多叫一阵子；落在冬天的黄叶遇见这个人，会多往这个人身上飘几片；一些多年垒在墙角的废土遇见这个人，会蹭着身子在他脚下多绊几次他；做在白天、夜晚的梦遇见这个人，一个劲儿地往这个人觉里挤，它们把这个人的一场觉填得满满当当的，让他不能抽身从一场梦中醒过来。梦想用自己拖着这个不想在凹村住下去的人，鸟叫、落叶、一把凹村的废土都想用自己，拖住这个不想在凹村继续住下去的人。

人不想把自己闻到的那股想离开凹村的气味拿出来说，人唯一的改变就是有空了坐在这个人身边，把一些碎话有意无意地往这个人的耳朵里说。他们说凹村一棵树的好，说凹村一个人的好，说凹村一匹马的好，说凹村一个夜晚的好。只要在这个人身上闻到那种气味，人就想一个劲儿地向这个人说凹村的好。他们有时把话题扯得远远的，说到过去，说到未来，说到天上，说到地下。很多事是他们胡编乱造的，他们对自己胡编乱造说出的事不负任何责任，他们想的是面对一个不想继续在凹村住下去的人，多说说话总归是一件好事，说不定自己哪句说出去的话能打动他，让这个人突然改变了主意。他们嘴里说出凹村的好，在平时大多时候自己也是满不在乎的，甚至在说这些好的时候，他们心里怪怪的，他们平时不擅长说夸奖的话，夸奖的话说多了，就跟自己做了亏心事一样，脸滚烫滚烫的，耳根跟在火边烤一样。

人和这个人说话的时候，故意和他坐得紧紧的，话落到某件事上，人用手碰碰这个人的手，碰得一点不经意，仿佛不碰一下就显得一点不和他亲。人偶尔借助踢一块脚下的小石子，碰碰这个人的脚，仿佛人和他坐了那么久才发现，那个小石子碍了他们的眼。和这个人紧紧坐在一起，人还希望来一场风，凹村只要来风，无论来的风是大风还是小风，都会从某个不起眼的地方刮一些东西在空中飘，凹村有很多东西喜欢在风中过一阵子在空中飘的经历，风走了，那些天空飘的东西齐刷刷往地上落，人趁这个机会，捋捋这个人的头发，人告诉他头上有从风中落下的一样东西。人做这么多事情，其实就是想弄明白一件事，在走之前，这个人的身体是冷的还是热的。人私下里议论，一个在凹村住过几十年的人，无论再大的风，再大的雪，身体都不会凉到哪儿去，只有一个不想在凹村继续住下去的人，身体才会变得凉起来，这种凉无论用凹村的大太阳烤，用贡嘎雪山上的柏枝熏都暖和不起来。这种凉是从一个人的心里凉出来的。人时刻关心着这个人的身体，人知道一个人说出来的话会骗人，笑出来的笑会骗人，哭出来的哭会骗人，只有一个人的身体的冷暖骗不了人。人后来发现，他们和这个人不说话的时候，这个人回答他们的话冷冰冰的，给他们笑出的笑硬邦邦的，仿佛他只是为说而说，为笑而笑，而且这种笑空荡荡的，离凹村人一贯的笑远远的，让人感到怕。人还有一个发现，这个不想在凹村继续住下去的人，大热天还穿着厚袜子，在人不注意他的时候，背着人悄悄打着冷战。人说这个人的身体已经很寒了，无论什么都暖不了他了。人慢慢离这个人远起来，人知道即使自己再对这个人说很多好话，再表示和他亲近的行为，人都拿这个想离开的人没有任何办法了。后来，人只要在路上远远看见他，绕着弯路地走，人只要在风中闻到那股从这个人身上散发出来的想离开的气味，就尽量躲着他。人不想他身上的寒气，传染了自己，人是一个一直想在凹村住下去的人。

只有我一直继续观察着这个人的生活。我不走近他，也不在自己空闲下来的时候，走到他身边，故意说些碎话给他听。我离他远远的，我心里明白，有些远并不是真的远，远能让我更接近他。

我看见了他的全部生活，他的生活沉静而辽远，像在过一种不一样的人生。

我经常看见他追着一匹马从早到晚地在荒原上奔跑，跑到最后，马跑不过一个一直追赶自己的人，累得倒下了，他还在无边无际的荒原上奔跑着自己。他从最初的追着马跑，到最后自己跑自己，他是一个可以从早跑到晚的人，他在用自己的奔跑度过凹村的日子。我常常看见他趴在草丛中，对着一只草原鼠、一只旱獭、一只叫不出名字的小虫一整天一整天地说话。他说的话，不是我能听懂的凹村土话，他在说那些话的时候，我清楚地看见一只草原鼠、一只旱獭、一只叫不出名字的小虫也在和他说话，它们在他面前，发出低沉的叽叽声，偶尔伸出短小的脚，指指天，指指地，指指从远处刮来的一阵风。他们有时一起摇摇头，撅撅鼻子，偶尔还把一种我从未见过的笑，挂在他们的脸上。很多个夜深人静的晚上，我经常看见他不把自己睡进夜里，而是一个晚上一个晚上地在凹村里行走，走累了，在这家的门槛上坐坐，在那家一口好久不用的石水缸里舀春天的雨水喝，有时遇到哪家没有关好的木门，他手一推就走了进去，他在别人家的堂屋里愣愣地站上好一会儿，不说一句像样的话，不喊一声主人的名字，直挺挺地立在黑夜里。看见侧屋躺在床上的一家人，谁的脚露在外面，谁的手露在外面，他就走过去，把那些露在被窝外面的手脚放进被子里，又从屋里走出来，轻轻帮那家人把夜里没有关好的木门关上，才慢慢离去。我常常看见他把自己的身体一整天一整天地平躺在西坡的坟堆堆上和很久没有人住过的一座烂房子里，他用手一把一把地抓坟上和很久没有人住过的房子里面的冷土，把冷土抛向空中，看一把冷土坠落大地的样子。他有时哭，有时笑，有时发出长长的叹气声，有时还会说，人这一辈子好长呀的话。说完这句话，他就再不往下说了，在他周围只剩下凹村老时间垒起来的死静。我经常看见他，等凹村的人都下地干活去了，他像只猴子一样，爬到村子的一棵老树上，看凹村一个个人锄头挥向一块土地、镰刀割向一片庄稼、俄尔朵挥过一片天空的样子，他把他们每一次向凹村使出的大力气的声音，在一棵老树上学出来，嗖嗖嗖，哗哗哗，啪啪啪，那声音叫活了一棵老树的老，树的叶子在没有风的吹中，开始莫名地动。他有时很想对人说话，他敲每家的大门，门里起初有一个或几个人的说话声，人问是谁在外面，他犹豫着说出自己的名字，门里瞬间就没有了响动。他依然在那里等，等来了一只花猫在窗户里看他，等来了一只老鼠从墙洞里张望他，还等来一只瘦弱的蚂蚁从门缝钻出来，遇见他堵在门口的脚又原路返回进了屋。他站在门口等了好一阵子，屋里依然没有动静，他转身走了。他回去的路，走得慢吞吞的，走两步又停下来，走两步又停下，他心里无数次地问自己，自己脚下的路到底在哪里？自己什么时候才能离开凹村。他对自己既失望又无助，他随着性子地在凹村中走，心里什么也不想，走到脚心发烫了，"扑通"一下把自己睡在地上，然后就什么都不管不顾了。

秋天，他身上那股不想在凹村继续住下去的气味越来越浓。枯叶不想向他的方向多落几片了，秋鸟的叫声不冲他多叫几声了，凹村的废土宁愿在某个角落废掉自己，也不想蹭着身子在他脚下绊他了。他在凹村的生活过得越来越轻飘，仿佛一阵青烟都可以带走他。

有一天我在放羊的荒坡上遇见他，他灰头土脸，全身松松垮垮的，把自己荒芜在一片干枯的荒坡上，荒草无数次地拂过他的脸，他像一棵被吹乱、找不到方向的枯草，茫然地望着远方。我在荒坡中，喊出凹村人好久没有对他喊出的那个小名，他木讷地看着我，眼眶里有一层灰色的像薄雾一样的东西盖着他，那层像薄雾一样的东西，在我喊他的时候变得湿润润的。我想，他已经看不见我是谁了，或者说他已经不想看见凹村的谁是谁了。他顺着我的声音向前走了两步，突然像想起什么似的又退了回去，最后他只给我说了一句话，一句我在这么长时间里观察他时，他说得最多的一句话：人这一辈子好长呀。

后来他就没在凹村继续住下去了，人都没有注意到他已经没有在凹村住下去了。只有一个随时观察他的我，知道他是在什么时候消失的。随他一起消失的，还有那股他身上不想在凹村继续住下去的气味。

凹村，从此成了一个寡淡的村子。

被风吹乱的旺堆

旺堆又爬上了屋顶。

今天旺堆爬上屋顶，要比昨晚早一些，月亮刚从贡嘎雪山山顶冒出来，他就从一张睡满人的床上爬起来，披上堆通，顺着一根老旧的一字木梯走上了屋顶。屋顶静悄悄的，没有风，没有人的说话声，没有动物的鸣叫声，夜显得平坦、宽大起来。旺堆常常把自己置身在这样的夜里，有种把自己荡在大海上的感觉。大海辽阔，他像一帆孤舟，时时能感觉到自己。

从小到大，旺堆没有见过真正的大海，他对海的形象，来自一个去看过大海的村里人的讲述。那人说大海很大，跟天一样大，跟若吉草原一样平整，如果想让一只雄鹰去穿越它，估计五年、十年都办不到。听了那人对大海的描述，旺堆对大海充满想象。

此时，凹村所有的事物都掩盖在薄薄的月色之中，月色像海面，散发着一股清淡、迷人的香气。

旺堆也是要睡觉的人，只是旺堆说，每晚月亮要出来时，他的觉似乎被什么控制着，说没有就没有了，他的眼睛会自己睁开，脚扯着上半身往外走，而那时的他要做的事，就是顺着想往外走的脚，走就是了。

脚是他夜里的拐杖，尽管有时他还没有从一场觉里，完全把自己醒过来，但扯着他往外走的脚，从来没有让他在夜里，摔过一次跟头。

旺堆家的房顶有个洞，洞是旺堆的祖辈开的，不大不小，刚好够一个人的身子往上钻。

小时候旺堆问过阿爷，为什么全村子的房顶，都没有一个向天开的洞，只有自己家的有？阿爷抱着旺堆，讲起了过往。阿爷说，洞是为阿爷的阿爸开的，也就是旺堆的曾祖父。那年曾祖父生了一种合不上嘴的病，嘴没日没夜地张着，喉咙上长出一个包块，舌头突然青紫、发胀起来，牙齿也跟着长歪了，一个原本两百多斤的康巴汉子，像骨头里漏了气一样，变得干干瘦瘦的。为了填饱曾祖父日渐干瘪的肚子，家人天天让他喝贡嘎雪山上流下来的雪水，兑着崖蜂蜂蜜度日。但水是养不好人的，曾祖父一天比一天消瘦下去，人挨到他哪儿，他嘴里冒不出一句像样的话，眉毛竖得直直的。那时曾祖父的身体里，什么都没有了，只剩下疼。

"人的命，老树的顶，总有走到尽头的那一天。"曾祖母悲伤地说。

那段时间，大家都生活在忧伤中，时间像崖壁上的蜗牛，艰难、缓慢地爬行着。一天，一个过路人路过曾祖父家，看见院坝里坐着几个愁眉苦脸的人，他走进屋，向在座的人讨水喝，在座的人拉着脸，身体软塌塌的，似乎都没有力气回应他。他自己搬来一把木凳坐下，弄清楚一家人打不起精神的原因后，径直走进曾祖父的屋子，看着躺在床上的曾祖父，对跟进屋里来的人说："他没什么大病，只是和家里的一样小东西相冲了，那样小东西虽小，冲气却很大，它在屋里走不出去，只有犯在人身上。"家人听后，仔细打量起眼前的陌生人，他高额头，低下巴，眼睛虽小，却透出一股锐气。

"卡卓，卡卓，我们该怎么办呢？"曾祖母竖着大拇指，急忙问。

"让你们找那样小东西，你们不一定能找到，如果你们信我，就去揭开屋顶的五片青瓦，任由阳光、雨、雪从那个洞里漏下来，只要天光和那样相冲的小东西气接通了，老人的病自然就好了。"陌生人说。

"记得洞下面放个大木盆，有雨接雨，有风接风，有月光接月光，有阳光接阳光，满一个月，无论木盆里有什么或没有什么，都端出去在门口的拐角处把它倒掉，倒掉的地方撒一层子母灰，就别去管它了。再把木盆端回来，放在原来的地方重新接，天天如此，年年如此，他会活成村子里最长寿的老人。"陌生人补充道，说完转身走了。等屋里的人回过神来，才发现自己连一口热茶，都没给陌生人喝。

曾祖母急忙让屋里的一个人去追那人回来，曾祖母想，无论那人说的方法起不起作用，都想以一顿热菜、热饭招待他。过了很久，叫去追的人满头大汗地跑回来，说找遍了整个村子，问了几个在路边晒太阳的老人，都说没有看见过这样的一个人。大家觉得蹊跷，一个陌生人没多大一会儿工夫，怎么就凭空消失在村子里。正疑惑，躺在床上的曾祖父，喊出了那几天除了喊疼之外的第一句清晰的话："洞，洞，开那个洞去，我要闷死了。"屋里的人，手忙脚乱地搬来一字梯爬到楼顶，按那人说的方法，揭开屋顶五片青瓦，让一个房顶的洞，白天夜里地敞在泥巴房子上，像给一座老旧的房子开了一个天眼。

说也奇怪，自从屋顶开了洞，阿爷说曾祖父足足在床上睡了四天四夜的饱觉之后，起来跟个没事人一样，披上牛皮褂子，上山放羊去了，后来活到一百岁才走的。不知道是不是巧合，旺堆的阿爷也是活到一百岁才走的。只有旺堆的阿爸死得早，没活够，四十多岁就让自己死掉了。

屋顶后来又翻修过几次，曾经的老木料换成了又粗又结实的粗杉树，烟囱从左边换到了右边，但无论屋顶怎么修整，那个洞一直留在原来的位置，洞下面一直放着一个大木盆，不分日夜地常年接着，从洞上面落下来的日光、月光、风、雨、雪。

有月亮的夜晚，旺堆的脚就扯着他的整个身子，往这个洞方向走。有月亮的夜晚，走上屋顶的旺堆，身子轻飘飘的，脚步轻飘飘的，踩不碎房顶的一片青瓦。

自从旺堆晚上不睡觉，到屋顶看月亮，妻子则玛拉就不放心他。每晚睡觉，则玛拉的腿像柔软的梭梭藤一样，盘在旺堆身上，旺堆笑话则玛拉："你这个女人，也不知道害臊。""关了门的事，谁也看不见，我有什么害臊的。"则玛拉说着，把旺堆盘得更紧了。有那么一两次，旺堆在则玛拉的怀里，听见过她的心跳声，"怦怦"的，像两只小乳羊在羊圈里跳。"今晚，除非是凶煞的魔鬼来和我争夺你，要不你别想离开我。"则玛拉说。旺堆"呀呀呀"地答应着，一会儿就把自己睡过去了。

旺堆很容易把自己睡进一场梦里，他的梦说来就来，有时正在和则玛拉说一句话梦就来了，有时正在脱一件衣服梦就来了，有时正在打一个喷嚏梦就来了。在旺堆心里，他的梦像一阵春雨说来就来，像一个山尖的闪电说来就来，像一场雅拉山后面的泥石流说来就来。只要旺堆的梦一来，他的脑袋空空的，手指和脚趾麻酥酥的，人给他说话的声音，仿佛来自一个深邃的山谷，闷沉沉的，发出回响不说，声音还在往天上升。只要梦一来，旺堆说那个梦里的自己，四肢软塌塌的，身体像水一样，可以四处流散。那时的旺堆，无论身边的则玛拉，在他耳边说什么喊什么，用牙齿咬他的耳朵，都不能把他从一场梦中喊回来。

"在梦里，你的灵魂被鬼神系着脖子。"则玛拉曾经告诉旺堆。

每晚则玛拉都在无趣中把自己睡过去，每晚则玛拉在把自己睡过去之前，都要认真检查一遍自己的双脚，有没有把睡进梦里的旺堆盘紧，然后才放心睡去。但无论则玛拉在睡之前，怎么认真地检查自己对旺堆做的事情，只要有月亮的夜晚，旺堆还是会从她怀里逃脱，爬到房顶，一整晚一整晚地看月亮。

"你是不是偷学了格萨尔的魔法，解脱了自己？"则玛拉问旺堆。

"我不知道，我真的不知道。"旺堆无辜地摇着头，对于夜里发生的事，其实他自己也说不清楚。

则玛拉不信旺堆的话："大雪想用身体封住草原，它就没有想过，春天总归会到来。撒谎的人，无论谎言用什么来包裹，都会有破碎的一天。"

则玛拉铁了心，几个晚上不睡觉，一直盯着睡过去的旺堆看。她想，只要自己的一双眼睛盯着旺堆，旺堆总不能眼鼓鼓地从她眼里飞出去了吧。则玛拉盯着旺堆看的那几个夜晚，旺堆睡得跟死了一样，睡之前怎么样的姿势，醒来还是怎么样的姿势。这样的旺堆醒来时，脸色苍白，眼睛里布满血丝，头上的汗珠子一颗颗往外冒，从旺堆嘴里喘出的气，跟要断了一样，弱弱的，偶尔猛吸几口，突然又好长时间，没有了喘气的迹象。

"你这是想让我死在一双你整夜整夜盯着我的眼睛里呀。"旺堆虚弱地给则玛拉说。则玛拉委屈得不行："我这不是为你好吗？"则玛拉本来还想和旺堆争吵几句，看着脸色苍白、汗珠子一直往下淌的旺堆，又把怨气咽进了肚子里。

有过那几次经验，则玛拉不敢再在夜里一整晚一整晚地盯着旺堆看了，但是守不住夜里的旺堆，成了她心底的一块心病。

她又想了一些办法，比如请来村子里的尼玛木匠，用青冈木做了一个大小合适的露顶高方盒，嵌在上房顶的木梯四周，方盒上安了一把铁锁，锁钥匙由她保管着，白天她把方盒打开，夜里锁得紧紧的。第一天锁上铁锁的时候，她想这下总算可以拦住爬一字梯看月亮的旺堆了，可是等她第二天醒来，身旁空空的，旺堆又不见了。她从床上爬起来，看见堂屋门开得大大的，一个不知道哪里搬来的旧木梯，靠在泥巴房的外墙上，看完月亮的旺堆正从房顶弓着身子下楼梯。

"梯子哪儿来的？"则玛拉还没等旺堆完全下地，就开始质问旺堆。弓着身子下楼梯的旺堆，愣愣的，自己也说不出所以然。夜里看月亮的旺堆，有时自己不是自己。

"你故意和我作对是吧？"则玛拉说。她脸上的高原红成绛紫色，因为生气，颜色更加深了一层。

没等旺堆说话，则玛拉一个转身走开了。那天她丢下地里一天的活不干，牵着看门狗乌拉到牧场上去了。天快黑时，村子里的人看见一条气势汹汹的藏獒，从山顶上一路飞奔下来，藏獒雄壮，身后溅起一路灰白的灰尘，浓密的灰尘在山坡上久久不能散去，像给大山开辟了一条新路。村里人说则玛拉疯了，为了让夜里的旺堆睡在自己身边，把牧场上的藏獒都换下来了。

则玛拉一到家，就把藏獒拴在堂屋门口："铁锁锁不住你，一条和狼群战斗过无数次的藏獒，总能对你起点什么作用。"则玛拉说。旺堆吓得往房间里跑，嘴里不断地喊着："阿啧啧，阿啧啧，则玛拉呀，你的头里是不是钻进了一只草原鼠，竟然对我做出这样的事情来。"

旺堆最怕这条则玛拉几年前上山捡松茸时，捡回来的藏獒，藏獒最先还很听旺堆的话，旺堆让它在羊圈门口睡，它绝不会跨进屋里；旺堆让它去赶一头走远的牦牛，它一个箭步就飞奔出去了。那么，旺堆是怎么得罪这条藏獒的呢？要从一个俄尔朵说起。

那个俄尔朵里的石头，是旺堆扔向一匹倔强的棕马的，棕马野性十足，旺堆请了几个老驯马人，都没办法征服它。只得把棕马赶上牧场，任由它在牧场上撒野。但是棕马似乎一直在挑衅旺堆，赶上牧场的第一天，就当着旺堆的面咬伤了三匹老马。旺堆情急之下，捡起石子，装进俄尔朵，用大力气挥向棕马。没想到，棕马没伤着，旁边的藏獒却被飞来的石子，割掉了耳尖，至今藏獒的右耳尖都有一个大大的缺口。藏獒天生记性好，虽然事后旺堆曾经用几根肥肥的牛骨头，讨好过这条藏獒，但藏獒不领情，那一个俄尔朵的仇，记在了藏獒一辈子的命里，无论旺堆怎么缓解，也缓解不过来了。在那次之后，藏獒每次看见旺堆，就像看见仇人一样，做出刨土准备攻击的架势。

那天旺堆房门不敢出的，在屋里埋怨则玛拉，他埋怨一句则玛拉，那条拴在堂屋门口的藏獒，似乎能听懂他的埋怨声，鼻子里发出"哼哼哼"的声响，偶尔冲屋里粗声粗气地叫上一声，声音大大的，震得房顶上的青瓦都在颤动。旺堆不敢吭声了，则玛拉心里暗自高兴。那晚，她睡得很香，则玛拉已经很久没有睡过这样一次饱觉了。可等她醒来，门还是大大地开着，那条牧场上下来的藏獒，完全没有了昨天凶悍的气势，垂着头，趴在地上，有一眼没一眼地往房顶上望。

旺堆又在房顶上，看了一晚上的月亮。

则玛拉不知道旺堆是怎么从藏獒身边走出去的，旺堆也不知道夜里的自己，是怎么从一条自己惧怕的藏獒身边走出去的。有月亮的夜里，旺堆身上仿佛有某种魔力，这种魔力连旺堆自己都不知道是从哪里来的。他想，或许是月亮给予他的吧？再想想，一定是月亮。

更多难听话在村子中传开，他们说则玛拉是个缺了男人，就睡不着觉的女人，说则玛拉是一个耐不住寂寞，夜里少了男人就活不下去的女人。

所有的传言，都像风一样，刮进了则玛拉的耳朵里。则玛拉忍住委屈，也没有向旺堆抱怨，自顾自地计划起了后面的事情。

旺堆家有五个娃，大的十五岁，小的两岁，夜里则玛拉把五个娃一起叫到一张床上睡，老大、老二睡床尾，一个抱旺堆的左脚，一个抱右脚；老三、老四睡床头，一个抓旺堆的左手，一个抓右手；最小的一个娃，则玛拉把他放在旺堆的大肚子上睡。她睡在旺堆身边，时时轻轻用手拍着旺堆大肚子上趴着的小娃。那天，一张藏床上睡着满满当当的人，床在夜里被人压得"吱吱"地响，整个屋子里的空气，都不够人吸似的，显得急促起来。

旺堆没把自己睡过去之前，噘着个嘴，说："我就在房顶看看月亮，出不了大事，你这阵势，跟我犯了凹村最大的村规似的，像什么话。""一头犟牦牛的倔脾气，我都能把它扭过来，我就不信拗不过你。"则玛拉说。两岁的娃在旺堆肚子上爬，其他几个娃紧紧地挨着旺堆。旺堆话里似乎很不满意则玛拉的做法，但看着一床大大小小的娃和睡在身边的则玛拉，心却从来没有这么暖过。旺堆隐隐感觉到，则玛拉用这么多方法，想把夜里的自己困在她身边，并不像村里人传言的那样，则玛拉缺了男人睡不着觉，而是则玛拉在和月亮赌气，她在吃月亮的醋。她觉得月亮在和她争一个和自己一起生活了几十年的男人，一个自己给他生过五个娃的男人，她不甘心。

那晚，旺堆还是从一张睡满人的床上爬起来，到房顶看月亮去了。

则玛拉醒来时，两岁的娃趴在藏床挨近的木窗户边，"咯咯咯"地冲着窗户外面的一只鸟笑着，听见则玛拉喊他的名字，兴奋地指着鸟"阿爸，阿爸"地喊。其他几个娃，揉着惺忪的眼睛，凑到木窗户前，看那只站在枯枝上的鸟。那只怪鸟大大的，身上的羽毛除了黑色，还有金黄色和白色，尖尖长长的黑嘴，足有一根竹筷那么长，棕红色的眼睛骨碌碌地朝天看着。她们顺着那只怪鸟望着的方向望上去，天上有一轮圆圆的月亮，躲进了朝霞里。那天的朝霞像在燃烧，火红火红的火苗，忽高忽低地蹿在天边，大地仿佛要被点燃了。火苗最旺的时候，巍峨的贡嘎雪山"烧"起来了，盘旋的折多河"烧"起来了，那个两岁的娃，再次对着枯枝上的怪鸟，稚嫩地呼喊着："阿爸，阿爸。"怪鸟在娃的再次呼喊声中，扑棱着翅膀，朝远处飞走了。她们看见，怪鸟飞走的方向，刚好是月亮陷进朝霞的方向，那只怪鸟像是朝着一团燃烧着的火焰飞去，没过多久，就消失了。

　　则玛拉把两岁的娃从木窗前抱进怀里，娃不哭不闹，眼睛红红的，眼眶里还残留着刚才天边火红火红的朝霞色彩。"昨天夜里，你们都没察觉到阿爸从你们身边走出去的事？"则玛拉问娃们。大大小小的娃齐刷刷地在床上摇着头，那个两岁的娃在则玛拉的怀抱中，用小手拨弄着则玛拉胸口的藏袍，一会儿把头往藏袍里钻，一会儿把手伸进藏袍里，东摸摸，西摸摸。则玛拉又问："昨天夜里，是不是有和平时不太一样的地方？"一床大大小小的娃，你看看我，我看看你，皱着眉头想了想，突然争先恐后地喊起来：我梦见了那只树上的怪鸟，我梦见了刚才火红火红的天，我梦见了我们的房子下面有条河，我梦见了一块大石头开出了蓝色的花。两岁的娃从则玛拉的怀中跟跟跄跄地站起来，指着屋顶"咿咿呀呀"地说着什么。

　　而昨天夜里，则玛拉梦见一匹红色的马，长着白色的翅膀，朝着一个山洞飞驰而去。则玛拉骑着自己的骏马嘎多，紧追在那匹会飞的马身后，来到一个山洞，山洞黑漆漆的，崖壁上开满了紫色的三花马蓝，会飞的马在山洞里，发出狼的哀鸣声，声音渗进洞的最深处，变换成汹涌的河流声，气势汹汹地涌出来。则玛拉吓坏了，正准备转身离开，却听见山洞里传出一个人的声音：则玛拉，你要相信夜是有秘密的。

　　则玛拉一下从梦中醒来，看见两岁的娃在窗边"咯咯"地笑着。昨天夜里，一床的人都睡在一场自己的梦里，旺堆从一床睡着的人的睡梦中，轻轻松松地走了出去。

　　夜里的旺堆，是则玛拉再也守不住的一个旺堆了。

则玛拉把从牧场上带回来的藏獒，重新送回了牧场，临出门时，她对旺堆说："把楼梯口封着的木盒也卸了吧。"旺堆望着则玛拉远去的背影，心里五味杂陈，但自己又能为则玛拉做什么呢？旺堆也很无奈。

过了两天，则玛拉风尘仆仆地从牧场回来。她喝了两碗酥油茶，吃了两团自己捱的糌粑，疲倦地准备到屋里睡觉去了。几个娃跟着她往睡觉的屋子里跑。"各睡各屋去。"她对几个不醒事的娃说。几个娃不明白，说："晚上，我们还要抱着看月亮的阿爸睡。"旺堆坐在三锅庄旁，看一眼则玛拉，又看一眼娃，脸灰白白的，想说什么，又把那想说的话，吞进了喉咙里。他吞下去的那句话，边缘一定到处长着刺，他突然把眉头皱起来，喉结上下滚动了两次，脸色发紫，过了好一会儿，才恢复了正常。

"想要远飞的鹰，哪怕送给它四季开满浪那嘎保的草原，也留不住它想远走的心。"则玛拉说着，把四个大些的娃，一个个攮进了各自睡觉的屋子，弯腰抱着两岁的娃，进屋睡觉去了。旺堆掩掉牛粪火，从三锅庄旁站起来，走进睡觉的屋子。在月亮没出来以前，他也是要睡觉的人。旺堆躺在床上，则玛拉抱着娃侧着身子，把一个硬背留给他，旺堆伸手去搂她，则玛拉用力甩开了他的手，旺堆又伸手去搂她，则玛拉又甩开了。则玛拉知道，旺堆就快把自己睡过去了，睡过去的旺堆过不了多久，就要见他的月亮去了。她的这种想法，还刚在脑子里升起来，旺堆就把自己"呼呼"睡过去了。睡过去的旺堆，刚才被她甩过去的手，还没有来得及落到被子上，就把自己睡过去了。那只僵在半空中的手，硬硬地立在那里，像要抓住点什么，又什么也没有抓住。

则玛拉的眼角流出泪来，圆滚滚的泪水滴落到怀中两岁的娃脸上，娃"吧吧"地动了两下嘴巴，脸带微笑地又睡着了。对抗的想法，隐隐在她心里茂盛地生长起来。但是，自己到底要和谁对抗呢？和月亮吗？

和旺堆吗？和凹村的人吗？还是和一个倔强的自己？则玛拉有些恍惚，这一切好像都是，又好像都不是。正在她困惑的时候，脑海里突然闪过一种草的名字——桑冰草。

"为什么自己之前就没有想到过它呢？"则玛拉心里瞬间亮堂起来。

以前，村子里有个叫松布尕的年轻人，左眼溃烂，眼窝里偶尔会爬出一条白色的细虫。他吃了上百服草药不见好，有次秋牧场转场，他赶着自家一百多头牦牛向西洛牧场转移，翻山时遇见一种草叶红红的草，觉得好看，站在原地仔细打量起来。在松布尕的心里，好看的东西都能吃，至少他觉得好看的东西，哪怕是伤害人，也伤害不到哪里去。他情不自禁摘下几片叶子吃，草叶味道鲜美，有股酒香味儿。正吃着，他又看见有几根草根裸露在外面，草根肥胖，黑得耀眼，于是又顺手折了放进嘴里嚼，草根麻麻的，一会儿松布尕就感觉到自己的嘴，不是自己的嘴了，硬邦邦的。后来的事松布尕记不得了，他昏睡了过去，是一头老牦牛回家报的信。家人看见松布尕转场到西洛牧场的老牦牛，一天就回来了，觉得蹊跷，又让那头老牦牛带路，翻山时才找到昏睡的松布尕。人用手掐松布尕的人中，用大力气往松布尕耳朵里吹一口热气，还用砸碎的狼毒草揉成团，塞进松布尕的鼻孔里，好不容易才把松布尕从昏睡中弄醒。松布尕昏昏沉沉的，嘴里念叨着三个字：桑冰草。这个名字是松布尕在昏睡中得来的。他还告诉家人，桑冰草是一种长脚的草，闻到人的味道，听见人的脚步声就会跑。吃了桑冰草，松布尕的眼病奇迹般地好了，一年之后，一只明亮亮的左眼重新从松布尕的眼窝里长了出来。

后来，松布尕活到了八十五岁，被一种叫蛇缠腰的病收了命。死时的松布尕胸部的皮肤疙疙瘩瘩的，全身的骨头不听使唤的，从各个部位凸显出来，仿佛一不小心，就要冲破松布尕老旧的皮肤，蹿到外面来。躺在床上的松布尕早就不像松布尕了，那时的松布尕，更像一只老死在荒原上，很久没被人发现的马匹，空空荡荡的。只有那只曾经溃烂，后又被桑冰草治好的眼睛，明亮亮地睁着，眼珠里倒映着在他生命最后，看见的这个破碎的世界。到死时，松布尕身上最好的一处，就是那一只被桑冰草治好的眼睛了，后来的人说。

则玛拉想，桑冰草既然能治好烂眼的病，对夜里旺堆的眼睛突然睁开出去看月亮，可能也有一定的好处。则玛拉相信，只要夜里的旺堆眼睛不睁开，扯着他身子往外走的双脚，或多或少也会受到一些阻力。死马当活马医，再试试，这也是则玛拉能想到的最后一个办法了。

过了一个月，为了不让旺堆担心，则玛拉借口说，上次去牧场看见几头母牦牛待生产了，自己不放心，想去看看，让旺堆照顾好家里的几个娃，过几天自己就回来。旺堆没有怀疑，则玛拉背上干粮出发了。

在寻找中，则玛拉想起逝去的松布尕说过，桑冰草听见人的脚步声就会跑的话，她小心翼翼地，脚步在林子里走得轻轻的，遇见拦路的脆枝丫，能一步跨过去的一步跨过去，不能一步跨过去的，绕着走。上坡时，她把一口口喘着的粗气，尽量往肚子里咽，肚子因为她一口口往下咽的粗气，胀得鼓鼓的，实在忍不住的时候，她想四周反正没有人，看见哪里有坑就往哪里坐，一坐下去，肚子里的胀气一股脑儿地往坑里泄。则玛拉辛辛苦苦找了几天都没有结果，她有些失望了，背上背的糌粑和奶渣也快吃完了。也许，草和人终究还是要讲缘分的，她想。或许她和桑冰草之间，就差这种缘分的加持吧。

那天，天气也似乎在催促着则玛拉回家，山坡上开始刮起一股股冷风，一场秋雪就快从远处山尖下过来了。则玛拉俯着身子往山下走，步子放得重重的，前几天不敢大口喘的气粗粗的、顺畅畅地从她嘴里喘了出来，她甚至在山坡上大喊了几声，把这几天憋在心里的闷气和怨气，一起发泄了出来。她已经放弃了桑冰草，彻底放弃了。可就在这时，她却发现了它。桑冰草隐隐地藏在一棵青冈树下，那鲜红的叶子红得就快流出鲜血来了。她高兴坏了，但她分明记得这片山坡她认真搜寻过，不过一切都不重要了。她急忙向那几株红艳艳的草走去，为了确定是不是桑冰草，她拿出背在背包里几天都没有用上的小锄头，小心翼翼地顺着草根往下挖，越往下挖，黑色的草根越丰茂。风越来越劣了，像一把把锋利的刀口朝向她，远处的山顶白白地铺上了一层薄雪。再不加快速度，大雪就要来了。如果大雪封住了山路，则玛拉将会被困在这座山上，走不出去。她急急忙忙地挖了一把桑冰草的根系，摘了一些红艳艳的草叶，就往山脚拴着的骏马嘎多跑去了。

回到家，十五岁的娃告诉则玛拉，旺堆去水磨坊磨糌粑了。则玛拉没停下，把挖回来的草根和草叶洗干净，搬出家里的石头碓窝，砸得细细的，再把汁水和砸碎的草根、草叶从对窝中倒出来，分别放在两个碗里，等到旺堆晚上用。至于为什么要晚上用，则玛拉心里有种偏执的想法，晚上的病，得晚上治。

那天傍晚，天是从村子的最东边开始黑起来的，几朵厚厚的黑云压在东边几户人家的屋顶上，几户人家的房子也显得低矮、卑微了很多。两户人家烟囱里正冒出的青烟，一看见黑云，似乎吓软了腿，一个劲儿地往地上落。几头不想回家的牲畜躲在黑云下面，任由主人怎么召唤它们，都不叫一声给主人听，它们似乎认定自己的主人不敢冒着风险，朝几朵黑云下面钻。几棵长在东边的大树，平时趾高气扬地朝着天，那天被几朵黑云压得"吱吱"地响，没有风，叶子"哗啦啦"地往下掉。有几个怕黑的娃，看见黑压压的云，变换着不同的模样在自己头上翻滚，吓得"哇哇"地在阿妈怀抱里哭。那几朵黑云越来越低，越来越低，突然一道闪电在村子东边亮起来了，像给东边撕开了一道光亮的口子。黑云趁人一个不留意，重重地落向大地，大地发出"轰隆隆"的声响，很多人捂着耳朵，分不清那重重的声响是黑云落地的声音，还是雷鸣声。那天，村子的东边似乎突然重起来，重起来的东边村子，慢慢把西边的村子翘起来了。西边村子的人虽然没有几朵黑云压着自己，但比东边村子的人还要紧张，天还没有完全黑净，他们就早早躲进屋里，睡觉去了。

那天傍晚，旺堆的双眼敷上了砸碎的桑冰草细碎，口里咽下了酱红色的桑冰草药汁，在床上躺着，显得异常平静。则玛拉一边念诵着祈福的经文，一边对旺堆说："菩萨护佑你，愿从高山上采摘下来的桑冰草，能治愈你。"旺堆躺在藏床上，不说话，把手伸向则玛拉，想好好搂搂她。几个娃在三锅庄旁烤牛粪火，红红的火焰把他们的脸映得通红通红的。则玛拉甩开旺堆的手，嘴里骂着羊变的，心里暖呼呼的。

大家都认为，那天傍晚会有一场大雨冲刷整个村子，天空却说敞亮就敞亮了起来。虽然接近黑夜，天却跟洗净了一般，蓝透透的，像五色湖长在了天上，波光盈盈。那天傍晚，有几个睡不着觉的凹村人，好奇地从屋里往木窗外看，他们从自家木窗里看出去的天各不相同，有方的，有长的，有簸箕状的。那天，他们看见的天很奇怪，天似乎在动，一会儿往西倾斜一下，一会儿往北倾斜一下，倾斜下去的天陡陡的，好像快和地接上了。有些平时长得高的老树，顺着倾斜下来的天，长进了蓝透透的天里。不知道是不是人那天眼睛昏花，后来有一个人说，他看见一只白猫顺着长得高的一棵老树，三步一歇，两步一蹦地蹿进了天里，瞬间化成一个白点，不见了踪影。那天傍晚，一轮白白的月亮很快从东边升到了半空中，那迅速的样子，让看它的人，误以为它不是从东边升起来的，而是一直就待在那里。

旺堆那晚特别想拉则玛拉的手，伸过去的手还没有落到则玛拉身边，又把自己睡过去了。则玛拉心疼旺堆，怕旺堆僵在半空中的手着凉，轻轻帮他放进了被窝里。

结果很显然，桑冰草对旺堆不起任何作用，旺堆的病是一种无药可救的病。

旺堆清楚地知道，让自己的女人一整晚一整晚地独自睡在一张床上，心里愧疚，觉得对不起则玛拉，但自己又很无助。每晚，他只有看够了月亮，第二天才活得像个没事的好人一样，该下地干活就下地干活，该上山砍柴就上山砍柴。那时的旺堆，身上有一层薄薄的光笼罩着他，人在偶尔看他的时候，光会不经意地展现给人看，那种不经意会让人觉得，旺堆身上那层薄薄的光，是一缕阳光被风吹动了一下，给人留下的幻觉，或者说是一只萤火虫从人的身边飞过，留在人眼里的痕迹。每当这时，人都哀叹自己，说自己已经老了，眼睛不中用了。

旺堆是能时刻感觉到自己身上有光的人。他往凹村的土里挖一锄下去，看见有一层薄薄的光，顺着他挖下去的那锄，落进了凹村的黄土里；他往砍的木柴上挥下去一刀，看见有一层薄薄的光，随着砍掉的柴火一起倒下去了。有一回，他在地里干活口干了，顺势趴在沟渠边喝水沟里的水，一边喝一边看见那层薄薄的光，顺着水流一起进入他的身体……后来，那层薄薄的光，和旺堆越来越亲近，在他说一句话出去，笑一声出去，咳嗽一声出去，光都渗透在里面，和呼吸一样平常。

时间如流水一般绵长，又一个春天到来了，旺堆撒完青稞种，坐在地边休息，看见空空的青稞口袋快被风吹走了，急忙追过去捡。捡回来的时候，他想，如果自己身上的光装进口袋，会不会有声音？想着，他笑话起自己：光怎么会有声音呢？就在这时，他手里提着的青稞口袋里发出浅浅的声音，像一只秋蝉初鸣的声音。

"难道光真的有声音？"他诧异地把口袋提到自己的耳边仔细听，那声音再一次响给他听。他高兴坏了，提着口袋围着凹村的大地奔跑起来。

"光是有声音的，光是有声音的。"他嘴里大声地呼喊着。

那天，凹村人看见一个提着空口袋，满青稞地跑的旺堆，人说那天的旺堆，像一个被风吹乱了的人，一会儿朝东边跑去了，一会儿朝北边跑去了。天空一轮圆月的光亮，全部洒落在他一个人身上，他成了一个带着月光奔跑的人。人不知道那天旺堆怎么了，旺堆也没告诉别人他怎么了。圆月快落下时，围着凹村大地奔跑的旺堆，止住了脚步，静静地把自己坐在凹村刚被翻过的大地上，望着即将滑落的月亮，充满忧伤。那天，坐在凹村大地上的旺堆，像一个活在时间之外的老人，处在混沌岁月的边缘，单薄，辽远。

圆月落下，残留给大地一道耀眼的光亮，旺堆把一只手一次次伸向夜空，又一次次缩回来，仿佛在从天上捡某样东西，放进青稞口袋里。

那天，旺堆的身影在凹村的大地上，若隐若现，若有若无……

第四辑

响在身体里的垮塌声

寒冬落日

可能是九月。

他皱了皱眉头，停了好一会儿，然后想起什么似的，接着说："就是九月的一个早上，这个我很肯定。"周边的人把眉头皱起来，眼睛不再看向他，而是清一色地望向前方，仿佛前方就是他说的那个九月的早上。

"都过去那么久了。造孽，造孽呀。"其中一个人说。

"我以为她是在那里掏蚯蚓，你们知道，她就是那样的一个人。"他说。坐在周边的人没一个人理睬他。他从他们中间站起来，焦急地说："我不知道结果会是这样，如果我知道，我那时就会阻止她。"

"当时她有没有给你说什么？"一个人看着他说。那个人是在质问他，当然还有怀疑。那个人的眼神跟刀口一样锋利。

他心里有把火在烧着他，他有些后悔，不应该一时冲动，把这件事说给这些人听。他想从他们中走出去，步子迈开了，又有些犹豫。如果就这样走掉自己，有些东西就更说不清楚了，他想。

"那天我遇见她，是巧合。"他说。那几个人没人理他，他知道自己必须继续说下去。

"我真是不应该往那条小路上走，都怨那几只不听话的小羊。"他像是在为自己开脱，但事实确实是这样。那天是那几只不听话的小羊，改变了他去山坡的路线。

"你不觉得现在说这些太晚了吗？"又一个人对他说。那个人的意思是，事情已经成这样了，他无论在他们面前解释什么，都显得多余。

他站在这些人前面，面朝他们。他想坦荡地面对他们，不管是自己的身体，还是一张真诚的脸，还是恳求他们信任自己的眼神。他如愿以偿，那七八个人的眼神齐刷刷地抬头望着他。但是令他失望的是，虽然他们的眼神都落在他一个人的身上，他更加难过。他从那七八个人的眼神里，看见的全是怀疑，甚至还有莫名的恨意。

他更加焦躁。他也恨自己，不是吗？心里的那团火慢慢从内烧到了外，他感觉自己全身的皮肤都在燃烧，大腿上曾经的一处老伤口火辣辣地痛。他知道，那个伤口下的腐肉从来就没有愈合过。那是一块蠢蠢欲动的腐肉，只要他难过时，它就会第一个从身体里跳出来，加剧他的疼痛。

"让你们相信我，难道就这么难吗？"他吼起来。那个大腿上的伤口快要裂开了。那一刻，他觉得裂开又有什么大不了的呢？哪怕把自己也撕裂，又有什么大不了的呢？

坐着的那七八个人，又把看他的眼神收了回去。说到底，他们还是对他彻底失望。他受不了别人对他的失望。他从小就害怕别人对他失望。那种眼神，让他恐惧和无力。

眼泪不自觉地从眼眶里滚了出来。他突然觉得自己绝望极了，像孤身一人站在悬崖边上，只差一个纵身就毁掉自己。没有一个人跑过来挽留他，没有，一个也没有。悬崖是他唯一的归宿。

"这件事情，本来可以不发生的。"其中的一个人说。他哭得更厉害了。他不想去看说话的人。他心里清楚，那一定又是一种责怪他的眼神。

"如果你可以提前制止，结果就不会是今天这样了。"那人接着说。

他边流泪边想，自己能做到那人嘴里说的制止吗？他反复地问自己，得出的答案是：不能，绝对不能。他没有把心里的话说给那人听。他什么也没有说。现在说什么都晚了，说什么也没有任何意义了。心里的那团火就快毁了自己。他感觉到了身体里的撕扯感，还有大腿上伤口的灼烧感。来吧，让一切都来吧，他想。

那七八个人起身从他身边走开了。他抬头看着他们走，一句话也没有说。他擦掉眼泪，一屁股坐在地上。是自己做错了吗？他先在心里问自己，然后把这句话问出了声，接着他喊起来：是我做错了吗？树上的几只麻雀被他的喊吓得四散飞走。什么都在离他远去，什么都在。

只有她的眼神留在他的记忆里，折磨着他。

"你为什么不走，为什么？"他用双手拍打着地。尘土飞扬。

他想起在山洞里遇见她的那一次。

她弓着身子在土里掏东西，像一只笨拙的熊。他以为她是在掏蚯蚓。当时，他是这么认为的，哪怕掏蚯蚓这样的事情对一个成年人来说，也是一件愚蠢的事，但他再想不出一个肥胖的女人，独身待在洞里弓着身体、脸朝下，手不断地掏土是在干什么。那一刻，那个古怪的掏蚯蚓的想法，就出现在他的脑袋里。那一刻，他甚至都没有怀疑过自己当时的这个想法是错的。起码在她身上，他觉得会发生这样的事情。

他听说过有关她的很多事情。她的男人死于一场山火，那场山火烧了七天七夜，从那过后，她就变成了一个古怪的人。她给乌鸦说话，给倒映在池塘里的星星月亮洗脸，天蒙蒙亮时对着石头唱歌……他知道她的很多事情之后，那个奇怪的掏蚯蚓的想法，第一时间跑到他的脑海里，让他毋庸置疑。

他走进洞，拦住了洞口所有的光亮。她笼罩在他的黑影里。那时他像个魔鬼，盖住了她。她一定什么也看不清楚，她在他的黑影里。他把身子微微往旁边侧了一下，让洞口的一束光照在她的脸上。他看见了她惊得像小鹿一样的眼珠子，他同时看见了，她嘴边还没有来得及擦掉的土。

她在吃土。

这一事实，让他觉得刚才自己认为毋庸置疑的想法是多么荒唐。

"你在这里干什么？"他知道了所有事情，他明明知道了，还是对着弓着身子的她，问出了这个愚蠢的问题。

那束光还照在她的脸上。她转动着惊恐的眼珠子，嘴角微微颤抖。她把头往下埋了一会儿，然后又把头抬起来看着他。她的眼睛，像一只小鹿的双眼。

她的答案对自己重要吗？为什么自己要那么咄咄逼人？他心里想，依然站在那里，没有一丝要离开的意思。确切地说，是一副一本正经得自己都讨厌的样子。再确切地说，其实，他是不知道这种时候，自己该干些什么，该对眼前的她说些什么。气氛有些尴尬。他想，她可以随便说一个理由给他听，说自己在找自己丢失在这里的一件东西，说自己就是想弄一点这里的土回去，无论说什么，他都会赞成并且转身离开，那时的他和她其实只需要一个理由，摆脱彼此的尴尬，至于那个理由是什么都不重要。但是事情的进展完全出乎他的预料。

"吃土。"她说。她用手把嘴角的土擦掉。

当她把这两个字说出来时，有些事情复杂起来。他心里骂她，为什么要把实情告诉他。他知道了，但是他又什么都不想知道。

"为什么？"他问。他是顺着事情的进展继续问下去的，就像他站在那里需要一个理由让自己抽身一样。他很讨厌自己。

"土可以埋人。"说着，她把目光移向自己的肚子。

他知道她在说实话，就像她对他说吃土的事实一样。他让更多的光照向她。他的身子歪在洞口。她的肚子鼓鼓的，鼓鼓的。

"你不能这样。"他说。他的话顺着那束直直的光传到她那里，硬硬地落在她的头上。她毛躁的头发在那束光里，像枯草，一折就断。

"只有这个办法。"她说。他看见她还在用手抚摸自己的肚子。他突然有种不祥的预感，那种预感来得很强烈。

"你要埋谁？"他问。

她没马上回答，过了好一会儿才说："一块肉。肚子里的肉。他不该来到这个世界上。"她的手一遍一遍地抚摩着自己的肚子，小心翼翼的，怕自己的手碰碎什么似的。

他愣在那里，他知道她嘴里说的肉是一个娃的命。有些事情已经在这个女人身上发生，谁也改变不了。一个寡妇不该有娃，这是凹村的村规。她清楚这点。他也清楚。

"你打算怎么办？"他说。

"这种土管用，我以前听人说过。"她说。他把斜在洞口的身子站直，她再一次淹没在他的黑影里。

"到医院去，比这个好。"他看着地上的一团黑影说。

她苦笑出了声："现在的我，走不了多远。就是走出去了，这种不好的消息有一天总会传进村里，这比要了我的命还严重。"

他明白她的意思。在这里，女人的名声比一个女人的命还重要。坏名声是可以疯长、蔓延很长很长时间的东西，如果一个女人有了坏名声，意味着这个女人这辈子就算完了。他知道村子里的一个女人，因为和一个外村的男人发生了不正当的关系，她的家人在村子里一直抬不起头，现在她已经去世十多年了，有人再提起她时，还以不检点、不自重的词语概括她。

名声是一样可以流传到祖祖辈辈的东西。

"别告诉任何人，求你了。"她跪着求他。

"你这样不行的。"他告诉她。

"我也没有办法。"她跪在地上望着他。虽然她还在黑里，但他隐约看见了她眼里全是泪。

"你站起来，别这样跪着给我说话。"他说。一个女人跪在自己面前，让他手足无措。

"你不答应，我就不起来。"她固执地说。她还在用祈求的眼神望着他。她仿佛成了他的罪人。

他转过身去，她抱着他的脚。她把脸贴在他的裤腿上，"嘤嘤"地哭。

"你起来。我不会告诉任何人。"他说。

她感激地"呀呀"地从他身后站起来，没站一会儿，双脚又软在了地上。他不知道是她没有力气站着，还是双脚支撑不起她的上半身，让她软在了地上。他想问，最终没有问。他也没去扶她。在心里，他在躲着她。

"谢谢你了，谢谢了，菩萨会保佑你的。"她把双手的大拇指比划在胸前，一次次说着感谢他的话。她希望他能帮她永久地保守住这个秘密，这个秘密对于她来说，很重要。

"这件事，让我自己解决。"她说。她在黑里，黑黑地望着他。

"我的羊在外面叫我了，我该走了。"他说。

他像逃一样，离开了那个山洞，没有回头。他听见她在洞里隐隐地哭，一束很大的光束朝向她。她的整个身体在光束里，哭声在光束里，她应该有更多的光照亮她。

女人的哭声在他脚下绊着他，好几次他险些摔倒在小路上。他的羊在哪里，他不知道。他一遍遍地呼喊着几只羊的名字，茂密的荒坡，一次次把他喊出的声音阻隔。他往山坡下走去，即使今天他没有在山坡上找到那几只走丢的羊，到天黑时，走丢的羊也会找到一条熟悉的路，回到自己的羊圈。人不像羊，人一旦弄丢了自己，就很难找回来了。

后来，他又看见过几次她朝山洞方向走。无论多热，她都穿着厚厚的藏袍遮盖着身子，跟随时很冷一样。就是从那时起，有关她的传言多起来，有人说她被乌鸦下了诅咒，被黑夜染上了寒冷的怪病，说她身体里住着一个魔鬼，不信看她越来越肥胖的身体就知道了。人渐渐远离她。人怕魔鬼，人其实从来没有见过魔鬼，人怕的是一些自己虚构的、未知的东西。

她不在乎人的闲言闲语，甚至把自己沉浸在那些闲言里，享受着。那些闲言虽然恶毒，但却是她遮掩事情的好办法。有一次，他和她在小路上遇见，她变得更加笨重了。她小小声声地告诉他："那团肉还活着嘞，那团肉昨晚还在踢我的肚子嘞。"说这话时，她的表情很复杂，有幸福又有悲伤，有快乐又有伤感。那一刻，他似乎很理解她，但又似乎不完全理解她。

他心里一直有样东西缠绕着他，直到听见她的死。

说实话，他不知道她会因此死，他想的是那块肚子里的肉会死。是她这样告诉他的，他为她保守了这个秘密。然而结果却迎来了她的死。或者说她们的死。

没有人发现她肚子里的秘密。她的公公向人说她死的原因时，拉着一张长脸，充满悲伤："几个月前，桑珍得了一种怪病，白天夜里睡不着觉，全身肿胀，我让她去医院看看，她死活不愿意，说自己怕疼，休息休息就好了。"

"一个人命里的劫在这里，躲是躲不过的。"大家唉声叹气地安慰女人的公公。

"是啊，躲不过的。"女人的公公哀叹着。

只有他，敏锐地察觉到了女人的公公脸上，偷偷露出了一丝卸下重担的表情。那表情隐藏在一群嘈杂的人群中，很快被人的说话声淹没了。

煨桑，念经，熏柏枝，人们都在忙着各自的事情。女人静静地躺在棺材里，她的世界从此没有了疼痛和悲伤。

"是你，对吧？是你让她肚子里多长出了一块肉，对吧？"人群繁杂，他走到女人公公身边，贴着他的耳朵，说出了这句话。女人的公公听见这句话，瞬间僵住了，他的嘴角在颤抖，似乎想向他争辩什么，但止住了。

"你不该让她受这样的罪。"他气愤地说。

说完，他从女人的公公面前走了过去，他看见女人公公的脸，瞬间跟抹了石灰一样苍白。他已经很老了，这种老，是一种让人看着就可怜的老；这种老，是一种即使你知道他做错了事，也会无条件原谅他的老。

他走出人群，五味杂陈，很多东西在他心里翻滚。路边有七八个人坐在那里，他朝他们走过去。他想诉说，他怕自己不把一些话说出来，自己会摧毁自己。

"她在吃土。九月吧，就是九月的一个早晨，我发现她在山洞里吃土。"他说出了这件事，但仅限于女人吃土这件事。

"她为什么会吃土？"人惊讶地问。

他摇着头说："不知道。"

"她什么也没给你说？"人盯着他的眼睛问，眼神有毒。

"没说。"他坚定地回答。那一刻，他庆幸这世间还有一种善意的谎言。

那七八个人不相信他。其实，他心里也理解那些不相信他的人，毕竟在一个山洞里遇见一个吃土的女人，不可能一句话也不说。但是他又害怕那种不相信他的眼神盯着他，那种眼神让他感觉到疼。可那几个人还并不打算放过他，他们不断地质疑和指责他，这让他心里更不是滋味。他知道有些事情说不清了，心里难过，眼泪流了出来。只有他自己明白，这些眼泪是为自己流的，也在为她流。

"疯女人，她真是一个疯女人。"那七八个人说。

"疯女人，她不就是一个疯女人吗？"那七八个人走后，他望着出棺的人群说。他的这句话说得很轻，轻得只有他自己能听见。

出棺的人群上山了，吃土的女人上山了。冬日的山野，没有绿色的点缀，一片苍凉。

最大的黑

我们都以为布初死干净了。他的嘴不喊了，在半空中乱抓的手不抓了。布初的四周突然安静下来，刚才在屋子里拧得像根麻绳一样紧紧的空气，终于可以松懈下来，慢慢开始流动了。

我挤在人群中，透过人挨着人的小缝隙里看布初的死。布初的死小小的，细细的，跟一条我见过的毛毛虫的死差不多。人群开始松动，布初死了的身体在人群的松动中，越来越多地展现在我的面前。先是一只脚，再是半条腿，后是布初刚才一只僵在半空中，想抓住什么却什么也没有抓住的张开着的手，最后是整个死了的布初。死了的布初，像一张揉皱了的狼毒纸，想努力把自己摊平在那张大床上，却怎么也不能平整自己。布初那天的眼睛异常地大，眼珠子睁得都快从眼眶里滚出来了。

布初那天在用很大的力气死自己。

"软了一辈子的布初，滑头得很，原来早早就想好了把最后一把大力气，用在自己的死上。这个布初呀，苦命是苦命些，不过也福报得很。"最后一个从死了的布初身边走过的人，感叹着说。我抬头望这个说话的人，他满是褶皱的黄脸上，没有一点悲伤的痕迹，流露的表情全是羡慕。

人从屋里全部走光后，剩下我一个人面对整个死了的布初。即便是这样，我也觉得布初今天的死并不大，没有一头牦牛的死大，没有一匹马的死大。布初今天的死，只比一只羊的死大一点，比一条藏獒的死大一点。我沿着被布初弄得乱七八糟的床，一步步朝布初的脑袋靠近。我一边走，一边看死了的布初。布初的嘴大大地张着，黑黄的牙齿裸露在外面，从他扭曲的脸，被大力气挣得很开的眉毛可以看出，布初当时嘴里一定有一句很重要的话想说出来，可是最终没有机会说出来。我靠近布初的耳朵，他的耳朵坚挺地立在脑袋上，跟还在偷听这屋里的响动似的。我觉得布初真是好笑，一副死了还在关心世事的样子，让我不由得笑出声来。我转身朝四下里张望，确定屋里没再进来人，心才放宽了一些。人都被刚才布初的死弄倦了，疲着身子走出了屋。此刻，屋外全是黑。人走出去之后，所有的黑朝人扑过来。人被黑吃掉了。人在黑中没有一点人的气。

我伸出手摸布初的耳朵，用手指轻轻按布初的脸，布初一动不动，静静地躺在那里。我觉得布初很无趣，于是鼓起腮帮，对着他的鼻子吹了一口嘴里的热气给他。虽然刚才布初用了大力气死自己，他的身体依然冰凉凉的，像一截冬天挂在水沟边的冰凌，浸着我的手指。布初没从我吹出的热气中醒过来，不过布初似乎在我吹出的热气中变了一点自己。那一点变我说不出来，但我知道现在的布初和我刚才看见的布初不太一样了。我踮着脚，冲着布初的耳朵说："布初，你个骗子，你说你的死会是凹村最大的死，根本不是，你个骗子。"

布初曾经给我说过这句话。

那天，我俯着身子在草丛中抓蛐蛐。蛐蛐一个劲儿地往草丛中跑，我一个劲儿地在后面追。我的眼里只有蛐蛐，没注意前面的布初。蛐蛐在我的追中慌了神，一下跳在躺在草丛中的布初的肚子上，布初一把抓住了它。我问布初要我追的蛐蛐，布初说："躺下我就给你。"我犹豫着，站着看布初对我笑的眼。布初的眼珠蓝蓝的，映的全是头上的天。蛐蛐在布初的手心里叫，像是在一声一声地喊我。我继续固执地问布初要我的蛐蛐，布初依然说："躺下我就给你。"我争不过布初，噘着嘴，躺在了他的身边。布初握紧的拳头伸向我，我小心接过他递给我的蛐蛐。我触碰到了布初被太阳烤得热热的手，就是他伸在半空中想抓住什么，却什么也没有抓住的那只手。那时布初的那只手，坚硬，充满力量，似乎想得到什么就可以得到什么。我没给布初说道谢的话，那只蛐蛐本来就是我的。蛐蛐在我手心里动，痒痒的。我把眼睛贴近手心，我和蛐蛐眼对着眼看着对方。蛐蛐的眼睛黑亮亮的，在暗中，放着明亮的光。

"它不叫给我听了。"我对布初说。

"它为什么要叫给你听？"布初说。

"他都叫给你听了。"我说。

"那是蛐蛐知道我的一个秘密。"布初笑着说。

"什么秘密？"我侧过身问布初。身下的草在我的侧身中重新伸展起来。那时我好奇布初，比好奇一只蛐蛐要多得多。

"它知道我要死了，再听不见它的叫了，所以它才叫给我听。"布初笑着说。我从侧面看布初的笑，布初那天的笑是从脸上凹陷下去的笑，仿佛只笑给自己。

"死是什么？"我问布初。

布初把凹陷在脸上的笑停下来，转过头看我。我看见我长在布初的眼睛里，小小的。那一刻，不知道为什么，我也想让我手心的蛐蛐长在布初的眼睛里，但是我什么都没有做，只是心里想了想。

"死就是不吸气了。"布初说。布初说完，我屏住呼吸，不吸气。

"我是不是已经死了。"过了一会儿，我问布初。

布初又把那部分凹陷下去的笑，笑了出来。

"死就是看不见眼前的东西了。"布初说。

我闭着眼睛，不吸一口气好一会儿，我感觉心里慌慌的，一股热气在我身体里乱窜。

"死好热，死是黑色的。"我给布初说。

布初把看我的脸转过去，面朝一片天。蛐蛐在我手心里爬，我把眼探向手心里的蛐蛐。我知道我看蛐蛐的时候，蛐蛐也在暗里看着我。我的眼睛有被一只蛐蛐看过的痒。

"你死没有？"看着手心里的暗时，我把这句话问出了声。我就是想知道布初到底死没死。

"我的死很大，不会就这样把自己死掉。"布初说。

"很大？"我的眼睛没离开手心里的蛐蛐。蛐蛐冲我叫了一声。就在布初说完"死很大"三个字的时候，蛐蛐冲我叫出了声。

"听见没？它冲我叫了，冲我叫了。"我转过头高兴地对布初说。布初紧闭着眼，不回答我。他似乎停止了呼吸。我心想，布初是不是死了。这就是他说的很大的死吗？我又喊了一声布初。我喊出的布初的名字在我们头上飘。那时，四周除了风刮动荒草发出的哗啦啦声，到处空荡荡的。那时，我觉得静很大，我们的四周被无限地扩展了出去。我从草丛中爬起来，踢了布初一脚。布初身体里的某样东西很硬，伤到了我的脚趾。我一边数落布初，一边跑走了。我的身后仿佛跟着一条河流，哗啦啦的。我的身后，没有一点布初的声响。

半年后，我在路上遇见布初。他斜斜地站在土路中间，上半身和下半身不自然地连接着，我觉得那天的布初已经变成了两个布初。一个上半身的布初，一个下半身的布初。上半身的布初身体朝着西边，下半身的布初身体朝着东边。两个布初把一个原来好好的布初分开了，让一条土路也不知道自己该往哪个方向延伸了。我心想，是不是前几天的那场大风把布初刮成了现在的这副模样。前几天的那场大风之后，很多东西在凹村歪着，没有直过来。

"你怎么还没死？"我问他。我手里拿着准备去割猪草的镰刀对着他。布初脸上的皮肤，在我没见到他的半年时间里变化很大，他的脸色蜡黄，脖子上莫名多出一个大大的包块。我感觉布初的身体里正发生着一场垮塌事故，轰隆隆的。布初变得很奇怪，尤其是他在对我笑的时候，曾经那往脸上凹陷下去的笑，已经完全被他松垮下来的皮肤层层遮盖，挣扎着让我看不出来。布初在藏着他的笑，或者不只是笑。

"快了。"他说。

"还要多久？"我问他。

"可能明天，可能后天……"他说。说完，布初想在我面前把自己好好直过来，努力了一下，歪得更厉害了。我不知道布初是怎样歪着身子，让自己走在这条土路上来的，我感觉布初每动一下，上半身和下半身就更分开一点。布初在不断地分离自己，两个布初在不断地逃离一个原来的布初。今天的布初，是故意选了一条狭窄的土路来走，他似乎想让有些东西，更快地从这条小路上逃走。

我一直期待着布初的死，我还从来没有看见过一个自己熟悉的人死过。我想看看布初嘴里说的很大的死，到底是怎样的死。

今天我终于看见了布初的死。他的死让我失望，我又冲着布初坚挺的耳朵说："大骗子布初。"

我在布初的床边静静地待着，没有一点儿想离开的意思。我想细细地看看布初这个人，看看布初的死。在我的长时间看中，布初用大力气挣出来的眼珠子，似乎慢慢在往他眼眶里收，布初的嘴在渐渐地闭，他把死前想说出来却没来得及说出的那句重要的话，慢慢咽进了肚子里，再不想说了。

布初这时才把自己死干净了。

布初给我说过他的死会很大的愿望没有实现。现在的布初，安安静静地躺在被他用大力气弄乱的床上，上半身歪向西边，下半身歪向东边。布初脚下再没有一条土路让他去走了。或者说，那天我在土路上遇见的布初，已经有很大一部分从他身体里提前逃走了。那天我遇见的布初，已经不是我之前认识的布初了，只是当时的我没有意识到这一点。

屋里静得出奇，外面有几个人的脚步轻一声重一声地响在黑里，我听见他们其中的一个人在喊我回家。我的名字让那个人喊在黑里，被黑死死地拽着不放。我朝屋外走，没给大骗子布初告别。布初已经不需要我的告别了。我一步跨出门槛，黑像一条在门外守候我多时的狗，疯狂地朝我扑来，一个趔趄我险些摔倒在黑里。

今天的黑，是我长在凹村遇见的最大的黑。

响在身体里的垮塌声

仁增夏让在自家的门口坐了一下午。

忙了一辈子的仁增夏让为什么突然选择在一个很平常的下午，什么也不做地把自己空放在门口一下午，连他自己都说不清楚。只是那天下午的仁增夏让，突然什么也不想做了，他的前脚跨出门槛，后脚拖在身体后面不想往外走。仁增夏让下意识地往后脚上使了一把劲儿，那一把劲儿不大也不小，让仁增夏让想起自己在拔地里的一个芫根萝卜或一株玉米苗使出的那一把劲儿，不过劲儿是相同的劲儿，用的对象却完全不一样，一把劲儿是使向庄稼的，一把劲儿是使向自己的。拖在仁增夏让身后的那只脚在他的使劲中，一动不动，跟本身就生长在那里一样。仁增夏让无奈，他想自己活到这把岁数了，没有什么大的成就，最大的能耐就是管理好自己一亩三分地里的庄稼，却不能像管理庄稼一样管理好一只亲近自己的脚。仁增夏让还想像拔芫根萝卜或拔玉米苗那样，再拔一次那一只不想走出门的脚，手伸过去了，劲儿铆足了，却放弃了，不想出门就不想出门，又影响不了什么，自己一天不下地干活和自己天天下地干活，几十年前和几十年后不也没多大区别吗？这样一想，他把跨出门槛的那只脚收了回来。那只脚倒是很听话，还没等仁增夏让做出太多反应，脚就很快地把自己收了回来。那只脚收回来，仁增夏让的整个身体就全部在屋中了。仁增夏让就是在自己身体完全回到屋中之后，就突然什么都不想做了。他把前年才从尼玛铁匠那里打的锄头一个顺手扔到院坝里，把背在背上的花篮子背篓取下来一个顺手扔在院坝里，做完这些，仁增夏让突然觉得身子轻松了很多。他站在原地，看被自己扔出去的花篮子背篓在院坝中间一圈两圈地滚，花篮子背篓不滚了，仁增夏让像一个泄了气的皮球，把自己陷在了门槛里。之所以说是陷，是门槛中间有一个被仁增夏让这些年走出来的凹槽，他一把自己坐下去，这些年被他走出来的凹槽就在屁股下面等他，仿佛这些年它慢慢在门槛中间长大自己，就是在等有一天像这样的一个仁增夏让软在自己的怀抱中。仁增夏让身体里仿佛有某样东西垮塌着，他能听见那正在垮塌的声音隐隐响在自己的胸膛里、舌尖上、骨心中，他没有办法阻止它，那时的仁增夏让除了等待接下来还会发生什么，再没有别的什么办法了。

仁增夏让陷在门槛中间，手心痒痒的，空下来的脊背一阵一阵地凉。仁增夏让知道那是自己的身体在和自己说话，手心不习惯忙了一辈子的仁增夏让突然一个下午不用自己，背不习惯背了一辈子背篓的仁增夏让一个下午就那么把自己闲在那里，它们都早早养成了随时随地帮仁增夏让的忙，它们早早成了仁增夏让日常生活中忙的一部分。

仁增夏让揉揉发痒的手心，用软手敲了敲一阵一阵发凉的脊背，嘴里嘀咕着："歇息一下，我们该歇息一下了。"仁增夏让说完这句话，手心接着痒了一会儿，后不痒了；后背接着发凉了一阵，也随着他随后的敲打不再发凉了。这么多年，它们都听仁增夏让的话，它们只是不习惯忙了一辈子的仁增夏让，突然有一天就把自己空空地放在那里什么也不做，它们跟着仁增夏让忙了一辈子，有一天不忙了，总觉得怪怪的。这种感觉像一匹奔跑了很多地方的马，一直在奔跑，虽然很劳累，但奔跑已经成为一种惯性。还好的是，仁增夏让告诉它们该歇息一下了的话，是仁增夏让对它们停不下来的惯性的一种安抚，它们听仁增夏让的话，慢慢把自己调整到停下来的状态。

仁增夏让的身体里还有东西在垮塌，他用手轻轻拍了拍自己的胸膛，胸膛里发出空空的回响，仿佛仁增夏让敲的不是自己的胸膛，而是一个干裂僵硬的牛皮口袋。仁增夏让知道有些东西在掏空自己。他定了定自己，安慰自己没什么伤心的，该来的总归会来。这时他想到去年离开凹村的诺布，诺布走的时候来找他喝酒，喝着喝着就让仁增夏让敲他的胸口，敲他的头，仁增夏让不愿敲，诺布把仁增夏让的手一把拉过去，红着脸说："你敲，叫你敲你就敲，别像个女人一样磨磨叽叽的。"仁增夏让缩回自己的手，对诺布说："有什么可敲的，你诺布有的我都有。"诺布怒着脸，鼻子里呼噜呼噜喘着粗气，说："仁增夏让，有些话别说早了，你敲敲就知道了，来，你敲敲。"诺布又把仁增夏让的手拉过去，喝酒醉的诺布，手跟铁一样坚硬。仁增夏让想，敲就敲，没什么大不了的。仁增夏让先用手敲诺布的胸膛，就那么一下，仁增夏让就惊到了自己，诺布的胸膛发出空空的回响，他又敲了一下，那回响声更大了，好像来自一个遥远、深邃的地方。仁增夏让惊恐地看着眼前的诺布，诺布此时脸上堆着傲气的笑，那脸上被笑容充溢起来的根根皱纹，显得饱满而又鲜活。"敲这里。"说着诺布把头伸向仁增夏让，满脸的笑面向脚下的地。仁增夏让听见诺布在笑，哧哧的，老鼠一般。仁增夏让犹豫了一下，还是把手伸过去，敲了一下诺布的头。这一敲，仁增夏让发现诺布的头敲出的声音，和刚才他胸膛发出的声音一样，空空的。仁增夏让想自己一定是喝醉了，他不相信一个活得好好的诺布，怎么敲哪里，哪里都是空空的，他更不相信现在正在和自己又说又笑喝酒的诺布，是一个空空的诺布。"这是我的秘密。"诺布抬起头，看着仁增夏让不可思议的眼神，得意地笑着。"起初我也不信，但后来越来越信了，牛犟的，原来人是可以把自己活得没有自己的。年初我就发现身体一天比一天空，好像有样东西每天在身体里掏空自己。很多时候我感觉自己的身体麻酥酥的，那种麻酥酥的感觉说来就来，像几只蚂蚁在自己的体内爬。特别是月亮大的夜，那种麻酥酥的感觉更加强烈，似乎亮白的月光也在索取我身体里的一些东西。我感觉自己在慢慢变空，很多原本属于自己的东西在远离我，不想要我。不过说来奇怪，我一点都不悲伤，反而很享受这个过程。"诺布说完这话，没等仁增夏让回应他，举起银碗就把一碗青稞酒咕噜咕噜倒进了嘴里。灯光下，仁增夏让看见酒从诺布的喉咙里急急地流下去，让仁增夏让突然觉得眼前的整个诺布像一块荒地，那碗青稞酒就是浇进诺布身体的一汪清泉。清泉一流进一块叫诺布的荒地，一下就被诺布干枯的身体吸收了。那晚仁增夏让不知道自己喝了多少酒，那晚仁增夏让只想把自己醉倒在酒里，和酒一起入睡。

诺布走时没有告诉仁增夏让第二天会发生什么，人在喝醉酒的时候，谁都不会把第二天当一回事。那个晚上之后，诺布就把自己弄丢了。很多人说诺布可能被狼吃了，那段时间村子夜里到处是一群狼饥渴的叫声。也有人说诺布趁那晚亮白的月光走出了村子，到外面的大世界去了，看见大世界的诺布，说一千道一万也不想回来了。仁增夏让没有告诉任何人那晚自己敲诺布胸膛和头的事情，他也没有把自己认为诺布是被某样东西掏空了，没有自己了才消失的想法告诉任何人。那晚月光亮白白地洒在凹村，仁增夏让为诺布打开一扇月光中的门，亲自送诺布出门，诺布在亮白白的月光中走得轻飘飘的，好像已经没有了自己。小路的分岔处，仁增夏让朦胧地看见诺布站在那里一动不动，那时的诺布又把自己恢复成了一块荒地，荒芜着自己，荒芜着散在他身上的夜色。

仁增夏让想自己只能目送诺布到那里了，人这一辈子，总会遇见和自己有关的无数块荒芜，谁也帮不了谁。仁增夏让把铺满月光的门关上了，那晚仁增夏让觉得月光的重远远超出自己的想象，月光有股俄色花初开的香气。他想起诺布说的月亮越大的夜晚，那种麻酥酥的感觉会在自己身体里越浓的话。

"麻酥酥，一定像月亮一样甜吧。"仁增夏让自言自语地说。

仁增夏让眼睛空空地一下午望着远方。仁增夏让能望见远处的远其实并不远，前面有座大山挡着他的视线。他还是那么呆呆地望着，仿佛有种远并不是我们眼睛能看见的远，有种远就在他心中存放着。

风从仁增夏让头上刮过，他没有任何反应。风又从另外一个方向再去刮坐在门槛上的仁增夏让一遍，他还是没有反应。风想，这个自己认识了几十年的仁增夏让今天怎么了，以前风从仁增夏让身上刮过一遍的时候，仁增夏让总是在自己的忙中抽空和风说几句不咸不淡的话，那几句不咸不淡的话对仁增夏让不重要，对风却很重要。很少有人对风说话，这是风的命，风有种漂泊的宿命感，风常常感到孤寂和悲伤。人在风中活老自己，人却很少感谢风。人把一场从自己身上刮过的风，看作是一场本该刮过自己的风，无足轻重，如空气般存在。当人把一种所得当成是应该时，人的内心早早失去了感恩。风又围着仁增夏让转了几圈停下来，它站在仁增夏让面前，不动不摇地看仁增夏让，风明白仁增夏让知道自己在他面前看他。风和仁增夏让几十年相处，陪着仁增夏让长成如今这把岁数，风养老了仁增夏让，同时仁增夏让也看见一阵风在自己的身边慢慢变老。过了好一会儿，仁增夏让在风的面前叹了一口气，这口气是叹给风听的，风从他的叹气声中感到仁增夏让这个人今天身体里的凉。这么多年，风只听见仁增夏让在自己面前叹过一次气，那是仁增夏让儿子死的那一次。

　　仁增夏让的儿子那年十岁，他为了让儿子早点熟悉自己家的牧场，让儿子一个人把五十多头牦牛往秋牧场转场。他告诉儿子，一个连几十头牦牛都管理不好的藏地男子汉，不配做他的儿子。仁增夏让是在儿子出发五天后，骑着黑马俊嘎往儿子离开的方向追去的。他一路沿着自己家牦牛的脚印往南走，仁增夏让像熟悉自己的脚印一样熟悉自己家每头牦牛的脚印。他一路追赶，第三天终于追上了牛群。他在牛群中寻找儿子，怎么也找不到他。他以为儿子还在生他的气，他记起十岁的儿子离开自己准备出发那天的眼神，胆怯而又孤独，他是多么希望自己的阿爸收回让自己一人赶五十多头牦牛去秋牧场的决定。那时的仁增夏让没有理睬儿子，他对愣在门口的儿子说："只有会觅食的雄鹰，才能看见更广阔天地。"儿子是带着他的这句话毅然走出村子的。仁增夏让发疯似的骑着马在附近的草原上寻找丢失的儿子，他心里安慰自己，可能是十岁的儿子贪玩，藏在某个土坡后面和自己玩儿躲猫猫的游戏，可能是儿子看见一群迁徙的藏羚羊感到好奇追着去看了，可能是儿子正藏在哪条从雪山流下来的河水里捡自己喜欢的小彩石，没听见自己的喊声……仁增夏让把附近一切可能藏着儿子的地方都找遍了，也没有找到儿子。天渐渐暗下来，去向秋牧场的牦牛一声声在远处呼唤着自己的主人。没有主人引路，五十多头牦牛在暮色中不知道往哪个方向走。

　　经过一天的寻找，他一无所获。这一天对于他来说，既漫长又短暂，正当他沮丧至极的时候，儿子骑出去的棕马松真，从远处朝他奔来。等棕马松真停下奔跑的脚步，仁增夏让急切地围着马转了一圈，又转了一圈，也没有看见儿子。黄昏中，棕马松真的眼睛里嵌着一团西边的晚霞，火红火红的，像燃烧在它身体里的一把旺火，火苗就快溢出眼眶。棕马松真用嘴蹭仁增夏让的肚子，用热热的舌头舔仁增夏让的手心，接着用前蹄刨脚下的土，急躁躁的。仁增夏让用手抚摸着棕马的头，马抬起头，一滴透亮的泪珠在旺火中生长起来，像一粒珍珠接受着火焰的考验。仁增夏让这时才渐渐从自己所有的期望中慢慢醒过来，他知道儿子出事了。

"带我去见他吧，松真。"他对棕马松真说。马站在那里，一滴泪刚从马眼里流出来，又一滴泪浸满了马的眼眶。"带我去。"仁增夏让对着马，呵斥着。仁增夏让知道马能听懂他的话，仁增夏让很多次看见过这匹马听懂儿子话时的样子。棕马松真转身朝草原深处奔去，仁增夏让骑着黑马俊嘎跟在后面，朝草原深处奔去。天暗得很快，西边火红的晚霞在暗越来越稠时，渐渐消融在暗里，没有谁能说清楚那火红的晚霞是怎样和暗消融在一起的，就像没有人能说清楚白天是怎样慢慢变成夜晚的，夜晚又是在哪一时刻慢慢变成白天的。一轮灰黄的月亮从天空中升起，那微弱的月光点不燃草原暗来时的天空。儿子的棕马松真在一个小山坡上停下来，仁增夏让在小山坡上停下来，他看见儿子出门时身上穿着的藏蓝色的藏袍，被撕成碎片遍布在草地上，他还看见儿子五岁时他送给儿子的嘎乌，静静地躺在草丛中，灰黄的月光照在上面，发出幽暗的光。他什么都看见了，唯独没有看见自己的儿子。仁增夏让瘫软在草地上，喉咙干涩涩的，他哭不出来，他知道自己的儿子已经在某匹狼或是某头金钱豹的身体里，永远地离开了自己。仁增夏让在草地上坐了很久很久，那一刻的仁增夏让全身上下的骨头似乎都是软的，心中有种重压着自己，那种重快把他压垮了。他需要喘息，需要把那种重从身体里吐出来，那声重重的叹息声就是在仁增夏让快窒息自己的时候发出来的。风记住了仁增夏让那天的叹气声，风一直觉得仁增夏让那天的叹气声有八百斤重，仿佛把仁增夏让身体里所有的伤痛，都通过一声叹气声传了出来。风还一直记得，那天月光昏黄，一个把自己放在广阔孤寂草原上的康巴汉子，身体里像住着一座终年不化的冰川。

　　今天的风不想往仁增夏让身上刮了，风感觉到了仁增夏让身体里的凉，像很多年前的那座冰川的凉，还藏在很多年后仁增夏让的身体里。风朝村子另一边刮去，风在村子里永远有很多东西等着它去刮。

　　"该走了。"仁增夏让看见风从自家院坝刮出去，默默地说。风走后，仁增夏让的身旁静静的。自从儿子离开他，好多年他都没有刻意听过发生在自己身边的静。仁增夏让永远记得那天自己瘫软在草地上看着夜慢慢把草原覆盖，把自己覆盖，那一天他听够了一种静，一种令他这辈子都害怕的静。从那以后，仁增夏让就把自己忙坏了，他一刻也不想让自己停下来，停下来，他就怕静透过某个缝隙来到自己的身边，要知道这么多年他都在想尽办法地躲着静，静是扎在他心里的一根刺。

　　仁增夏让白天躲静的方法很多，随便干一次农活静就被他忘记了，随便赶一只羊在路上走静就被他忽视了，随便和几个路人闲聊几句静就被他浪费掉了。仁增夏让最怕的是夜里的静，夜里的静像阳光下的影子，你走到哪里它就跟到哪里，你想方设法想摆脱它，怎么也摆脱不了。夜是仁增夏让早些年最怕打发的时间，那些年仁增夏让心里总是想为什么这个世界要有夜，为什么夜在自己这里，感觉像无限地拉长了一样，永远过不完。有段时间，仁增夏让为了躲夜的静，在夜里下地干活。在夜里干活，他觉得夜里的活会跑，他在夜里举一把锄头准备往板地挖的时候，想挖的那一处地方似乎左右前后地躲着他，让他不知道自己举在半空中的锄头该往哪个方向挖。他在夜里割青稞，没有风，青稞却突然在夜里摇晃起来，哗啦啦的，仿佛有很多只草原鼠在里面跑，让他怎么也抓不住一丛自己想割的青稞。后来仁增夏让发现，即使自己在夜里干一夜的活，费再多的大力气，也没有在白天干一个上午的活干得多。虽然仁增夏让再想躲自己害怕的静，他也不想把太多的无用功，花在夜里干活这件事情上了，他怕自己夜里的活没干多少，越来越不争气的身体却提前把自己垮掉了。再后来仁增夏让很少在夜里下地干农活了，他想了另外一种办法打发夜的静。他在自己实在睡不着的晚上，走出家门，来到村子的小路上来回地走，为了集中精力把注意力全放在一条小路上，他边走边在夜里数自己的步子。那几年，仁增夏让把夜里村子里的小路来回走了几千遍几万遍，每条夜里的小路被他走得滚瓜烂熟。那时村子的每条小路都长在仁增夏让的心里，他有时闭着眼睛走，走着走着就把自己走进梦里了，醒来发现自己还在路上走。有几次仁增夏让被早起的一两个人叫醒，人问他你这么早就在路上走，是不是想趁着早，干些见不得人的大活，说完人哈哈地笑。仁增夏让一脸没有睡醒的样子，回答人："是呀，梦里的那场大活，已经把自己累得不行了。"说着仁增夏让就朝家里走，虽然他在夜的小路上睡过一觉，但他知道虽然他睡着了，他的双脚却在小路上忙活了一整夜。夜里的仁增夏让似乎被分为两部分，一部分是想睡着自己的仁增夏让，一部分是不想睡着自己的仁增夏让。仁增夏让很无奈，无论哪一部分都是自己，无论哪一部分他都得罪不起。后来仁增夏让又想了一个办法，他用扔树叶的方法来决定这件事。他事先告诉那两部分的自己，哪一个是树叶的背面，哪一个是树叶的正面，他往天上扔树叶，哪一面掉在地上面朝上，就听哪一部分的，那个夜里到底是睡着走路，还是醒着走路，都由一片树叶来决定。仁增夏让告诉两部分的自己愿赌服输的道理，仁增夏让的这种方法很管用，帮夜里的他解决了一个很大的问题。

还有一些白天才被一只羊、一只猫、一条野狗开辟出来的路，也被仁增夏让在夜里拿来反复地走，那些新路上下左右地相互交错着，像一张铺在地上的网。仁增夏让觉得夜给自己的路总是很多很多，也给了仁增夏让自由和选择。在夜里走路那段时间，他总是忙着走自己走不完的小路。夜里，他把凹村每条小路走得顺滑滑的，夜里他把一条野狗、一只羊、一只猫给他的小路慢慢走大，走长。白天他经常听见有人说，怎么自己睡了一觉起来，自己家后墙那里就突然多出一条路了？仁增夏让从来不把自己帮一只羊、一条野狗、一只猫走路的事情告诉别人，他想那条自己帮走的路，和凹村的人没有任何关系，自己帮走的路只和一条野狗、一只猫、一只羊有关系。只是他后来慢慢发现，人对村子里突然多出来的路越来越焦虑，他们眉头皱得紧紧的，心慌慌的，一只鸟从他们头上飞过，他们会盯半天，一片叶子从自家的一棵老树上掉下来，他们会盯半天，他们想的是会不会是一只鸟、一片掉落的叶子让凹村的路变多了。他们说一个村子路太多，很多东西就会处在一种慌乱中，人会为每天走哪条路而纠结；动物会为每天走哪条路而伤透脑筋；一些还没有长大的嫩娃刚记住一条回家的路，又被多出来的一条路乱了自己；一丛刚长出头的野草本来计划顺着自己看准的一条路往西长，结果看着越来越多的路出现在自己眼前，一下犹豫起来。一个村子路突然变多了，很多东西都处在慌乱中，整个村子也跟着慌乱起来。又过了一段时间，仁增夏让常常看见有人自己地里的活不去干，拿着把专心致志地去盖他夜里帮一只羊、一条野狗、一只猫走出的路。他们先用新土盖他走出的路，盖好后不放心，又用老土再在上面铺一层。有些疑心病特别重的，盖了老土还不放心，再找些烂叶子在上面撒一层，这样一来，仁增夏让夜里走出的新路被埋掉了，那些他夜里走出的新路，彻底变成了很多条老来不能再老的老路，嵌在夜的黑里，没有了生机。

仁增夏让恢复到了表面上看似正常的仁增夏让，心却变得越来越苦闷。他每年把粮仓装得满满的，地里多种了几十棵俄色树，羊比以前多养了上百只，牦牛多出了六十头，仁增夏让手里终于多了一些闲钱，他用这些闲钱加固了藏房，重新装修了经堂，给家里增添了一些新家具。做完这些，仁增夏让突然觉得自己的钱不知道往哪儿花了。他最先把闲钱装在一个牛皮缝制的背包里，藏在柜子里面。后来觉得把钱藏在柜子那么深的地方没有必要，钱又不会长脚跑。于是，又把背包从柜子里拿出来，放在自己睡的床底下。每天夜里，钱在床下仁增夏让在床上，仁增夏让有时和钱说话，他说：钱呀人人都在为你活，人人都希望得到你，但是你只是一张张的纸，你比人轻千倍万倍，但是你在很多人的心中却重过达嘎山，重过尼玛草原。钱呀，我曾经也多么地看重你，可是当我用你做完我想做的事情之后，你在我这里似乎就没有多大用处了。我不知道拿你来做什么，你在我这里变得越来越轻，恢复到了一张纸的样子。当人走过自己大半辈子，或许才刚刚开始学会活自己，而不是一味地看重自己带不走的东西。仁增夏让这些年把自己忙得不可开交，忙得不可开交的他不想歇下自己，他身体里有股用不完的倔强气撑着自己。

今天，仁增夏让突然觉得那股倔气从自己身体的某个地方开始往外窜，他控制不了它，所以仁增夏让今天把自己空出来了。空出来的仁增夏让，觉得今天在自己身旁的静，像一面镜子，照着全部的自己。他在镜中看自己，看一个如今活得面目全非的自己。在看中，他看见了刚出生时的自己，十多岁时的自己，结婚时的自己，儿子去世时的自己，现在的自己。仁增夏让还想接着往下看，后面什么都没有了。仁增夏让不知道后面的自己去了哪里，仁增夏让找不到他，仁增夏让想后面的自己，或许今天就要被自己弄丢了，仁增夏让感觉到了那种丢掉自己的感觉，像一棵草在风中摇摆过去就再没有摇摆回来，像一只叫了大半个夏季的蝉突然有一天就不叫了，像一朵含苞待放的多拉花开在初春的早上，突然就不想把自己往下开了……

什么都在丢失，我们能看见的，我们看不见的。

　　仁增夏让又一次听见自己身体里某个地方垮塌的声音，那声音只有仁增夏让自己听见了，既遥远，又那么亲近自己。

　　仁增夏让什么都不想做了，他把忙了一辈子的自己空了出来。仁增夏让在等某样东西的到来，他知道快了，就要快了。

带着重量地垂向大地

那匹马离我有十多米远，他是罗吾家的马。最初看见他时，我以为他在索拉河边饮水。他把长嘴伸进河里，身体很久不动一下。

先前我没太在意，后来觉得一匹马肚子不可能有那么大，一直把嘴伸在河里饮。我把头望向罗吾家马饮水的下游，仔细观察一条河从一匹马嘴流过之后有没有变化。我的这种想法很愚蠢，但我还是那样去做了。

每年这个时候，正是孟多草原转场的季节，很多牧民都赶着自己家的牛羊马匹顺着索拉河往草原深处走。如果没有水源，转场会被迫停止，将意味着上万头牛羊马一个夏天吃不饱肚子。

我悄悄朝罗吾家的马走，他还是一动不动地站在那里，嘴伸向索拉河。这是我二十多分钟前看见他时的样子，现在还是这样。这正是我担心的，担心之余我还好奇一匹马奇怪的举动。

我慢慢向他靠近，他太过专注把自己的嘴伸向索拉河，并没有发现有个人已经从离他十多米的地方来到他的身旁。我走近他时，他的嘴伸在河里，呼吸平缓。他正在河里看自己。河水平静得像一面镜子，他将自己身体的全部展示在索拉河的河面上。我躲在他的身体后面，踮着脚尖看他。他的眼睛倒映在河水上，带着一条河的灵气。他向一条河眨了一下眼睛，然后又眨了一下，看得出这样的举动，是一匹马故意向河面上另外的一个自己做出的。我盯了他好一会儿，他还是没有看见我，他完全把自己沉浸在一个只有自己的世界里。有一瞬间我在想，一匹马在孤独面对自己的时候，他的脑袋里在想什么？一匹马的孤独是否和一个人的孤独相似，有着一份难以启齿的悲伤和落寞？

　　我又往罗吾家的马靠近了一些，我已经能轻微地感觉到一匹马身上的凉。不知道是不是他内心的孤独让他感觉寒冷，还是一条河带给了他凉意，他的身体散发着这个季节不该有的冰冷。马动弹了一下，往前或者往后，我没太注意，他终于在我看他那么久之后动弹了一下。他动弹的那一刻，河面上倒映的马影跟着动弹了一下。他斜着眼睛朝我看了一眼，河面上倒映的马斜着眼朝我看了一眼。我冲河面上的马点了点头，他愣愣的，似乎没有反应过来。我又冲河面上的马笑了一下，一只飞虫刚好落在河面上，平静的河面荡起微微涟漪。我看见我的笑脸渐渐变成圆形的波纹，一圈一圈往外荡出去。同时还有那匹河面上马的倒影，也和我的笑脸一起一圈一圈向外荡出去。我们的倒影在一条河的河面上，某个瞬间似乎走在了一起，流向了我们都不知道的某种未知。这种未知离我很近，好像就在我的身旁；又仿佛离我很远，远到让我无法预测。这种感觉很奇怪。

　　罗吾家的马终于发现不对头，他猛地把马嘴从索拉河里拔出来，惊恐地看着我。这个反应出乎我的意料，我不知道自己会把一匹马吓到这种程度。我心里想的是，一匹在世上活了这么久的马，也算是一匹见多识广的马了，饿狼应该遇见过无数次，雅加草原的黑豹应该偶遇过一两次，还有最近几年经常出没的黑熊应该遇见过几次，从这样经历中走过来的一匹马，怎么还会被我这样的一个人吓住？马往右边走了两步，他把看我的眼神收回去，往河面上看了一眼。此时，河面又恢复成刚才的平静，一匹马的脑袋映在河面上。我看见马的眼睛里有泪，那滴在马眼眶里打转的泪，被太阳照得亮闪闪的。他又把头抬起来看我，这时的马眼里没有了惊恐，但是有种很深的忧伤。一个小小的我映在他的眼睛里，被一匹马的忧伤全部占据。我从来没有见过一匹如此忧伤的马，让我心疼。更令我难过的是，我看见了一匹马的全部忧伤，却不知道他的忧伤从哪里来。他渐渐显得局促不安，脚踏着地上的草，他在往后退，再退，河面上的另一个他全部消失了。他应该知道另一个自己的消失，忽然一个转身朝远处跑去了。那匹身体散发着凉意的马，那匹独自面对孤独的马，就这么离我而去，没有一个回头，毅然决然地离开了我。看着他扁平的肚子在跑中左右晃荡着，我恍然明白一匹孤独的马，把自己的嘴长久地伸在索拉河里，并没有什么大的企图，只为亲吻另外一个河里的自己。

多么孤独的一匹马，他的孤独让我感到孟多草原夏季的冰凉，浸入骨髓，让人无法躲藏。

后来，我在孟多草原转场的路上遇见罗吾，罗吾骑着一匹棕色的马儿赶着他的一百多头牦牛走在我的前方。罗吾家的夏牧场在我们家的前面，每年夏季转场我都会遇见罗吾赶着他家的牦牛奔跑在草原上。我骑着我的骏马心月朝罗吾跑。我在罗吾身后喊罗吾的名字，我想和罗吾在转场的路上打个招呼。在村子里，我和罗吾很少说话。在村子里，罗吾的话很少。我常常看见罗吾把手里的事情做完了，就一个人坐在一棵老俄色树下看树上的几只乌鸦朝天叫。那几只乌鸦一年四季没有离开过老俄色树，罗吾把自己的空闲时间一年四季花费在这棵老俄色树下。有人说，罗吾被一棵老掉的俄色树迷住了，有人说罗吾迷的不是老俄色树，而是树上那几只老掉的乌鸦。罗吾从来没有给人说过他在一棵老俄色树下迷的是什么。罗吾的话很少，少得有些人都忘记罗吾说话的声音到底是怎样的了。有一次，一个凹村下地干活的人从罗吾身边经过，刚好一只乌鸦从老俄色树上直直地掉下来，下地干活的人没来得及反应，就看见罗吾一个箭步冲过去，双手接住了那只从树上掉下来的老乌鸦。他说，那一次罗吾奔跑起来的样子迅速、及时，像一只长了翅膀的鸟。那一次，即使罗吾接住了那只从树上直直掉下来的老乌鸦，老乌鸦还是死了。老乌鸦是在一棵老俄色树上老死的。他说，那次罗吾把那只乌鸦捧在手心里捧了很久，眼睛一直盯着一只老乌鸦的死看。后来人看见罗吾把那只老乌鸦埋在了自己家的窗户下，从那以后，人几次经过罗吾家的窗户，都听见过几声乌鸦的叫声从罗吾家的窗户里传出来，破沙沙的，尖锐锐的，仿佛经历了一种人类无法描述出口的疼。

　　我喊一次罗吾的名字，风把罗吾的名字在我嘴边掀翻一次；我再喊一次罗吾的名字，风再把罗吾的名字在我嘴边掀翻一次。在我的一次次喊中，我觉得罗吾这个人的名字离我越来越远，罗吾离我越来越远。在风中，罗吾的名字很薄，像一片草叶的薄，像一根羽毛的薄，像一只鸟叫声的薄，像一个人一辈子命的薄。罗吾一直在往前走，罗吾不知道他的名字一次次被一个喊他的人弄丢在风中。他把自己陷在一群牦牛中，像在驱赶那一百多头牦牛，又像那一百多头牦牛在驱赶着他。罗吾手中的俄尔朵一次次地挥过他的头顶，远远看去，像是罗吾挥向天空一根有力的皮鞭。罗吾在向天倾诉着什么，但或许是天在向罗吾述说着什么。天和罗吾之间的秘密，只有他们彼此知道。

　　我不想追罗吾了，一个人对另外一个人追赶的想法，来得快去得也快。况且我明白，在这个世界上谁都追赶不上谁，谁能追上谁都是一种表象，我们体内有个另外的自己，连自己都无法追上。

　　暮色加浓，罗吾在草原深处，变得越来越小，越来越小，就快没了自己，罗吾家今年的冬牧场也许再等不到一个叫罗吾的人。

我突然很害怕，我想到罗吾家的那匹马，盯着河面上的另外一个自己消失时，眼神里露出的恐惧，而此时的我又何尝不在恐惧之中呢？

一只红嘴乌鸦的叫声从天空落下来，迅速地，带着重量地垂向大地，大地似乎被砸出一个暗的深坑，沉默而又厚重。透过黑夜，我仿佛看见一个即将消失在夜色中的人和一只红嘴乌鸦叫声里的所有孤独，还有自己的孤独。

大树里的声音

那天，风很大，泽玖把我喊在路中间，说要给我讲一件重要的事。

我们俩肩上都扛着一把锄头，我们都是从一片春耕的土地上，挖完一块被冬天冻僵的硬地回来的。我不知道泽玖是什么时候来到我身后，那天泽玖的来，来得悄无声息的，来得不声不响的。

泽玖来到我身后，用锄把戳了我一下，我没太在意，我以为是小路上无聊的野生枝丫碰了我一下。凹村的小路上，到处是野蛮生长的厚皮子树，这种树有事没事就喜欢长在路边，惹是生非，拉拉过路人的衣服，蹭蹭人的裤腿，胆大的，趁着一阵野风的来，用棕红色的叶片摸摸过路人的脸，尤其是对那些皮肤白嫩的姑娘，更是一个劲儿地使坏，所以凹村人又给这种树起名为二流子树。

我以为是二流子树又在趁风的来惹我，我早就对这种树的把戏见怪不怪，不会轻易去搭理它。那时，我的脑袋里正被昨夜的一场梦装满，梦很散，跟长着一双快脚一样，在我的脑子里到处跑。在风中行走，既缓慢又无趣，我想闲着也是闲着，不如把昨晚的一场散梦在风中理顺。风可以把一些乱的东西刮得更乱，也可以把一些乱的东西在风中顺过来。关键是在一场大风中，除了理顺一场散梦，我什么也做不了。

我正沉浸在散梦里，后背又被硬东西戳了一下，这一下刚好戳在我以前受过伤的脊柱上，疼得我额头上立刻冒出了冷汗。我气愤地转过身，梦似乎被我气愤的样子吓坏，瞬间在我的脑海中，消失得不见了踪影。我看见了泽玖，风把泽玖的头发刮得盖住了脸，让我一时没认出他。我心里正在猜测这人是谁，泽玖的乱发又被下一场风刮开，风似乎在帮我看清一个人的脸。

"牛犟的，我还以为是谁呢？"我对泽玖说。泽玖把吹乱的头发往头顶上扶了扶，刚扶正，又被大风吹乱，泽玖又扶。乱在泽玖头上的头发，让我想到西坡坟堆堆上冬天干枯的杂草，荒芜得让人想哭。泽玖终于不再试图理顺乱糟糟的头发，任由它们在一阵大风中东倒西歪，自由摇摆。

我不知道泽玖是否能在乱舞的头发中看清我，只是我在看泽玖时，一会儿只能看见泽玖的左眼，一会儿只能看见泽玖的右眼，一会儿泽玖的脸只剩下一个高挺的鼻子和一只耳朵在风中坚挺地矗立着。那一会儿，泽玖突然在我眼中有趣起来，泽玖从来没有在我眼中有趣过一次。但又有一瞬间，我觉得站在我面前的人不是泽玖，仿佛是一个我从来没有见过的陌生人，真正的泽玖样子被风吹散了。

泽玖是一个正消失在我面前的人。

"昨晚……昨晚我听见一种很大的声音，从一棵树里传出来。"泽玖说这句话时的气息，被风从中吹断了一次，等泽玖第二次把风中吹断的话捡起来说时，一股很大的风钻进了泽玖的喉咙，泽玖着急着给我说话，哽咽了一下，囫囵地把风吞掉了。风在泽玖喉咙里滚动的样子，仓皇，急促，不知所措。

自从泽玖吞下那股风，我就明白，泽玖的身体里，将埋藏着一股风的长。

"你做梦了吧?"我说。我在泽玖面前说出的话,没被一阵大风吹断。这么多年和凹村的各种风打交道,我了解风的性格,再大、再密的风,也会有它的弱点。我会找风的缝隙,完整地说出一句我想给泽玖说的话。

泽玖把扛在肩上的锄头放下来,双手支撑着老旧的身体。这点,泽玖比我更懂得在一场大风中稳住自己。

"我真的听见了……那声音轰隆隆的,震得树上的枝丫沙沙地响。"泽玖说。

我从来没有在一棵树里,听见过泽玖口中说出的那种声音,我不相信一种声音会从一棵树心里传出来。

泽玖说完这句话,风从四周刮向我们,风全身长着耳朵,常常把路上听到的人说的半截子话到处刮。凹村人历来信风,曾经就有人因为听了风中刮来的几句半截子话,吵过几次莫名其妙的大架。凹村的畜生随人,只要风里带来的消息,它们都信。有一次,风把外村一头牦牛的叫声刮进凹村,那声音硬邦邦的,尖锐锐的,像在骂凹村的畜生。整个凹村的牦牛兴奋起来,尾巴翘着,嘴里喘着大气,仿佛被激怒了一样,一个抬脚就要奔出去和那头外村的牦牛争个上下似的。但只要心里活得透亮的人都知道,风最擅长的事,就是搞事情。虽然这么多年了,凹村人对风慢慢心生警惕,可每次风给他们捎来的闲话,他们还是喜欢听。只不过听了就听了,不会像从前那么在意了。

风对刚才泽玖口中说的事充满好奇,风围着我们转。我想转过身往前走,风堵着我的脚,风是在阻止我的离开。我立在风中,无话可说,我不知道向泽玖说什么。

"你不信?"泽玖见我不说话,失落地说。我看着泽玖,没说不信,也没说信。

"我知道你不会信的。"泽玖鼓着腮帮子，眼睛望着远处的青稞地。风在我们四周打着转，从左到右，从上到下。风想轻而易举从泽玖嘴里得知一些事情，泽玖却突然不想说了。风着急起来，把周边的树叶往我们身上刮，把近处的尘土往我们身上刮，把一声不知道从哪里带来的马叫声往我们身上刮。风在我们四周筑成厚厚的风墙，让我和泽玖顿时喘不过气来。

我用手驱赶风，就像驱赶一只只朝我飞来的蚊子。我的驱赶并不起作用，风在我的驱赶中，更加猖狂起来，有更多重的东西朝我们飞来。最先我能辨别出那些重的东西，是一个人的喊声，是一句不知道谁的骂声，是一场暴雨的落地声，但后来当这些声音像绳索一样拧在一起时，又变成了另外一种古怪、陌生的声音，灌进我的耳朵，堵住我的耳道，反而让我的内心安静了下来。

泽玖在风中艰难地往后退了几步，风把泽玖往前推，他挥起手中的锄头，一锄一锄地在我面前挖起风来。泽玖一边用尽全力地挖风，一边向我说着什么。泽玖挖风的样子，像在挖他家冻结的板地一样卖力。我似乎听见了风的喊疼声，或者是被风里刮来的一声喊声、一句骂声、一滴暴雨落地声的疼。泽玖的整张脸被乱发分割得零零落落，泽玖不像泽玖了，泽玖像一块在风中荒芜的大地，荒芜着自己。泽玖向我说话的时候，我只看见他的嘴在风中动，一开一合，一开一合。

见我愣愣的，不回答他，泽玖把对我说话的嘴，转向四面八方刮向我们的风，泽玖在向风说话。风在泽玖的话语中，更加欢快起来。泽玖的汗从额头上流下来，一会儿就被风刮走了。我想喊泽玖一声，我的嘴却在风中张不开，风不想听我的喊，风在阻止我的喊。泽玖还在用尽力气地挖风，他把锄头挥向风，身体最大限度地往前倾，似乎想把整个自己一起挥出去。那时我就想，泽玖是一个想把自己扔进风里，再不想回来的人。

风慢慢往后退，风碰到某些硬东西的时候，懂得服硬东西的软。那天风碰到的硬东西，就是一个用尽全力挖风的泽玖。风退的时候，所有刮向我们的重东西都在往后退。我明显感到那股堵住我耳道的风，在一点一点地变薄、变细。渐渐地，裹在风中的牛叫声没有了，一个人的喊声没有了，暴雨声没有了。当越来越多的声音慢慢消失在风中时，周边的一切渐渐清晰起来。

泽玖放下锄头，用袖子擦汗，此时的泽玖像在风中干了一场大活，累坏了自己。泽玖用手擦汗，擦着擦着，一屁股软在了地上。

"牛犟的，挖一场风，比挖老子家一块地还累。"软在地上的泽玖，眼睛望向离开我们的风说。风那天受了伤，离去的步子，乱乱的，风把那天受伤的疼，撒向远处的树，天上的云，地上的土。那天，我看见了一棵棵树在风中疼，一朵朵白云在风中疼，一粒粒黄土在风中疼。

"终于走远了。"泽玖看着越走越远的风，对我说。远处，一切平静了下来。我放下锄头，坐在泽玖旁边。我想问泽玖，刚才他在风中一开一合的嘴，在向我说什么，话到嘴边又觉得没有必要再问了。风帮我听走的话，就让风听走吧，风有一张闲不住的嘴，说不定哪天它憋久了，过几年或十几年把那些在心里憋久的话，再原原本本地告诉我。

凹村曾经就有过一个人，他听见过风二十年后捎给他的一句话。那人说，那句话他二十年前就想听了，可是给他说那句话的人，当时正挣扎在死亡的边缘，声音小小的，最终没能让他听清那句话。那个挣扎在死亡边缘上的人就是他的阿爸，死在他阿爸的身上说来就来了。那天他们一家人正坐在三锅庄前摆笑宴，死突然就来到他阿爸的身边。大家都还没有反应过来，阿爸的整个身子就僵在了那里，嘴皮哆嗦着，牙齿上下打着战，口里冒出了白沫，没过一会儿，胸口突然抖动起来。看到这种情景，家人吓坏了，急忙给阿爸端来一碗大茶让他喝。阿爸打掉茶碗，眼睛鼓鼓的，一句含糊、断断续续的话反复在嘴里翻滚。为了听清楚阿爸嘴里的话，那个人急忙把耳朵贴近阿爸的脸，但遗憾的是，最终没能听清阿爸留在这世上的最后一句话。那个人后来说，这辈子他永远忘不了那一幕，当他亲眼看见阿爸已经快要死去了，突然又睁开眼睛，还想把那句他没有听清楚的话，重新给他说一遍。他从阿爸鼓着的大眼睛，挣得通红的脸，就知道那句话对他来说应该很重要，要不阿爸不会连死都死不下去。当时，他把耳朵贴近阿爸的脸时，他明显感觉到那句话已经站在了阿爸的舌尖上，正踮着脚尖往外探，可就在这时一阵小风从窗户外面吹进来，那句话突然没有了踪影，阿爸也在这个时候咽了气。他一直认为，是那阵小风夺走了阿爸的命，夺走了他遗留在这世上的最后一句话。他恨了那阵小风很多年。可就在前年，他改变了对风的看法。那天，他正在地里撒青稞，远处刮来一阵风，风不大不小，把他撒向地里的青稞种，吹到了别家地坎上。他站在风中气那阵风，风里却传来一种声音，那声音怪怪的，是他活了这么多年，从来没有在风里听见过的声音。他竖着耳朵在风中听了很久，才隐约听清风里传来的声音，似乎是："牛圈，牛圈。""什么牛圈，净鬼扯。"他朝风说。不知道是风生气了，还是风本身就要离开，风一个抽身，朝别处刮去了。他最先没把一阵风里听来的话当一回事，可回家看着牛圈，越看越觉得异样，牛圈边角上有个小土堆，上面常年长着茂密的刺巴树，他从来不想靠近那里。那天他在小土堆旁站了好一会儿，觉得蹊跷，他想，风不会无缘无故给他捎来那句话，于是找来镰刀和锄头，先割掉刺巴树，再用锄头往下挖，越往下挖土越黑，挖着挖着一个木头小匣子出现在黑土里，他急忙用手去刨，后来他成了凹村最富有的人。一阵风把一个秘密帮他保守了二十年。那人感谢一阵风在他年近老年时，把这个秘密告诉了他，让他在自己的老中不再担心生计。从此，有人看见那人经常走着走着就站在一阵小风中，张着嘴给风说一些掏心掏肺的话，偶尔还在风中伸出一只手臂，平平地放在半空中，仿佛搭着风的肩膀，和风称兄道弟。

我和泽玖好一会儿都没有说话，我们的思绪都还陷在刚才的大风中，一时拔不出来。

"再给我说说那棵树的事。"一场大风过后，我对泽玖最先在大风中说的事情，开始感兴趣了。

"想听？"泽玖盯着我。大风过后，泽玖的眼睛变得清亮了很多，风或许带走了泽玖身体里的某些旧东西。

我沉默了一会儿，点点头。

泽玖给我讲起了一个我以前没有听过的故事。

"三年前我就听见过树里发出的声音，不过三年前，那种声音还没有长大，在一棵老树心里哧哧地响。我第一次听见那种声音，是去日央村换牛，那天我把自己家的一头十三岁的老牛往日央村的路上赶，那头牛走到老树边就不想走了，牛用舌头舔那棵老树的皮，舔过之后，又用鼻子嗅老树的气味。我在牛屁股后面急，我用自己平时赶牛时的大嗓门吼那头十三岁大的牛，用手拍打牛的背，牛在我的吼声和拍打中，回头看了我一眼，又继续重复前面的动作。日央村那家人早早给我说过，换牛的这天，他们只等我到中午，只要中午一过，那家人就要出远门去了，那趟远门对于他们来说，是一趟不得不走的远门，他们不会因为我的迟到而拖延了他们出门的时间。看着牛不慌不忙的样子，我从路边捡起一根小细条，想把心里的怨气全部挥向它，细条舞在半空中时，老牛突然转过头望我，那一瞬间，我看见一头十三岁的老牛眼里，全是明亮亮的光，要知道三年前我就看不见这头老牛眼里的光亮了，它的双眼灰扑扑的，眼球周边被一层灰白的东西包围着。我经常看见它独自站在山坡上，一整天不往地上啃一口青草，一整天不对周边的其他同类靠近一步，孤独地站在荒坡上，抬着头，用一双老眼睛望向远方。那时我就觉得自己养大的一头牛，是真的老了。有时我会默默地盯上老牛好一会儿，心中莫名地难过。人和牛一样，一个人真正老时，要干的事情越来越少，把自己空出来的时间越来越多，为了打发那些空闲的时间，有事没事也喜欢用一双老眼睛望向远方。只要认真观察，你就会发现一些老里的秘密。一条老狗在一条好路上走着走着，突然停下来，抬头望着远。一头老驴吃着吃着地上一丛好草，突然就不吃了，抬头望着远。几株开枯了的花朵摇摆着摇摆着，突然在风中站立起来望向远。当一切的老遇见远时，仿佛又重新活过自己一次。那天，被我养大的老牛眼里的亮光，似乎就让老牛重新活过了自己一次。我扔下手中的细条，用手抚摸老牛的头，老牛还在用明亮亮的眼睛望我，那个倒映在老牛眼睛里的我，陌生得跟另外一个人一样。就是在这时，我听见了老树里发出的声音，那声音时有时无，时粗时细。我把耳朵贴近树，那声音突然不见了。我正在纳闷，老牛又开始用舌头舔那棵老树的皮，用鼻子一次次嗅那棵老树的气味。我实在没有太多时间浪费在这棵老树这里了，我把嘴凑到老牛耳边轻声说：走吧，再不走可真误事了。老牛似乎听懂了我的话，又或许是心疼我，它依依不舍地踏着老步伐往日央村走了。自从那次之后，我就开始注意那棵老树了，我养到十三岁的老牛后来又活了两年，再没有勇气往下活，老牛懂得一头活得太久的牛，如果继续在日子里往下活，已经没有太多的意义了。老牛死的那天，天暗得特别地晚，我从地里拔完杂草回来，刚进门，就看见牛圈门大大地敞开着，里面空空的，我养了十多年的老牛不见了。我急忙出门到处去找我的老牛，我是在那棵老树边找到它的。我看见老牛时，它歪着头，耳朵紧紧地贴着那棵老树，老牛是在听老树里的声音。"泽玖停了下来。泽玖的突然沉默，让我不知所措。我知道故事还没有结束，故事正在泽玖的沉默中长出新的枝丫。

"牛犊的，你知道吗？现在那声音已经从一棵老树树心里长出来了，长进了凹村的每片树叶里，长进了瓜达河哗哗的流水声里，长进了西坡的坟堆堆里，长到了凹村的天上。人说话、吃饭时，声音里夹杂着那种声音；人哭、人笑时，声音里夹杂着那种声音；人和动物在看远时，那种声音会附在人和动物看远的眼神上，到达人和动物看的远后又折回来。那种声音到达过每个人看的远，每个动物看的远。那种声音已经在凹村到处都是了。"泽玖沉默了一会儿后，说。

"可我从来没有听见过那种声音。"我说。

"很多人都不知道自己听见过那种声音，自从那种声音在枯树里变大身子，蹿出树心，盖住整个凹村后，它就和很多凹村的声音相似了。人辨别不出它，动物辨别不出它，地里的青稞辨别不出它。"泽玖说。

"你能辨别它吗？"我疑惑地问泽玖。

"除了我家那头最后活到十五岁的牛知道它，我想我是凹村最早听到那种声音的人。也可能是这个原因，我渐渐对那种声音熟悉起来，而那种声音似乎也愿意让我熟悉它。那种声音也需要一个懂它的人，要不它会感觉到孤独。"泽玖说。

我对泽玖的话有些怀疑，但没有把自己心里的想法说出口。毕竟就像泽玖说的，他可能是凹村最先听见过那种声音的人。

"不过，我要走了。我把这个秘密告诉你，是想让你成为下一个熟悉那种声音的人。我是一个被生活困住的人，只有离开这里，才会找到真实的自己。我会把我的想法告诉那种声音，经过这么长时间和它相处，它明白我的心意。"泽玖站起来，拍拍屁股上的灰尘，扛着锄头就要走。

"你这话是什么意思？"我拉住他的衣角问。

"你会慢慢懂的。"泽玖说着，扛着锄头走了。

"你昨夜做梦了吧，你昨夜的散梦就是它带给你的。它离你很近了，请好好善待它。"泽玖的声音从一个拐角传出来，我似乎从泽玖留给我的这句话中，听见了一种和往常不一样的声音附在上面。

远处，起风了，这股说起就起的风，仿佛一直隐藏在凹村的某个角落里，等待时机成熟，想刮起来，就刮起来。凹村的大地上，到处生长着风茂密的根系。树木摇摆，经幡摇曳，几只生活在凹村几年的老喜鹊扇动着翅膀，朝一处浓密的荒坡飞去了。我突然想到刚才泽玖嘴里吞咽下去的那股风，在泽玖身体里长成了什么模样？泽玖会把它慢慢养大吗？多年后的泽玖，会不会变成风的模样？

我继续坐在小路边等风来，我不像泽玖在一场大风之后就着急着离开，我想在一场即将向我刮来的大风中，把昨夜的散梦重新捋一捋，或许在我的重新捋梦中，能发现一些我以前从来没有发现过的东西。

今天的太阳

她向我说起今天的太阳。

她说起太阳的时候，全身正冒着一股热热的气，她像是从蒸笼里刚逃出来的一个人。她用袖子擦额头上的汗，刚擦完没一会儿，豆大的汗珠又从皮肤下面冒出来，她又擦。她有些不好意思地说："今天不知道怎么了，感觉身体里有把火在烤自己。"说着，她用右手去拍另一只短了几年的手。那只短手藏在长长的袖子里，让人很容易忽视它。见我在看她那只短了的手，她索性把那只短手举起来伸向我："就是这只手经常在我身体里作怪。"她说。她又拍了一下那只短手，她拍那只短手用的力气不轻不重，一看就是有种又爱又恨的情感在里面。那只短手没有立马从我眼前收回去，她像是故意想把那只短手摆在我面前，让我一次性看个够。我不知道怎样形容那只短手，更确切地说，我不知道她伸向我的那只短手还算不算一只手。那只手比她的另外一只好手短三分之二，短手上的五个小手指细细小小的，像谁一个不小心，把几粒发黄的豌豆落在她的手上。她向我动了动几个小指头，畸形的小指头在她的动中，突然前后左右摇摆起来。

"是不是很怪？"她看着我，哈哈笑起来，一股热气从她笑着的嘴里钻出来，轻飘飘的，一下就散了。我没回答她的问，如果说不怪违背了我的心，说怪我想又会伤害到她。她头上的汗还在冒，一颗颗圆滚滚的。她停住笑，用已经湿透的袖子再去擦："这把火在我身子里越燃越旺了。"她把那只短手收了回去，长长的衣袖遮住了它。

"你看过今天的太阳吗？"她问我。我摇摇头，并不想对她说什么。今天我很忙，割了小半天的青稞，拔了两箩筐芫根萝卜，锄了一分地的爬地草，就再没时间在外面做其他的事了。再说，对于看太阳这种闲事，我已经好些年没有做过了。一年到头我一直都很忙，忙照顾十几亩地的青稞地，忙二十多头牲畜的嘴，忙来回走一条上牧场的小路，忙挖虫草、捡松茸贴补家用，我每天把自己陷在忙中，无心关心其他。

"我在今天的太阳里看见了自己。"她说。

我怀里放着一件牛皮褂子，牛皮褂子肩膀上磨出了一个大窟窿，她来时我正坐在院坝里绞尽脑汁地想怎么修补好它。

"你不信？"她接着说。

我先把有窟窿的那面皮，抹了几层厚厚的酥油，再用大力气一次次揉搓，直到牛皮在我的揉搓中越变越软，然后从今年割下来的一张新羊羔皮上，剪下一小块儿大小合适的皮，准备贴在上面缝补。这件牛皮褂子是阿爸留下的，据说是来自一头活了十七年的老牦牛，我舍不得扔掉它。

我还是无法回答她的问题，我忙着手里的事，假装没有听见她说的话。

"是呀，这样的事说给谁听都不会相信的。"她自言自语地说。她又用手去拍那只短手，这次她拍得很重，仿佛想彻底废掉它。

她住在村子最南边，是从北村嫁过来的。我是在自己六岁时的某一天认识她的。那天村子里的人为了迎接她嫁过来，早早地就开始忙了。

打茶的，做饭的，煨桑的，念吉祥经的，到处热热闹闹。我一觉从梦里醒来，家里一个人也没有了。我在床上哭了好一会儿，我常常这样哭自己，我的家人只要听见我的哭声，总会放下手里正在做的事，来到我的身边，她们边帮我穿衣服裤子，边唠叨：又犯童子了，造孽呀，造孽。我从小就知道自己犯过童子，这个童子就是哭童。只要犯过哭童的娃爱哭，不分时间地哭，想哭就哭。民间有种说法，犯过哭童的娃，如果不及时制止他的哭，会把肚子里的肠子哭出来，肺哭出来，心哭出来，最后哭死自己。因此，只要听见我的哭声，我的家人都会慌忙丢下手中的事，先把我的哭声止住，再去忙其他的事。那时我就知道，我的家人怕失去我这个最小的娃。所以，只要我遇见不如意的事，就拿哭声来达到我想达到的目的。

那天早上我在床上哭了好一阵子，没人理我，我朝堂屋里哭，也没人理我，我又把脖子伸出窗外哭，还是没人理我，这种情况在我六岁的记忆里似乎从来没有发生过。我没有放弃我的哭，我又把嗓门扯得长长地哭，唱着哭，粗声粗气地哭。这些年，自从知道哭可以达到我的目的，我学会了很多种哭法。我用哭声喊我的家人，用哭声述说自己脑子里的想法，我还在哭声中慢慢长大自己。那天我哭了很久，堂屋里，厨房里安安静静的，没有一个人因为我的哭，把门推开安慰我。我知道，那天我的家人肯定有什么重要的事情离开了我。我还想朝深处哭自己，突然想到会把肠子、肺、心哭出来的说法，一下不敢哭了。六岁的我，虽然才在这个世界上待了六年，却隐隐有些怕死了。死那时在六岁的我的心里，是一样怪东西，黑乎乎，毛茸茸，拉着一副长脸，耳朵大大的，随时会伸出长牙咬我。我从床上爬起来，自己穿好衣裤，从屋子里走出去，我看见了一村子忙的人。

村子已经好久没这样有生气过了。

前两年，村子里总是热热闹闹的，隔三岔五就有谁家生了娃办满月酒的，隔三岔五就有谁家办结婚喜酒的，还有隔三岔五就有谁家死了一个人办丧事的，还有隔三岔五就有谁家猪呀牛呀马呀下崽拿出来四处炫耀的。前两年，村子里似乎一直在隔三岔五地发生着很多新鲜事情，人在这些事中忙忙碌碌，生活过得热火朝天。但那两年过去之后，村子一下安静了下来。村里没有一个新出生的娃，没有一件喜酒、丧事要办，本该下崽的牲畜肚子扁扁的，没有一丝要生产的迹象。那两年过去，地里的庄稼遭遇过一次干旱，那次干旱让土地在人的脚下裂，庄稼长着长着就把自己烧起来了。还有两座荒废在东面的房子，有天夜里突然稳不住脚，"轰隆"一声倒在了人的面前。

遇见干旱的那一年，有几条以前被茂密荆棘遮挡着的野路，宽宽大大地从村子西边裸露了出来，它们一出现在人们的视野里，就头也不回地向西面一路理直气壮地延伸了出去。有几个好奇的人，冒着酷热去走那几条突然多出来的野路，他们想看看几条被埋没了多年的野路，到底会把自己带到哪里去。他们分头在那几条野路上走了三天，野路还没有尽头，他们不敢再往前走了，再往前走他们说就把自己彻底走出去了。他们一个个垂头丧气地回来，岔口处相互遇见，不说什么话，点点头就各自往家走了。

那两年过去之后，村里人嘴里的话少了，有些话正想被村里人说出来，又被身体里的什么拽了回去。村里人使劲想把刚才那句自己想说的话说出来，脸挣得红红的，脖子上的青筋挣得鼓鼓的，还是说不出刚才那句想被自己说出的话。那段时间，他们经常看见一个人或者几个人，走着走着就在路上用拳头捶自己的胸膛，那段时间他们不恨其他的，就恨身体里一个自己控制不了的怪东西。他们把自己的胸膛捶得空空地响，那种空空的响声像一面牛皮鼓敲在夜里的响，让他们越听越陌生，越听越觉得来自遥远的地方。他们那时有些慌自己了，感觉自己虽然活在这个世界上，却对自己非常陌生了。他们开始怀疑活在这个世界上的人，还是不是自己。村子里的动物也和他们一样，好几天才能叫出一声，那好几天才能叫出的声音干巴巴的，生硬硬的，像是自己在叫，又不像自己在叫。动物不敢叫了，它们把想叫出声的嘴闭得紧紧的，牙齿咬得紧紧的，生怕自己的一声叫，唤出身体里另外一个自己。

那两年过去之后，整个村子闷气得很。夜里天上的星星莫名地少了很多，快到十五了，月亮还倒圆不圆、软塌塌的，想从日尔沟升起来又不想从日尔沟升起来，那拖沓慵懒的样子，很多人都在心里咒骂它。那时，时间在村子里流动得特别缓，像一个八九十岁的老人，想走自己一下，就走自己一下；不想走自己一下，干脆随意找一个石头或一处草丛把自己坐下来，一个上午一个上午地待在那里一动不动。那两年过去之后，无论老年人还是年轻人，无论动物还是植物，想的都是怎样打发这种缓得让人心慌的老时间。

是她的来打破了村子里所有的闷气，她是那两年过后村子里操办的第一件喜事。人们在这件喜事中表现得异常兴奋和积极，他们早十五天就找各种理由从家里走出去，从一场正干着的活里走出去，在一次不想睡觉的夜里走出去，在某次放牛上山的路上把自己走出去，他们那时为自己找的理由就是去商量商量洛呷办婚礼的事。很多活，因为他们把自己置身在别人的婚礼中，被耽搁了下来。一场正被他们干到一半的活被空空地放在了那里，那场活因为他们的离开，被拖延了一天或者更多天，一场活会生他们的气，生气的一场活以后即使被他们拾起来重新干，也会给他们重重阻力，让他们知道它也是会生气的。一次被他们放在半山上的牛，因为他们把自己放到一半就回去了，牛在半山上一下不知道往哪里走，只能在原地吃那些被其他牛踩过，或者放过几个响屁的看不起的草，牛心里堵得慌，牛会把这种堵得慌的怨气，找合适的机会发泄给他们看。

人那段时间，似乎什么都不在乎，他们就想往人多的地方挤，他们在人多的地方说几句不咸不淡的话，或陪一大群人尴尬地笑上两声，心里也觉得欢喜得很。他们在闷气中待的时间太久了，想利用这场婚礼把心中闷了很久的气，通过各种方式顺畅地发泄出来。他们把洛呷办喜事的每个细节商量了又商量，细到桌子上摆什么菜，荤菜用什么碗装，素菜用什么碗装。婚礼那天，哪个菜先上哪个菜后上，屋里要放几盏灯，夜里烧几笼暖背的火都再三斟酌。他们还把洛呷结婚要穿的长衫让他试穿了七八次，他们有时觉得长衫太宽了，有时又觉得腰带不是很绿，他们只要觉得长衫哪里不合适，就让村子里的李裁缝修正。外地上门来的李裁缝，以前傲气得很，那段时间也一改以前傲气的样子，脸上堆着笑，他们说改哪里就改哪里，他们说腰带不够绿就重新给洛呷换一根更绿的。他们什么都准备好了，就等她来。

她要嫁的人洛呷曾经是个傻子。傻子好多年前就傻了，村里人说洛呷小时候乖巧得很，眼睛大大的，皮肤白白的，后来有天回家看见两条红蛇缠在一起，就傻了。村里人不知道是洛呷自己让自己傻掉的，还是缠在一起的两条红蛇让洛呷傻掉的，总之那次之后，洛呷没有任何傻前的征兆，说傻就傻了。洛呷傻了常常围着村子白天夜里地跑，最先洛呷的家人看见洛呷跑，心里担心，只要洛呷跑，就在后面追，自己追不上，请村里的人追。洛呷变成傻子后，仿佛身上多长了四条腿，跑的速度如一匹奔跑的马，很难让人追上。有几次，村里人通过拦路堵截好不容易抓住了奔跑中的洛呷，洛呷却口吐白沫，仿佛马上要死过去。后来洛呷的阿爸阿妈为了守住洛呷，从山上砍了一个粗壮的大木墩，白天他们出去干活，锁上门，把大木墩堵在缺缝的木门外面；夜里他们又把大木墩挪进屋，堵住关闭的木门。但无论他们怎么做，洛呷都想往外跑。洛呷从屋里跑不出去时，用手一天天掏家里的土墙。洛呷的阿爸阿妈不知道他们把洛呷关在家里时，洛呷在掏家里的墙，直到有天夜里，洛呷的家人正睡在一场梦里，东面靠羊圈的一堵泥巴墙"轰隆"一声垮了，家人惊慌失措地从床上爬起来往外跑，却看见洛呷早早站在垮塌的墙外，对着一堵垮塌的墙傻傻地笑，才知道洛呷背着他们干的事。他们气得去抓洛呷，洛呷如一匹矫健的马，朝夜里奔去了。从此，洛呷的阿爸阿妈不想管洛呷了，他们明白再这样把洛呷关在泥巴房里，不知道他还会干出什么事。第二天，他们把从山上砍下来的大木墩，用大刀七下八下地砍成了十多截柴火，在院坝里一股气烧了个尽。村里人说看见洛呷阿爸阿妈烧柴火的那天，眼里的泪一直流，洛呷站在一堆熊熊燃烧的火旁，一个劲儿地对着火喊："天燃了，夜燃了，我燃了。"从那时起，洛呷的阿爸阿妈再不管他的跑了，洛呷有时正吃着一顿饭就开始往外跑，有时正睡着一场觉就开始往外跑。村里人有时在夜里遇见洛呷的跑，也不躲闪他，他们说洛呷在夜里的跑像飞，脚步轻盈，身子轻盈，从他们身边跑过，像一阵小风从身边刮过，他们还没来得及反应过来，洛呷已经消失了。

　　洛呷有时跑着跑着就在村子里消失几天，村里人不知道洛呷消失到哪里去，洛呷的阿爸阿妈也不知道洛呷消失到哪里去了。洛呷那几天的消失，像是跑到某个地方长自己去了。洛呷每次从消失几天中回来，总是累得不行，他一进门，就把自己躺在床上，无论阿爸阿妈怎么喊他，他都睡得沉沉的，嘴里说着一串人听不懂的外话，那时的洛呷虽然身在村子里，心却不知道在哪里游荡。洛呷的阿妈天天哭天天哭，有一天哭着哭着一只眼珠子突然从眼眶里滚了出来。洛呷的阿妈吓得软在了泥巴地上，洛呷见状，一下冲过去捡起阿妈的眼珠子二话不说，跑远了。那一次，洛呷又在村子里消失了几天。等洛呷再回来，家里的大门大大地开着，窗户和牛圈大大地开着，屋里静静的，没有一声阿爸阿妈的声音响在屋里招呼洛呷的回。洛呷傻后第一次在屋里阿爸阿妈地喊，见没人回答他，他掀翻堂屋里的桌子找阿爸阿妈，钻进狗窝找阿爸阿妈，跑进羊圈里找阿爸阿妈，实在找不到，他把阿爸阿妈平时吃饭的大瓷碗，左一个右一个拿在手里，朝碗底一声声阿爸阿妈地喊，他喊完一声就把大瓷碗放在耳边听，他想阿爸阿妈会不会藏在碗底答应着他的喊。

一个过路的人看见洛呷一直朝两个碗底喊阿爸阿妈，嗓子都哑了，走过去对他说："洛呷，别喊了，你阿爸阿妈去镇上看那只空眼眶的病，马骑得急，走到岗卡悬崖掉下去，死尿了。"说的人没太在意地说，他认为洛呷就是一个傻子，面对一个傻子，有些话再拐弯抹角，就没有意思了。洛呷听后，两个拿在手里的大瓷碗"哐嘡"一声掉在地上，身子重重地向地栽去，口吐白沫，四脚抽搐。说的人吓坏了，急忙喊来村子里的其他人寻求帮忙，来的人围着洛呷，也不知该怎么办，他们想傻子洛呷这回可能快死了，叹息着说："死了也好，免得一个傻子活在这世上无亲无故，寡得慌。"人团团围着洛呷，看洛呷的死。洛呷四脚朝天，嘴张得大大的，像要一口吃掉这世间的什么。没想到没过多久，洛呷却从四脚抽搐中活了过来，而且把自己活成了一个好人。他从围着他的人中间站起来，挨个喊出那几个人的名字，然后从他们中间走出去，像什么事也没有发生过一样，扛着锄头下地干活去了。那几个认为洛呷要死的人，瞪着大眼睛，惊得不知道说什么，眼睁睁地看着一个活好了的洛呷，从他们眼前走了出去，他们说那一刻的洛呷，仿佛一头年轻的壮牛，浑身上下有一股使不完的劲儿。

洛呷什么都好起来了，好心的人还希望洛呷更好，就托人帮他说了这门亲事。去说亲的人，说了一箩筐洛呷的好话，最后也没把洛呷曾

经是傻子的事掩了。人说：洛呷曾经用十多年傻自己，现在虽然不傻
了，但也不敢保证以后还会不会傻掉，不过人活着都是走一步往前看一
步的，别说洛呷，就是我们都不知道，以后会有什么事情发生在自己身
上，人的命，癫子的病，要摊上怎么都躲不过。我是来给洛呷说媒的，
希望你能和洛呷成，但不能为了促成洛呷的婚事，就昧着良心把洛呷的
那段傻给掩了。我说透了洛呷，你自己也好生掂量掂量，人生没几件必
要的大事要做，结婚算一件。说媒的人把该说的话说完了，闷着头抽烟
叶。说实话，说媒人去之前没抱多大希望说成这门亲事，他想的是不管
成不成都去试试，成当然是最好的结果，不成也算自己修了阴功，阴功
的界定不在成与不成上面，而在去做没做这件事。但令媒人万万没想到
的是，这次媒一说就成了。她只问说媒人：洛呷除了以前傻过，还有其
他的什么毛病没有？说媒人连连摇头，说：没有了，没有了。她说：我
嫁。说媒人说了那么多次媒，第一次遇见这样干脆利落的人，一时没缓
过自己，愣了好一会儿，才从嘴里冒出几个暖呼呼的字：好，好，好。
说媒人最懂趁热打铁的道理，接着说：既然姑娘不是个拖泥带水的人，
我也大着胆子问一句，今天能不能把办事日子定下来？我来一趟北村不
容易，要翻三座山，骑十多小时的马，如果姑娘能心疼我一个说媒人的
话，感激不尽。她想了想，答应了。说媒人连连说着感谢的话，很快把
日子定了下来。那时已经是下午了，说媒人起身骑着马就要走，她看看
西落的太阳，也没留说媒人吃饭，她知道说媒人回到自己的村子，还有
一段长长的路要赶。

　　她是自己把自己嫁到我们村的，她也只能自己嫁自己。她没有家
人，一个也没有。她结过两次婚，一个男人跑了，一个男人死了。她和
两个男人都没有娃，有人说生不出娃的女人是阴阳人。她心里难过，想
到过死。她暗暗死过自己几回，吃敌敌畏、跳河、上吊，但可能终究还

和这个世界有不解的缘分，每次都没有把自己死下去。她想既然上天不让自己死，就好好往下活。她按自己的想法去做了，好好活下去。她把自己一个人住的泥巴房子打理得好好的，把几块够自己吃的土地打理得好好的，她还养了三匹马，两头产奶的牛。她一人过日子嘴巴闭得痛时，就对着这三匹马和两头产奶的牛说话，有时马和牛不在身边，她就对着自家的一地青稞说话，一棵树说话。她想只要是自己家的东西，是会懂自己的。她最怕的是夜，夜太长，夜里人除了睡觉，别的事都不好干。夜里很多自家的东西仿佛都很忙，她朝夜里说话，厚厚的夜把她说出去的话又重新还给她。那些夜重新还给她的话，又冷又硬，直直地落到她的心上，让她的心在夜里更加疼。夜里她需要一个男人，她明白这一点。但每当这种想法出现在她脑海里，还是着实吓了她一跳。她不知道这辈子自己还和男人有没有缘分，她不敢想。所以当那天说媒人把她的大门敲开，她几乎没怎么考虑就答应了这门亲事。她想把自己嫁出去，她不想再过这种黑夜漫漫的日子了。

　　于是，在我六岁里的某一天，我认识了她。那一天，我到处找我的阿爸阿妈。那天村子里到处是人，自从那两年过去之后，我已经好久没有在村子里，遇见过这么多兴高采烈的人了。他们个个热情十足地说着话，三三两两地忙着手里的事。他们见到我，高兴地喊我的名字，摸我的脑袋。我尽量避开那些喊我名字、想摸我脑袋的人，我不习惯这个闷气了很久的村庄，一下热闹起来的样子。个子矮矮的我穿梭在人群里，一次次把头仰起来看比我高很多的大人，我第一次觉得那些平时熟悉的人，从下往上看他们，他们像怪物一样长在我的上方。他们的腿长长的，往下看我的眼睛鼓鼓的，有时我觉得他们长得像青蛙，有时我又觉得他们长得像蚂蚱。那一天，凹村的人吓坏了我。我在一次次的穿梭中哭了出来，我说过我是一个犯过哭童的娃，随时随地都可以把自己哭出来。那天，我的哭声刚好钻出口，就被兴高采烈的人的说话声、笑声淹没了。我有些绝望，我知道他们不是我的阿爸阿妈，不会像我阿爸阿妈那样，一听到我的哭声就把手里正做的事放下来，大老远地跑过来管我。我开始讨厌这种突然热闹起来的村子，我觉得这种不真实感像一场梦，而每个人都把自己活在梦中，不能自拔。六岁的我，想从人群中逃离出来，我一个劲儿地跑，没有方向地跑，我不在乎自己跑向哪里，我只想离开人群。好多双脚在我眼前划过，好几声喊我名字的声音，从头顶落进我的耳朵里。我继续跑，眼中的泪刷刷地往外流，这一次，我没有把哭声敞亮地放出来，不过这一次，我是真心在哭自己。

我一头撞进了她的怀里，这是我第一次遇见她。她穿着一件红毛衣，背上背着一个大牛仔包。后来我才知道，那个孤独从路上走来的她，那个满脸对我堆着笑的她，那天是在自己嫁自己。她蹲下身子，问我叫什么名字。我满脸泪水，整个身子因为过度难过而抽搐着，我没有告诉她我叫什么名字。她用一只手擦我脸上的泪，我永远记得她那天擦我眼泪的那只手，触摸我脸颊的感觉，暖暖的，让我更想哭。那只手后来变成了那天她伸向我的那只短手。她说她要走了，再不走就赶不上了。她问我是不是这个村子的娃，我含着泪向她点点头。她说让我和她一起回村子去，说着站起身子要牵我走。我一动不动，我不想和她一起回村子，确切地说，那天我不想那么快回那个一下热闹起来的村子。她再一次对我说，她要走了，再不走就赶不上了。我看着她向前走，在她拐过一堵土墙时，我"哇"地大声哭出了声。我认为那个大声哭出的声音只是哭给自己听的，她却从拐过的土墙后面退回来告诉我，她是从北村来的西卓，以后会一直待在这个村子里。她说完这句话，又把自己从一堵土墙后面拐进去了。她说她是从北村来的西卓时，眼里泪光闪烁。没过多久，我听见村子里响起了鞭炮声。

六岁里的那一天，我的阿爸阿妈彻底把我忘记了。六岁里的那一天，我看见了一个自己把自己嫁出去的她的全部孤独。

"可惜你没看今天的太阳。"她再次说。

她说这句话，跟我第一次见她已经相隔二十多年了，她仿佛变成了另外的一个人。只是现在的她，无论在生活中遭遇什么，灰蒙蒙的双眼里，再没有泪。我把手里正在缝补的牛皮褡子放在地上，我不想再缝补这张老牛皮了，即使再缝补好这张老牛皮，老牛皮也会在我不经意的哪一天，重新把自己坏掉。一张老牛皮已经过完了它应该过完的一辈子，就像我的阿爸阿妈已经过完了他们应该过完的一辈子。世间万事万物都该有个过完自己一辈子的时候，无论长与短，无论悲与喜，无论伤与痛，都该有个结束。

"你在太阳里是怎么样的？"我抬起头问她。她有些惊慌，可能从最开始她就没有想过我会对她说些什么，她只是一个想对外界倾诉自己的人。

她没有很快地回答我，而是动了动站久了的双脚，随后才说："我看见自己穿着一件蓝色的藏袍，坐在一棵叫不出名字的大树下，四周开着五颜六色的多什勒巴，鲜艳的花朵一会儿落在我的藏袍上，一会儿飞到叫不出名字的大树上。我的头顶有一轮白白的月亮，毛茸茸的，像狐狸的尾巴。不远处，有一条红色的河流从密林中流来，河里有黑的、绿的、白的鱼，河水流过的声音，好像是南无寺喇嘛们集体诵经的声音，不过有时又像是马头琴发出的声音……"

她埋着头，沉浸在那幅画面中。她的头发全白了，额头上的皮肤皱在一起，高耸耸的，像一座小山垒在她的额头上。她那只短了三分之二的手，藏在空荡荡的衣袖里，跟没长一样。她额头上的汗珠还在一颗颗地往外冒，她的身体像是水做的。

"今天的太阳真是好呀。"她把埋着的头抬起来，边擦额头上的汗边笑着对我说。她的牙齿很白，让我想到折多河里一种白得发亮的白火石。她望着远处雪山顶上慢慢升起的月牙儿，告诉我她要回家了，再不回家，就看不清回去的路了。

我起身送她。

"你知道吗？有些路会故意在你要走它的时候，和你玩一场躲猫猫的游戏。它让你眼睁睁地看着它在你面前消失，留下一个不知往哪儿走的你，去重新找一条从来没有走过的路去走。"她说着，从我家木门走了出去。我不知道，今天走回家的她，是否有一条熟路等着她。

如今，她的家里又只剩下她一个人了，她的洛呷在她嫁过去的第八年，又把自己傻掉了。傻掉后的洛呷，十天没有回村子，二十天没有回村子，一年没有回村子……这一次，洛呷是自己把自己消失干净的。洛呷消失后，她傻傻地、不分昼夜地在地里干了七天七夜的重活，人们看见一个在夜里干累重活的她，累了把自己坐在长满荒草的地坎上望着远处，和夜一样沉寂、厚重。后来，她就再没有在人前提起过自己的丈夫洛呷，也再没有人在她面前说起傻子洛呷，洛呷这个人消失在了人们的话语里，风里，雨里，暗下去的夜里……

她每天都在忙着，她想要在日子里更好地活好自己，她的那只短手就是在一次背石头中，把手肘上的一条筋挣断了。从那天起，她的那只手就一天一天地往身体里缩，越缩越短，越缩越细……她曾经告诉过我，她感觉自己越来越回到自己了。

今天的太阳明晃晃地照在大地上，可惜我却没时间抬头看它一眼。

有事发生

村长带着一个一点儿也长得不像凹村的人进村。

那个人腆着大肚子，头大大的，肩膀宽宽的，远看似乎没有脖子，大头直接安在两个肩膀中间。那个人走在凹村进村的小路上，七歪八扭的，仿佛凹村人走了一辈子的一条好路，在他脚下不再是一条好路，地面上到处是吃他双脚的嘴。可能是那个人长得特别宽大的原因，他走过的地方一股浓浓的陌生人味儿，在小路上久久散不去。风不往那个人走过的地方吹，太阳不往那个人走过的地方晒，一家习惯每天顺着小路喊一个丢失几年娃的嘴在风中张着，却始终没把那声喊像往常一样喊出去，是那个人的来让一个娃的名字丢失在凹村那天的早上。

路边的草自己把自己歪在一边，树上的叶子自己把自己往天上飘，有几头自己放自己的羊正准备出圈门，见那个人来一个转身往回走，这样一个早晨它们宁愿饿肚子，也不想在路上遇见那个人。那天，生活在凹村的人、动物都觉得不同寻常，他们心慌慌的，什么也不想干，在原地来回地走。天热气腾腾的，凹村像罩在一个大麻布口袋里，让人喘不过气来。

那天，凹村的所有都觉得有什么大事要发生。

一个村子有什么大事要发生，村子里的动物是最先知道的。

有一年，凹村的动物齐声声地叫，老鼠一群群从山洞跑回凹村，有的跑得太快，刹不住脚，落到正准备出门干活的人的脚背上、裤腿上、一把锄头上，还有的落在一个嫩娃吃饭的碗里，发现不对劲儿，一骨碌从碗里站起来，重新跑回到一条它们要跑的路上。它们用惊恐的眼睛看人，那被惊吓到鼓着的眼珠子，仿佛要从眼眶里滚落出来。那段时间，凹村到处是从山顶跑到村子里来的动物，一只只野鸡呀，一群群野猪呀，一只只野兔子呀，还有人从来没有见到过的几条大乌梢蛇。它们来到凹村，一股脑儿地躲在村子的北边，远远向它们跑下来的那座山张望。人不知道那座山怎么了，人看了几天那座山，那座山还是那座山，尖挺挺地立在那里，和平常没什么变化。人没动物那么好的耐心，过了几天该去放羊的还是去放羊，该打一块地的土饼子的，还是去打一块地的土饼子。人不知道那些动物那几天是怎么活自己的，人只知道自己不去干活，地里的活是不会把自己干完的。人只是不往北边去，人知道即使去了北边，通往北边的那条路、那块地也被山上下来的动物挤得满满的，人不想去那边挤一群动物的满。

那几天夜里，到处是动物们一片一片的叫声。老鼠的叫声又密又细，升不到空中去，铺在所有动物叫声的最下面，像一座房子牢固的地基，扎扎实实的。接着是一群羊的叫声、一群猪的叫声、鸡的叫声、狗的叫声、牛的叫声、马的叫声……人在晚上睡不好一场觉，凹村到处是人骂自己家动物闭嘴的声音，人想先管住自己家的动物，再去管那些从洞里和山顶上下来的动物就要好管多了。可是人越骂自己家养的动物，动物们叫得越厉害，人的骂声压在自己家动物声音的下面，不起任何作用。人在暗里羞红了脸，人庆幸这不是在白天，要不脸都被自家的动物给丢尽了。他们灰溜溜地回到屋子，人说畜生就是畜生，你再好吃好喝地待它们，它们骨子里不识抬举的本性是改不了的。人在暗里到处找一团点酥油灯剩下的老棉花，他们把找到的老棉花用手搓成团塞进耳心，气愤愤地钻进被窝，眨巴着眼睛等天亮。天麻麻亮时，动物们突然不叫了，另外一种吱吱的响声响在凹村的周围，耳心里的老棉花也挡不住那种响。人从床上坐起来，取掉耳朵里的老棉花，静下心来听，那响声一次比一次响得密，扯得凹村的地都在颤抖。人一下从床上爬起来，带着一家老小往院坝里跑。人一跑出院坝，看见凹村最南边的那座大山像一个站软脚的巨人，瞬间蹲坐了下来。那一刻，到处尘土飞扬，石头和石头碰撞出来的火花，亮灿灿的。全凹村的人一个劲儿地往北边逃，到处是人喊人的声音，人喊自己家一条狗、一头牛、一匹马的声音，人边往北边逃，边抽着空地想：牛犟的，动物们可真是比人聪明呀。那次，凹村有几家人的房子被落下来的石头砸得粉碎，十几家的牛圈被飞石打垮了墙体，但庆幸的是人都逃了出来，受伤的三十多头牛也在一个多月之后，渐渐恢复了元气。

从那次之后，人对动物的异常都很关心。从那次之后，凹村的南边开出了一道大口子，人对那道口子充满警惕。人睡觉的时候不往南边睡，吸气的时候不往南边吸，人在说凹村的一些秘密的时候不往南边说。人总觉得自从凹村的南边缺了一个大口子之后，凹村的很多东西会从南边那道口子漏出去，那些漏出去的东西，就是永远从凹村漏出去的东西，人即使骑一匹凹村最好的快马也追不回来。

那天村长带着那个人来，凹村的动物远远看见那个人，早早地就把自己躲了起来，鸡不跨出家门一步，狗躲在门后面嘤嘤地呻吟，牛和马把平时从来不想闭上的大眼睛紧紧地闭着。人偷偷背地里议论，村里一定又有什么大事要发生了。

村长是经历过那次山体垮塌的人，那天他知道有很多双眼睛藏在某个地方死死地盯着他看，那些藏在某个地方的眼神透过一道门、一扇窗户，一堵墙的裂缝被挤得变了形地落在他身上，让他感到浑身痒痒的。人看见那天村长走出的步子不像他平时走出的步子，走得慢吞吞的，仿佛身上有什么重东西压着他。

村长带着那个人径直向索旺家走。索旺家的木门紧紧地关着，村长站在门口用手边敲索旺家的门，边索旺索旺地喊。过了很久，索旺揉着惺忪的眼睛从屋里走出来，开门看见是村长和一个不认识的人站在自己家的门口，先是一愣，接着问有什么事。索旺的问像问在一场梦里，黏糊糊的。村长没来得及开口，站在旁边的那个人笑嘻嘻地对索旺说："有点事，有点事。"那个人的笑，肥厚厚的，让索旺莫名地有点晕。村长看索旺还站在门中间，没有让他们进去的意思，就说："你是准备让我们一直站在你家院坝门口说话吗？"索旺这才想起自己还把他们堵在门口，马上把身子侧在一边，让村长和那个人进门。村长埋着头往索旺家院坝里走，那个人也跟着走进去。那个人走进门的一刹那，索旺感觉自己家的那扇门，都快被他宽宽的身子填满了，索旺本能地往后退了两步，等那个人完全进门，才把门咯吱一声关上了。

村长站在院坝中间，不往堂屋里走。索旺也跟着村长站在院坝中间，不说一句话，眼神跟冻住了一样，仿佛自己还没有从一场睡中醒过来。那个人一进院坝，眼里就放着光。他站在索旺家的院坝中间，上上下下地打量着索旺家的石头房子。打量完之后，他独自朝院坝的一面土墙走，他先用手抚摸墙，再把自己的一张大脸往墙上贴，他在听墙里面的声音，左耳听了右耳听，听过之后，他回过头对站在院坝里的村长和索旺说："真是一面好墙呀。"他不断地重复着这句话，接着蹲下身子，用手轻轻敲踩在自己脚下的那块泥巴地，敲得小心翼翼的，仿佛在敲谁家的一扇门。他用手抓起一把地上的黄土闻，然后自言自语地说："是那味道，是那味道，我又闻到它了。"他激动地从地上站起来，向村长和索旺走过来，把手里捏着的一把土递给村长。村长苦着一张老脸，一句话不说。村长没接那个人递给他的土。那个人把手抽了回去，本来想把土重新放回原地，又改变了主意，从裤包里找出一个塑料袋把土小心装了进去，封好口，把塑料袋重新放进了裤包里。索旺低低地问村长："这人是谁？"村长看了索旺一眼，皱着眉头说："先进屋。"村长和索旺先走进屋，那人又在外面待了好一阵子才进来。

索旺的房子现在只有他一个人住，一年前他死了阿爸，阿妈因为过度伤心，在阿爸还没有过头七也跟着走了。在这之前，索旺有个相好的姑娘本来今年准备结婚，但是村里有个习俗，家里死了人要等三年才能办喜事，就这样索旺的婚事也被拖了下来。姑娘耐不住三年的等，前不久嫁给了邻村的小伙子，索旺的人生从此变得空空荡荡的，他一下觉得人活着没意思了。他用了十天的时间，把二十多头牦牛卖得干干净净的，把几十只羊卖得干干净净的，他说他以后的命就靠这卖二十多头牦牛的钱和几十只羊的钱养活了。人告诉索旺，那二十多头牦牛的钱和几十只羊的钱养活不了他多久，钱是一张张的脆纸，说没就没了。他们让索旺要学会用钱生钱，才能过好接下来的日子。索旺说，钱生钱有什么意思，你们一天都在想着做钱生钱，粮食生粮食的事情，到最后你们不是一样穷，一样觉得每年的粮食不够一家人吃吗？人说，活着就要想着怎样把自己活下去，活好活坏是命里的事。索旺说，他只想让自己好好地过上一阵子自己想过的生活，至于过完自己想过的生活之后他会怎样，由天来定。人拿索旺没有办法，人说索旺其实也拿自己没有办法了。

村长给那个人找了一条凳子坐，自己才坐下来。索旺听见那个人坐在凳子上，凳子咯吱地响，那人挪了挪自己的屁股，凳子依然响，他有些不好意思地说："人长胖了点儿，没法。"村长坐在那人旁边，从腰间拿出叶子烟来抽，浓浓的烟雾把村长的脸一会儿盖得没有了，一会儿又从烟雾中显了出来。

索旺一屁股坐在堂屋的门槛上，他不知道说什么，就什么也没说。那个人进屋了还在打量索旺家的房子。索旺发现，那人虽然胖，长在肥脸上的一对小眼睛的眼神却尖尖的，他看过的地方，似乎都留下了他看过的痕迹。索旺还发现，那人眼睛远看小，近看也不算小，只是他脸上的肉堆在一起，把一对长在脸上的眼睛挤小了。那人并不在乎索旺看他，他自从进屋，眼神就没落在人身上，他到处观察，扭着身子地看，仿佛对整个索旺家的房子充满了好奇。

村长一支烟抽完，把烟杆在凳子边沿上敲了两下，然后把烟杆插回到腰间。"这位是县里派来的人，就是上次我们村里来过的那支考古队的领导。"村长说。听见村长介绍自己，那个人把看四周的眼神收了回来，他给索旺点了点头。

索旺记起村长口里说的考古队，他们在凹村待了十几天，整天拿着一些奇形怪状的仪器，在村子里比比划划，比划好了，往凹村的土里挖一个个坑，他们挖的坑都不大，仿佛每个坑他们挖着挖着就没有兴趣再往下挖了。他们叽里呱啦地说着凹村人听不懂的一些外话，无论凹村人问他们什么，他们都只是笑笑，没任何话往下接。凹村人不放心那些外来的人，在自己的村子里到处比比划划，一个个跑去找村长，村长只说："由着他们，我看他们能在凹村的土里翻出个什么名堂来。"村长是管一个村子的官，村长说的话村里人都听，他们心里也跟着村长一样想：看他们能在凹村土里翻出个什么名堂来。

他们任由那十几个人在凹村土里翻。那些天，凹村房前屋后的土都被那十几个人翻来翻去地看了个遍。凹村人看见以前的很多旧东西，从土里被他们翻了出来，一把旧镰刀，一只手套，一团黑头发，还有被尼玛找了很多年的一个牛骨头酒壶……那些人把从土里找出来的东西扔在一旁，继续在没有挖过的土里找，那些被他们扔在一旁的旧东西没人去认领，孤零零地躺在他们身后，显得更加破旧。那十几个人在凹村待了十多天，在一个早晨收拾好他们的所有家什离开了。那些人走的时候，弄出很大的响动，似乎想要告诉凹村人他们就要走了。凹村的人知道他们要走了，故意在路上、门槛上、窗户上去遇见他们的走，他们其实想知道那些人的离开，有没有带走凹村的什么东西。

他们离开之后，留给凹村的是他们到处挖的坑和遍地从土里翻出来的旧东西。村长发动村里有力气的年轻人去填坑，年轻人拿着那些扔得遍地的旧东西去问村长怎么处理，村长果断地说："一起埋了，那些旧东西，已经不适合待在地面了。"年轻人听村长的话，把那些旧东西全部埋进了土里。一天之后，凹村又恢复成了原来凹村的样子。人后来问村长："他们在凹村的土里找到什么好东西了吗？"村长撇着嘴说："土里的好东西哪有那么容易找到的。"人想想也是，自己天天睡在这片土地上，吃在这片土地上，在这片土地上把自己活老，天天用锄头挖这片土地，那些家里鬼机灵的牲畜，没事的时候一个劲儿地埋着头看脚下的地，如果地下真有什么，早被凹村的人和动物发现了。

他们悬着的心突然松了下来。人那时才发现，考古队在的时候，他们嘴上不说，心却乱糟糟的，他们在怕什么，连自己都说不清楚。他们过了一段很闲散很闲散的日子，走到那些被自己埋下去的旧东西上面，想多站一会儿，他们觉得站在旧东西上面，脚麻酥酥的，仿佛地下面的什么东西，在他们站在上面的那一会儿时间里往自己身上蹿着，蹿到他们的头上，手指甲上，钻进他们的腋窝里，然后突然消失不见了。但好像又不是，他们说不清楚，他们感觉自己似乎变得复杂起来。他们不敢把自己感应到的说给其他人听，他们想的是自己脑袋那段时间肯定出什么问题了。他们明白脑袋一旦出问题就是大问题，人都怕别人说自己是脑袋有问题的人。

以前凹村来过一个脑袋出问题的人，他整天坐在凹村的青稞地边，给满地的青稞说话，人把他从自家的青稞地边撵走，他又跑到另外一家的青稞地边坐着，人到最后撵不走他了，由着他在青稞地边对着青稞说着一天天的话。人说，有这样的一个人，天天对着自己的一块青稞地说话，也未必是一件坏事，人都怕孤单，地也应该一样。地只要感到孤单了，地里的庄稼就长不好，粮仓里的收成也会受到影响。想透这个道理，人经常带好吃的给那个脑袋有问题的人，只要他收下自己给他的东西，人就把他带到自己家的青稞地边，让他给自己家地里的青稞说话。

那个脑袋有问题的人，给凹村的庄稼说了五年的话，有一天不见了。人拨开自己家密密麻麻的青稞丛到处找他，人想把自己对他的一声喊，喊向一片片秋收的青稞。人突然发现，这五年人都不知道他叫什么，人在说到他的时候，都称他为脑袋有问题的人。人在青稞地里找了几天的他，人在找他的时候把一个个大大的青稞饼或牦牛干高高地举在头上：青稞饼青稞饼，牦牛干牦牛干地喊。人以前想让他给自己家一块青稞地说话的时候，也是在一片青稞地里这样喊他，那时他总会从某片青稞丛中站起来歪着头看人。人还是没有找到他，高高举在头上的青稞饼引来了一群鸟，鸟跟着人手中的青稞饼走，一路留下一片叽叽喳喳的鸟叫声。人把青稞饼喂给了鸟吃，人那时想的是自己多做些善事，菩萨可能会帮助自己找到他。

人说，像他这样的人，是离不开青稞地的，等把这一季的青稞丰收了，地亮出来了，他兴许就随着青稞地的亮，跟着亮了出来，说不定他是在茂密的青稞地里把自己睡过了头，谁都有过睡过头的那一天不是吗？只是他的睡比我们长了一些时日而已。那年，人匆匆忙忙收割着自家的青稞，人边收割青稞边朝前呼喊着那个脑袋有问题的人的名字，那个脑袋有问题的人在人的一次次寻找中，有了一个个自己的名字，他叫布初，叫尼玛，叫松真，叫达呷……那是人为找寻他，给他起的自己心中最吉祥的名字。那年，那个脑袋有问题的人的名字，在凹村青稞地的上空带着一股成熟青稞的味道飘荡着，忽高忽低，忽左忽右，人说仿佛凹村所有的青稞，都在空中追逐着他的名字在跑，人想拦也拦不住。然而，那年人割完了凹村所有的青稞，也没有发现一个在青稞地里睡过头的人。人很失落，人那几天把自己过得垂头丧气的，青稞没力气打了，地里剩下的碎活也不想干了，人觉得自己心里缺了一样什么东西，时时让自己牵挂着。

正当人沮丧得要命的时候，人看见凹村的一条狗叼着一个头骨晃荡着朝青稞地奔跑，青稞地一望无际地空旷着，那条叼着头骨的狗，在一朵白云的遮盖下，一圈一圈地在青稞地中间奔跑着。狗在一望无际的青稞地里奔跑了多久，那朵白云就在狗的上空跟了狗多久。狗终于在一望无际的青稞地边停了下来，那朵白云在一望无际的青稞地上空停了下来。狗放下头骨，仰着头冲着天一声声哀嚎着，人看见那朵白云震颤了一下，随后静静地伏在狗的上空，像棉被一样盖着狗。人从四面八方朝狗跑去，人知道是那个脑袋有问题的人回来了，人知道就是他回来了。狗默默地依偎在他的身旁，不叫不闹，一条不叫不闹的狗的悲伤，似乎比人还要厚重。人商量着把头骨拾回去埋到凹村的西坡，人想他虽然不是凹村的人，可给凹村的青稞说了五年的话，就冲这个他也应该得到凹村人的厚葬。说着，有人从家里拿来白布准备包着头骨上山，狗却突然露出尖尖的牙齿，汪汪地冲人叫，那叫声凶巴巴的，让人不敢靠近。人慢慢散去，人说也许狗明白他的心意，想让他和青稞地多待会儿。今天狗不让我们带走他，我们明天再来。人从来没有想过，这样的等他们一直没有等到。夜晚来临，狗久久不肯离开，人看见一条狗和一个人的头骨依偎在灰蒙蒙的月光下看着远方，人似乎又听见了那熟悉的声音，对着一片亮出来的青稞地说着话，那声音在没有生长着一棵青稞的地里，显得空旷，寂寥，孤独，无边无际……

人把那段很闲散很闲散的日子过完后无意间发现，村长变得和以前不太一样了，他的脸黑黑的，眉头皱得紧紧的，经常走着走着就停下来，前后左右地往凹村他走了几十年的地上看。人最初认为村长把一件自己什么贵重东西落在地上了，人去帮村长找，人帮找的时候，村长黑着一张老脸说："别找了，别找了，没用的。"说着就从帮找的人身边走开了。人觉得村长不像以前的村长，他变得不太信任他脚下的一块地了。

村长见索旺没什么反应，挪了一下屁股，接着说："索旺，有件事情你得提前有个心理准备。不过多亏是你，如果这件事情放在谁家身上都还不好办，恰好你是个单身汉，没拉家带口的，父母也刚死没什么牵挂的。"说到这里，村长顿了顿，仿佛说到这里，有什么东西让村长有些为难，他看着索旺。索旺不知道村长接下来要说什么，他盯着村长看。他看村长的时候，突然觉得村长真是老了，很多老气正隐隐地从村长的眼睛里、耳朵里、鼻子里，悄悄冒出来。

这几年索旺一直在忙自己的事情，他仿佛错过了一个人的老，或者说错过了很多人的老，还或者说是一座村庄的老。他悲伤起来，一个人的悲伤很容易从眼神里透露出来。村长看见索旺的样子，急忙说："索旺，自从你卖掉二十多头牦牛和几十只羊，我就知道你是一个把生活看得很通透的人，这点我虽然是村长也比不上你，但只因为这点，我才相信一座房子对你来说并不算什么。他们在挖的时候，你愿意在屋里住就住，他们先从你家后院的那堵老墙往下挖，他们会尽量避开你家的房子，一座老房子在凹村站了那么多年，定力是有的，就像一个活过七八十年的人，什么大场面都见过，它不会看见一些人在旁边东挖挖西挖挖，就吓趴了自己。不过今天我们提前过来给你打个招呼的意思是，地上的东西我们管得住，地下的东西我们是管不住的，万一在挖的过程中，考古队发现的东西在地下长了脚，跑到你房子下面来了，那你的房子就保不住了。这样的事情也不是没有发生过。"说完村长回头看那个考古队的领导，考古队的领导看村长在看自己，顺势说："是保不住了，是保不住了。"说完就把话断在那里，见村长没接他的话，他又说："那年就发生过这样的事情。我们在地下发现了一口古代的棺材，为了不伤到棺材，我们每天小心翼翼地挖，可是我们今天收工了第二天再去挖的时候，我们前一天挖出来的那一截又往土里钻进去了一截，我们又重新挖，第二天再去看的时候棺材照样又往土里钻进去了一截。于是，我们专门派了一个人夜里守着那口棺材，守的人第二天委屈地说，夜里他守不住那口棺材，夜里棺材一个劲儿往土里钻，他拽都拽不住。最后我们想了一个办法，在棺材的四周打了很多密密的铁柱，才好不容易拦住了那口棺材的走。"他说完，又想到什么似的看着索旺补充道："地下面的东西，有时人是拿它们没有办法的。"

村长把头转过来，沉默好一会儿，说："他们是不会放过任何他们想要的东西的。"

索旺听得云里雾里，问："你们在我家的地下发现了什么？"村长把一双老眼睛转向其他地方，不说话了。索旺把询问的眼神投向那个领导，又问："地下有什么东西？"

"珍贵的东西。我们从你家这里发现了珍贵的东西。上次考古队带回去的样本和今天我来感受到的，让我更确定你家房子的周围或者下面一定有珍贵的东西，只是现在我唯一不确定的是，这样珍贵的东西具体的位置。"那人说。

索旺被这些话困住了，他心里乱乱的，怎么理也理不顺。他朝自己脚下的地看，索旺似乎感觉到土里有个人正仰着头望着他们。

"我只有这座房子了。"索旺对村长说。村长懂索旺这句话的重，他把头抬起来，叹气着说："谁让那珍贵的东西在你家的房子周围呢。"

那位领导看着索旺点点头，眼神真诚得想让索旺哭。

索旺心里的乱还缠绕着他。他死死地盯着地，想说什么，又把嘴闭上了。

"你放心，房子垮了他们包赔。我让他们给你赔个更大的，作为一村之长，绝不会让你白白吃了这个亏。"说着村长从凳子上站起来，往外走。那人见村长往外走，也站起来往外走。索旺看见那人往外走的时候，又顺手抓了几把院子里的黄土，他说他还需要回去好好闻闻这把土的味道，这把土里有地下面珍贵的东西渗出来的味道。最后他又环顾了一下四周，说："我过段时间就回来。"他说的那句话，索旺不知道是说给他听的，还是说给村长听的，他们两人都没有回答他。那句话悬在他们刚走过的木门口，索旺一个关门就把那句话关在了外面。

索旺愣在院坝中，那种空空荡荡的感觉再一次猛烈地朝他扑过来，他觉得整个自己都空了。父母去世了，爱的姑娘走了，牦牛和羊被自己卖光了，唯一能庇护自己的一座老房子也可能快没有了。在这个世界上，他只剩下自己。

索旺翻来覆去地睡不着，有样东西在心里扰着他。他学着那人用手轻轻敲自己家的一堵老墙，把耳朵贴着一堵老墙静静地听。他回忆起自己小时候睡觉的时候，经常把自己的一张脸对着一堵老墙睡，实在睡不着的时候，他对着老墙说话，对着老墙一个劲儿地吹气，有时吹着吹着就把自己睡进了梦里，有时吹着吹着他觉得有一样东西在墙里和他对着吹。有好几次，他甚至听到有个东西面对着他呼气的声音，那呼出的气体扑在他脸上，让他一阵阵地凉。那时候，他经常梦见一堵墙的老，老得在他梦里刷刷地掉，那梦里落土的声音，像是一个人掉下的泪水响在他的梦里，打湿了他的梦。

在那天夜里，索旺一次次地记起村长带来的那人的眼神，那个人的眼神里有个钩子一样的东西想带走屋里的什么，那想从自己屋里带走什么的眼神，就在他最后快离开自己家木门的时候，还依依不舍的，牵肠挂肚的。那人抓起自己家院坝里那把土的样子，眼睛里放着光，那道光在夜里索旺想起它的时候更加明亮。索旺从床上爬起来，走出屋子，在院坝中，把整个自己面朝大地平平地躺着，他闭上眼，静静地呼吸，他侧着耳朵听土里面的声音，一遍又一遍地听，他似乎听见了土里有什么东西在对自己一次次地喊话，他兴奋极了，也把自己的声音一遍一遍地往土里喊，那天他喊出的话带着一股生土的味道，传得夜的凹村到处都是。那天之后，索旺见人就说自己家土里有声音，他把过路的人一个个往自己家院坝里拽，他让人学他一样面朝大地平平地趴在上面，他告诉人要把自己的心脏最大限度地贴近一片地，才能听见地下的声音。人最先照着索旺说的做，可怎么都听不见索旺说的地下面的声音。索旺让人再听，人从地上爬起来，烂着一张脸说："索旺，你倒是有二十多头牦牛和几十只羊的钱养着你，我们还得下地去找一口饭吃。"说着转身走出了索旺的家。索旺不相信他们听不见自己家地下的声音，他想人听不见，动物总该能听见吧？他把自己家一条老狗叫到自己身边，让一条老狗学着自己的样子一天一天地趴在地上听，人从他家门口过，看见老狗几次想从地上爬起来，索旺不让。狗最后永远地趴在了地上，再也站不起来了。

索旺从此再没睡在一张木床上。夜里，人经常看见一个趴在地上的人，一会儿把自己平平地趴在院坝里，一会儿把自己平平地躺在房子后面的老墙根处，一会儿又把自己平平地趴在羊圈门口，一会儿又把自己平平地躺在凹村出村的一条小路上……

后来，人看见这个夜里接近大地的人，将自己越躺越远，越躺越远，一层薄薄的月光把他护送了出去……

最后一种消失

这种消失，我想说的是我们随时都在消失。

说一句话的时候我们在消失，跨一个步子的时候我们在消失，抬一次头的时候我们在消失，打一个喷嚏的时候我们在消失，眨一下眼睛的时候我们在消失，唱歌跳舞的时候我们在消失，吃饭睡觉的时候我们在消失，看一条虫子爬的时候我们在消失，摘一朵野花的时候我们在消失……只要活着，我们就在这个世界上无时无刻不消失着。

我们不愿承认自己的消失，总是对这个生机勃勃的世界充满无限的贪婪和留恋，一副永远没有活够的样子，仿佛要和这些被觊觎着的东西待一辈子，直到最后实在待不下去的那天才肯撒手。

其实，这个世界上的很多东西，都不会和人安心地待到一辈子。

很多东西在变。有些变是我们能看见的变，有些变是我们看不见的变。有些变离我们很近，近到长在我们的身体里，它们变的时候我们能听见它们的声音，隐藏在我们身体的某个地方，弱弱的，不想被我们发现。它们的这种做法，让我们错误地认为，那些东西变与不变都和我们没有多大关系。有些变虽然离我们很远，我们却一下就能感知到，我们迫切地想把这种自己感知到的变告诉家人，告诉朋友，不过告诉就告诉了，我们只是在为讲述一件事情而去讲述一件事情，没有别的想法，也没有什么目的。总之很多变发生在我们面前的时候，我们似乎在刻意地忽视它们，不在乎它们。

我们很多时候都在装傻，经常对别人撒谎，对自己撒谎，编织美丽的谎言，骗别人，也骗自己。我们明明早早知道人死了什么也带不走，人来世上就是为了走一遭而来的道理，我们还是固执地想在活着的时候，用力地为自己争取些什么，无论那些争取来的东西对自己是有用的，还是没有用的，对自己是重要的，还是不重要的，我们都不在乎。我们仿佛天生就惧怕两手空空和一无所有。我们对"失去"一词有天然的抵抗力，对"拥有"一词有天然的吸引力。但仔细琢磨，其实"失去"和"拥有"这两个词在某个时刻，又等同于同一个词。你失去了宁静，喧嚣就来找你了；你拥有白昼，黑夜就离开了你。那么到底什么是失去，什么是拥有？我们有没有失去过，有没有拥有过？

我们是为活而活着的人。只要活着，我们就把活当成一个人的头等大事。

在凹村，我看见过很多活得很用力的人，他们大口喘气、大口吃饭、大声说话，走到凹村的哪条土路上，哪条土路就被这些人踏出一个小坑，他们说这个坑是自己故意留下的，他们要让一条土路，记住村子里有一个每天给自己身上踏出小坑的人。他们一年四季在凹村的荒坡上开垦土地，但粮食仿佛永远也不够他们和自己养的牲畜吃。在开垦荒坡中，他们把锄头举得高高的，镰刀挥得高高的，哪怕离他们很远都能听见，一把锄头挖向一块荒地、一把镰刀砍向茂密荆棘的声音，他们很享受这种用自己的大力气，在一片荒坡上发出的声音，那声音给他们下一次挥出去的锄头和镰刀，增加了无限的力量，这种力量让他们的心越来越大，越来越野。他们把一片荒坡开垦完了，又去开垦另外一片荒坡。

开垦出来的生地，他们第一年撒一麻袋的油菜种，收回来两麻袋半的油菜籽；第二年撒两麻袋的油菜种，只收回三麻袋的油菜籽，他们立马觉得一块地不再对自己忠心了，便扔下那块地，继续下大力气，去开垦一块他们觉得会对自己忠心的荒地。过了很多年，我看见那块曾经被同一个人开垦过的荒地，又被那个人重新开垦了一遍。他们已经活过了，记不住自己开垦过同一块荒地的岁数。

他们在自家的羊圈旁，今天修一截断墙，明天修一截断墙，他们每次从地里回来，都不会空手空脚地回来，他们觉得自己的力气，还没有在一块地里用完。回来的时候，他们顺手从地里挖半背篓黄土背回来，或在回来的路上顺手捡几个石头背回来，背回来的黄土和石头放在一个角落里，未来用来修一堵土墙。他们说等哪年自己有大块时间，他们会把这些断墙好好地连成一堵完整的好墙，在里面新养几十只羊，再过几年，羊又产下几十只小羊，这样一年一年下去，以后的他们就会有数不清的羊了。

我见过一个一辈子带劲儿活着的人的死。那个人死的那天，他活在世上的大力气还没有用完，他的死不像一场死，而像一个人拼命想活过来。他说，他在雅拉山后面发现了一块石头，上面有个人像，只要他闭眼，石头上的人像就会开口和他说话。他本来是想把那块石头带下山的，可那块石头上的人像说，让他第二次上山再带自己下山，说自己和雅拉山生活了一辈子，一下舍不得离开。他理解石头上的人像说的话，他说如果让自己一下离开凹村去一个陌生的地方，他也不习惯。他说，哪天有空他就去取那块石头，让大家长长见识。他说，虽然自己七十岁了，但身体里还有一股劲儿憋着，这股劲儿天天在身体里喊自己的名字，想让他放它们出来，它们说如果他再不放它们出来，它们就会在他身体的某个地方把它们用完。他无奈地告诉那股藏在身体里的劲儿说，不是他不想放它们出来，他是想省着用它们，等哪天他把地里的事情干完了，心放宽了，他还想用它们修两座房子，一座拿来晚上住，一座拿来白天住。晚上住的房子做晚上的梦，白天住的房子做白天的梦，两座房子的梦连起来，就像两个不同的人，把两种人生连起来，他活了一辈子就相当于活了两个人的一辈子，划算得很。他说，幸亏他这么给那股劲儿说了，才得到了安宁。不过他知道那股劲儿之所以能安静下来，是它们信他，愿意在他的身体里等。其实他说自己也在等那个时候的到来。他说，自己还想去雅拉沟砍两年的松树，他想用砍回来的大木头建一座木桥，自己和一条从雪山上融化下来的河生活了一辈子，还没有顺顺当当地从自己的房子，直直地走到河对面，河经常在梦里笑话自己。自己在一条河的笑话中，生活了一辈子，太窝囊了。说到这里，他突然从床上爬起来，叫家人给他准备上山的斧头和牛皮绳。他说，他马上就要上山，马上就要去砍几棵大木头回来修一座桥。家人急忙拦住他，他焦急起来，用大力气踢身旁的土墙，用手臂打他的家人。他大声地叫骂一屋子的人，骂着骂着一股气没有上来，就死了。他身体里仅剩的一点大力气，用在了他倒下去的那一个瞬间。我缓了好一阵子，才敢相信他死了。我开始明白，即使一个人的身体里还剩很多大力气没有用完，也会有说消失就消失，说不见就不见的时候。

　　我们随时都在消失，比如就在我写下这些文字的时候，文字虽在，那个刚才还在堂而皇之给大家讲大力气的人，已经消失了。我隐藏在这些文字的背后，不再是刚才的我。每一分钟，每一秒钟，我都在现实中消失自己。当然，文字也会消失，文字的消失是一种缓慢的消失，当没有人注意到它，闻不到它的气味的时候，它就沮丧地、孤独地、默默地让自己消失在了无尽的空气中，只是作为这些文字曾经的主人，这种结果是我万万不想看到的，我希望它们能在这个世界上多存活一段时间，它们是我用思想的大力气留存下来的产物，我也想为它们在这世间争取些什么，就像那些用力活在凹村的人，不断地开垦土地，不断地修一截一截的土墙……

我们是为活而活着的人。只要活着，活就是我们的头等大事。

图书在版编目（CIP）数据

消失的故事／雍措著． -- 北京：作家出版社，2024.11.
（中国少数民族文学之星丛书）. -- ISBN 978 - 7 - 5212 - 3022 - 2

Ⅰ. I267

中国国家版本馆 CIP 数据核字第 2024SW0832 号

消失的故事

作　　者：雍　措
责任编辑：李亚梓
特约编辑：赵兴红
装帧设计：琥珀视觉
出版发行：作家出版社有限公司
社　　址：北京农展馆南里 10 号　　　邮　　编：100125
电话传真：86 - 10 - 65067186（发行中心）
　　　　　86 - 10 - 65004079（总编室）
E - mail: zuojia@zuojia. net. cn
http: // www. ZUOJIACHUBANSHE. com
印　　刷：唐山玺诚印务有限公司
成品尺寸：152 × 230
字　　数：210 千
印　　张：17.5
版　　次：2024 年 11 月第 1 版
印　　次：2024 年 11 月第 1 次印刷
ISBN　978 - 7 - 5212 - 3022 - 2
定　　价：49.00 元